Ruby Dixon

Ice Planet Barbarians – Georgie und Vektal

Ruby Dixon

ICE PLANET BARBARIANS

Georgie und Vektal

Aus dem amerikanischen Englisch
von Michaela Link

PIPER

Wenn Ihnen dieser Roman gefallen hat, schreiben Sie uns unter Nennung des Titels »Ice Planet Barbarians – Georgie und Vektal« an *empfehlungen@piper.de*, und wir empfehlen Ihnen gerne vergleichbare Bücher.

Von Ruby Dixon liegen im Piper Verlag vor:
Ice Planet Barbarians 1. Georgie und Vektal
Ice Planet Barbarians 2. Liz und Raahosh
Ice Planet Barbarians 3. Kira und Aehako

Unser Versprechen für mehr Nachhaltigkeit
Klimaneutrales Produkt
FSC®-zertifiziertes Papier
Hergestellt in Europa

FSC
www.fsc.org
MIX
Papier | Fördert gute Waldnutzung
FSC® C083411

Deutsche Erstausgabe
ISBN 978-3-492-70741-1

Titel der amerikanischen Originalausgabe:
»Ice Planet Barbarians«, Selbstpubliziert von der Autorin 2015
Published in agreement with the author,
c/o Baror International, Inc., Armonk, New York, USA

Satz: Satz für Satz, Wangen im Allgäu
Gesetzt aus der Dolly Pro
Druck und Bindung: CPI Books GmbH, Leck
Printed in the EU

Liebe Leser*innen,

Ice Planet Barbarians – Georgie und Vektal
enthält Themen, die triggern können.
Deshalb findet ihr auf Seite 333 eine Inhaltswarnung.

Achtung:
Diese beinhaltet Spoiler für die gesamte Geschichte.
Wir wünschen euch allen ein bestmögliches
Leseerlebnis.

Euer Piper-Team

Für die Leserinnen,
die diese Bücher zum ersten Mal
in die Hand nehmen,
und für die, die ihren Freundinnen nun
schon seit Jahren von den Geschichten
über blaue Außerirdische erzählen.
Ich danke euch.

TEIL 1

Georgie

Bis gestern habe ich, Georgie Carruthers, nicht an Außerirdische geglaubt. Klar, es gibt zig Möglichkeiten da draußen im Universum, aber wenn mir jemand erzählt hätte, dass sich kleine grüne Männchen in fliegenden Untertassen in der Nähe der Erde herumtreiben und nur darauf warten, Menschen zu entführen, hätte ich den Betreffenden für verrückt erklärt.

Doch das war gestern.

Heute dagegen sieht die Sache schon völlig anders aus.

Angefangen hat das Ganze wohl gestern Abend. Erst einmal war alles wie sonst auch. Ich bin nach einem langen Arbeitstag in der Bank nach Hause gekommen, habe mir ein Fertiggericht in die Mikrowelle gestellt und vor dem Fernseher gegessen, dann bin ich auf dem Sofa eingenickt und schließlich ins Bett gestolpert. Das klingt nicht unbedingt nach Party, aber hey, es war ein Dienstag, und unter der Woche steht die Arbeit an erster Stelle, nicht das Vergnügen. Ich bin schlafen gegangen, und von da an wurde es wirklich verdammt schräg.

Meine Träume waren verworren. Keine von der Art, in denen man die Zähne verliert oder nackt vor der Klasse steht. Diese hier waren viel finsterer. Träume von Verlust und vom Verlassenwerden. Von Schmerz und kalten weißen Räumen. Träume, in denen man in einen Tunnel tritt und einen herannahenden Zug sieht. Im Traum habe ich versucht, eine Hand zu heben, um meine Augen vor dem Licht zu schützen.

Nur dass es mir nicht gelingen wollte, die Hand zu bewegen.

Das riss mich aus dem Schlaf. Ich habe in das kleine Licht geblinzelt, mit dem mir jemand in die Augen geleuchtet hat. Jemand leuchtete mir mit etwas in die Augen? Ich habe geblinzelt und versucht, etwas zu erkennen, und in diesem Moment ist mir klar geworden, dass das überhaupt kein Traum war. Ich war auch nicht zu Hause. Ich war … an einem neuen Ort.

Dann wurde das Licht ausgeschaltet, und ein Vogel hat gezwitschert. Ich habe geblinzelt, und langsam gewöhnten sich meine Augen an die Dunkelheit. Unterdessen fand ich mich von … Wesen umringt. Wesen mit lang gezogenen schwarzen Augen, großen Köpfen und mageren, bleichen Armen. Kleinen grünen Männchen.

Ich habe geschrien. Tatsächlich habe ich Zeter und Mordio geschrien.

Einer der Außerirdischen hat den Kopf in meine Richtung gedreht, und das Vogelgezwitscher ging wieder los, obwohl sich seine Lippen gar nicht bewegt haben. Etwas Heißes und Trockenes legte sich mir über den Mund, sodass ich keine Luft bekam, und ein widerwärtiger Gestank stieg mir in die Nase. Ach du Scheiße. Würde ich sterben? Ich versuchte, den Mund zu öffnen, zu atmen, doch es wurde dunkel um mich herum.

Dann bin ich wieder eingeschlafen und habe von der Arbeit geträumt. Ich träume immer von der Arbeit, wenn ich gestresst bin. Stundenlang haben mich zornige Bankkunden angebrüllt, während ich versucht habe, Bündel mit Zwanzigerscheinen aufzureißen, die sich irgendwie nicht öffnen lassen wollten. Wenn ich das Wechselgeld abzählen wollte, wurde ich abgelenkt. Träume von der Arbeit sind normalerweise die schlimmsten, aber dieser hier war die reinste Erholung. Es kamen keine Züge vor. Keine Außerirdischen. Nur Bankgeschäfte. Mit Bankgeschäften kann ich umgehen.

Und das führt mich … zum Hier und Jetzt.

Ich bin wach, habe allerdings keine Ahnung, wo ich mich befinde. Dann öffne ich die Augen und sehe mich um. Es riecht, als sei ich in der Kanalisation gelandet, und hinter mir kann ich eine Wand spüren. Ich fühle mich benommen und träge, als sei ich noch nicht richtig wach. Meine Glieder sind schwer, und mir tut wirklich alles weh. Ich bin betäubt worden, begreife ich. Irgendjemand hat mich betäubt.

Nicht irgendjemand. Irgend*etwas*.

Meine Atmung beschleunigt sich, während das Bild der schwarzäugigen Außerirdischen wieder vor meinem geistigen Auge erscheint, und ich sehe mich nach ihnen um. Doch wo immer ich mich befinde, ich bin allein.

Gott sei Dank.

Ich blinzele in das schwache Licht und versuche, meine Umgebung auszumachen. Es scheint sich dabei um einen großen, dunklen Raum zu handeln. Schwaches orangefarbenes Licht kommt aus kleinen, an der Decke verlaufenden Röhren ungefähr acht Meter über mir. Die Wände selbst sind schwarz, und wenn ich es nicht besser wüsste, würde ich sagen, das hier sieht aus wie eine Ladebucht in irgendeinem merkwürdigen Science-Fiction-Film. An der Wand mir gegenüber zähle ich sechs ungefähr ein Meter achtzig hohe Metallröhren, die wie Schließfächer an der Wand aufgereiht sind. Orangefarbene und grüne Lichter ziehen sich über die Länge der Röhren, jede Menge Schnörkel und Punkte, bei denen es sich um so etwas wie außerirdische Schrift handeln könnte. In der gegenüberliegenden Wand befindet sich eine längliche, ovale Tür. Ich kann die Tür jedoch nicht erreichen, denn ich befinde mich hinter einem Metallgitter.

Und ein grauenhafter Gestank liegt in der Luft. Tatsächlich ist es nicht nur ein einziger Geruch, sondern ein Pisse-Scheiße-Kotze-Schweiß-Cocktail, der mich würgen lässt. Ich versuche, mir eine Hand auf den Mund zu drücken, aber mein Arm reagiert nur langsam, und ich bringe nicht mehr zustande als ein schwaches Zucken. Bäh.

Dann drehe ich meinen betäubten Kopf und sehe mich im Raum um. Tatsächlich bin ich gar nicht allein, wie ich erst jetzt bemerke. Auf dieser Seite des Gitters liegen mehrere zusammengerollte und schlafende Gestalten. In dem schwachen Licht zähle ich sieben, vielleicht acht Personen, die ungefähr meine Größe haben und die sich wie Welpen aneinanderdrücken. Als ich sehe, dass wir uns alle auf dieser Seite des Metallgitters befinden, wächst in mir der Verdacht, dass ich in einer Art Gefängniszelle gelandet bin.

Oder in einem Käfig.

Wenn ich mich wirklich in einem Käfig befinde, könnte es wahrscheinlich schlimmer sein. Ich habe genug Platz, um aufzustehen, wenn auch nicht viel mehr als das. Zumindest sind hier drin bei mir keine Außerirdischen. Eigentlich müsste ich in Panik geraten, aber dafür bin ich zu sehr neben der Spur. Die ganze Sache hier kommt mir vor wie ein Zahnarztbesuch, bei dem man mir eine Dosis Lachgas verabreicht hat. Es fällt mir schwer, mich auf irgendetwas zu konzentrieren.

Mein nackter Oberarm schmerzt, und ich reibe mir schwerfällig über die Stelle. Auf meinem Arm ertaste ich mehrere Beulen, die vorher nicht da waren, und als ich kräftiger darüberreibe, spüre ich etwas Hartes unter der Haut. Scheiße, was ist hier los? Ich versuche, mir die Stelle im Dunkeln genauer anzusehen, aber ich kann nichts erkennen. Bilder von den Außerirdischen und dem Licht, das mir in die Augen leuchtet, die Albträume, das Entsetzen – das alles stürmt auf mich ein, und ich gerate in Panik. Ein Wimmern kommt aus meiner Kehle.

Eine Hand berührt meinen anderen Arm. »Nicht schreien!«, flüstert eine junge Frau.

Ich drehe meinen allzu schweren Kopf, bis ich sie ansehen kann. Sie ist ungefähr in meinem Alter, aber blond und schlanker als ich. Ihr langes Haar ist schmutzig, ihre Augen wirken riesig in ihrem mageren Gesicht. Sie sieht sich im Raum um, dann legt sie sich einen Finger auf die Lippen für den Fall, dass ich ihre Warnung nicht verstanden habe.

Still sein. Okay. Okay. Ich unterdrücke den Aufschrei, der in meiner Kehle aufsteigt, und versuche, ruhig zu bleiben. Ich nicke. Nicht schreien. Nicht schreien. Ich kann mich zusammenreißen. Das kann ich.

»Alles okay bei dir?«

»Jaaa, als oay …«, lalle ich, außerstande, richtige Worte zu bilden. Und … mir läuft Spucke aus dem Mund. Entzückend. Ich hebe eine meiner schweren Hände, um mir über den Mund zu wischen. »Tu mi lei …«

»Schon gut«, antwortet sie, bevor ich erneut in Panik geraten kann. Sie spricht sehr leise, damit sie die anderen nicht aufweckt. »Wir waren alle ein wenig verkatert, als wir aufgewacht sind. Sie setzen alle Neuankömmlinge unter Drogen. Das wird sich sehr schnell legen. Ich bin Liz.«

»Georgie«, stelle ich mich vor und nehme mir die Zeit, meinen Namen verständlich auszusprechen. Ich reibe mir den Arm und zeige auf die seltsamen Beulen. »Wa is da los?«

»Also«, sagt Liz, »du bist von Außerirdischen entführt worden. Aber ich schätze, so viel war dir schon klar, oder?«

Ich lächele grimmig. Oder zumindest versuche ich es. Wahrscheinlich besabbere ich mich nur wieder.

Liz rückt näher an mich heran. »Okay, lass mich schauen, ob ich das Wichtigste zusammenkriege. Alle anderen hier ...«, sie reckt den Daumen in Richtung der anderen Personen, die sich im Käfig drängeln und die immer noch schlafen, »sind ebenfalls entführt worden. Alle von der Erde, die meisten aus Amerika. Ich glaube, es ist auch eine Kanadierin dabei. Bist du zweiundzwanzig?«

»Ja, timmt.«

»Dachte ich mir. Das sind wir alle. Lass mich weiter raten: Du lebst allein, bist nicht schwanger, hast keine größeren gesundheitlichen Probleme und keine Verwandtschaft in der Nähe?«

»Woher ...«

»Weil wir alle im selben Boot sitzen«, erklärt mir Liz düster. »Jede Frau, die sie mitnehmen, hat die gleiche Geschichte. Bis auf Megan. Sie war schwanger. Im zweiten Monat, hat sie gesagt, und sie haben es aus ihr herausgesaugt, als sei das keine große Sache.« Liz schaudert. »Also schätze ich, dass sie, wo immer sie uns hinbringen, keine schwangeren Mädchen wollen. Nur junge, gesunde.«

O Gott. Ich schlucke und kämpfe gegen den Brechreiz an. Es gibt hier wirklich keinen Ort, an dem man sich übergeben kann, obwohl mir langsam der Verdacht kommt, dass ich weiß, warum es hier riecht wie in der Kanalisation.

Auch der Geruch, der von Liz ausgeht, ist nicht direkt angenehm. »Wie ... lang bis du scho hie?«

»Ich?«, fragt sie. »Zwei Wochen. Kira ist, soweit wir wissen, am längsten hier. Das ist die mit dem Ohrhörer.«

Ich schaue mich um, aber ich sehe niemanden mit so einem Tool.

»Es ist ein Übersetzungsgerät«, weiht mich Liz ein. »Das wirst du bald genug mitkriegen. Ich bombardiere dich mit zu vielen Dingen auf einmal, was? Okay, versuchen wir es noch einmal. Siehst du die Röhren da?« Sie deutet auf die gegenüberliegende Wand, auf die Dinger, die mich an überdimensionale Schließfächer erinnern. »Kira hat gesehen, was da drin ist. Sie hat gesagt, dort seien weitere Frauen, genau wie wir.«

Ich schnappe nach Luft, was ein röchelndes und überlautes Geräusch verursacht. Noch mehr Leute?

Liz wedelt mit einer Hand in meine Richtung und signalisiert mir, dass wir leise sein müssen, also nicke ich und reibe mir die juckenden Beulen an meinem Arm. Sie schaut sich um, um festzustellen, ob jemand kommt, und als niemand auftaucht, rutscht sie noch näher an mich heran. Ich rieche ihren Körper neben meinem, sie riecht verschwitzt, aber immerhin menschlich. »Ja. Also ... sie haben Kira mitgenommen, und sie hat erzählt, sie hätten auf sie eingeredet, und als sie sie nicht verstand, hätten sie sie am Ohr gefasst und ihr eine Art Ohrhörer angetackert, der übersetzt. Aber ich schätze, sie haben nur diesen einzigen, daher muss sie für den Rest von uns übersetzen.«

»Ge-getackert?«, wiederhole ich entsetzt.

»Genau. Sie haben ihr wie bei einer Kuh eine Marke ins Ohr geknipst.« Liz schneidet eine Grimasse. »Entschuldige, ich stamme aus Oklahoma. Ich schätze, dieses

Bild verstört mich nicht so sehr wie dich. Woher kommst du?«

»Aus Orlando.« Ich bin mir nicht sicher, ob mein Mund das Wort »Florida« zustande bringen würde, ohne Speichel zu versprühen.

Sie nickt. »Wir kommen anscheinend aus dem ganzen Land. Wie dem auch sei, soweit Kira verstehen konnte, sind unsere neuen Freunde so etwas wie Schmuggler. Rate mal, womit sie handeln?«

»Mit Frauen?«

»Bingo.« Sie zeigt wieder auf die Schließfächer. »Ich vermute, dass sie zur Erde gekommen sind, um sechs mitzunehmen, und dann hatten sie so einen guten Lauf, dass sie beschlossen haben, noch ein paar in den Frachtraum zu quetschen und kräftig abzukassieren. Kira sagt, ungefähr jeden zweiten Tag kommt jemand Neues dazu. Wir vermuten, dass sie uns zusammenquetschen wie die Ölsardinen und uns dann an ... keine Ahnung ... irgendjemanden verkaufen. Wo auch immer.« Sie schaudert. »Ich versuche, nicht so weit vorauszudenken, denn dann würde ich nur anfangen zu schreien, und du willst nicht wissen, was passiert, wenn jemand anfängt zu schreien.«

O nein. »Was ...«

»Das wirst du früh genug erleben«, sagt Liz in einem komischen Tonfall. »Vertrau mir einfach. Die dürren Typen mögen keinen Lärm. Merk dir das, okay?«

Ich erinnere mich an ihre Warnung von vorhin. »Okay. Mein ... Arm ...«

»Kleine Beulen? Ja, genau. Sie haben so etwas wie einen Arzt – oder Tierarzt, wer weiß. Er taucht auf, wenn wir hier ankommen, sticht einen Haufen Nadeln in uns hinein, schießt uns das silberne Ding unter die Haut und geht wieder. Ich denke, es ist ungefähr so, wie wenn der Tierarzt auf den Hof kommt, die Kühe impft und ihnen eine Marke ins Ohr knipst. Nur dass sie bei uns in den Arm kommt. Aber da vergleiche ich uns schon wieder mit Kühen. Das sollte ich wahrscheinlich lieber lassen, oder?«

»Weil wir Kühe essen«, murmele ich und besabbere mich tatsächlich beim Sprechen.

Liz schnaubt. »Ja genau, das trifft es ungefähr. Aber ich denke, sie geben sich zu viel Mühe mit uns, um uns zu essen. Es sei denn, wir sind eine Art Delikatesse, was ich nicht ausschließen würde. Aber ... ja, genau.«

»Genau«, wiederhole ich.

»Versuch, etwas zu schlafen«, murmelt Liz und tätschelt meinen schmerzenden Arm. »Schlaf ist so ziemlich die einzige Fluchtmöglichkeit, die wir haben. Genieße sie.«

Diese Liz ist wirklich eine Optimistin. Ich schlinge die Arme um mich und bemerke, dass ich noch immer den ärmellosen kurzen Schlafanzug trage, in dem ich eingeschlummert war. Er ist nicht sehr warm und verdeckt auch nicht besonders viel, und ich wünsche mir absurderweise, ich wäre in einem großen Flanellpyjama schlafen gegangen.

Und dann möchte ich weinen. Weil ich für eine Entführung durch Außerirdische nicht richtig angezogen bin. Wenn das nicht alles so tragisch wäre, würde ich lachen. Meine Schultern zittern, und Tränen laufen mir über die Wangen. Ja genau. Gestern habe ich noch nicht an Außerirdische geglaubt. Aber das war gestern.

Ich weine mich leise wieder in den Schlaf.

Im Laufe des nächsten Tages wird mir, was das Raumschiff angeht, einiges klar.

Unter anderem, dass es keine Toilette gibt. Anscheinend haben unsere Entführer die ganze Sache mit dem Frachtraum voller gestohlener Mädchen nicht richtig durchdacht. Wir müssen uns mit einem Eimer in einer Ecke begnügen, daher der Gestank nach Kanalisation. Das war's dann mit unserer Würde. Es geht doch nichts darüber zu warten, bis man beim Kackeimer an die Reihe kommt.

Außerdem finde ich heraus, dass das Essen aus klitzekleinen Briketts besteht, die wie getrocknete Algen aussehen und beschissen schmecken. Davon kriegen wir zwei am Tag. Zu Trinken gibt es Wasser aus einem an der Wand befestigten Hahn, der mich an einen Futterspender erinnert.

Die Schwielen an meinem Arm gehen in den nächsten Stunden zurück, obwohl eine raue, kleine Beule zurückbleibt. Ich betaste sie und betrachte auch die Arme der anderen Mädchen, und ich ziehe daraus den Schluss, dass es sich um eine Art Peilsender handelt, den sie uns implantiert haben. Wie Ohrmarken für Kühe, wie Liz sich ausgedrückt hat. Im Moment erscheint mir der Ausdruck verdammt passend.

Zudem komme ich dahinter, dass es zwei Arten von Außerirdischen gibt: die zerbrechlichen grünen, die das Sagen zu haben scheinen, und die basketballköpfigen, die das Wachpersonal bilden. Ich nenne sie Basketballköpfe, nicht wegen ihrer übergroßen Gehirne, sondern wegen ihrer grobkörnigen, unbehaarten, an eine Orange erinnernden Haut. Über dem Kragen der grauen Overalls, die sie tagein, tagaus tragen, sieht das einfach bizarr aus. Die Basketballköpfe sind ziemlich grauenvoll, ungeachtet des albernen Namens. Sie haben unheimliche kleine Käferaugen mit einem durchsichtigen Augenlid darüber und nadelspitze Zähne. Außerdem weisen sie nur zwei Finger und einen Daumen statt fünf Finger auf, und sie sind groß. Die kleinen grünen Männchen, die die Vogelgeräusche machen, sind höchstens neunzig Zentimeter groß und tauchen bloß selten auf. Im Gegensatz zu den Basketballköpfen, die ständig im Frachtraum herumlungern.

Und vor denen haben alle Angst.

Das finde ich heraus, als ich am nächsten Morgen aufwache – obwohl es wahrscheinlich genauso gut Nachmittag sein könnte – und sehe, dass auch die anderen nicht mehr schlafen. Die Wirkung der letzten benebelnden Medikamente scheint verflogen zu sein, und ich unterdrücke blinzelnd ein Gähnen. Ich bemühe mich, leise zu sein, denn das ist immer gut. Es dauert einen Moment, bis mir klar wird, dass alle sich auf die andere Seite des Käfigs zubewegen, so weit weg von den Gitterstäben wie möglich. Die Haare in meinem Nacken stellen sich auf, und ich folge den anderen nach hinten. Ich will gerade fragen, was los ist, aber als ich den Mund öffne, schüttelt Liz wortlos den Kopf, ihren Blick auf etwas über meiner Schulter gerichtet.

Neugierig drehe ich mich um und zucke beim Anblick eines basketballköpfigen Außerirdischen zusammen, der mich durch die Gitterstäbe beobachtet. Ich zucke ein weiteres Mal zusammen, als er mich mit einem lüsternen Grinsen bedenkt, und ich rutsche schnell zu den anderen herüber.

»Nicht schreien!«, murmelt jemand warnend.

Großer Gott, das hier macht mir wirklich Angst. Ich nicke. Auf keinen Fall werde ich auch nur einen Laut von mir geben.

Die Basketballköpfe bleiben den ganzen Tag bei uns im Raum. Es ist, als warteten sie auf etwas. Ich wage nicht, darüber nachzudenken, was das sein könnte. Wir drängen uns in der Ecke des Käfigs zusammen, unsere Nerven zum Zerreißen gespannt, und nach einigen Stunden wird eine weitere bewusstlose Frau hereingetragen. Niemand macht auch nur den Versuch zu fliehen, als sie die Tür öffnen. Wir sitzen einfach bloß da und sehen zu, wie sie die Neue zu uns hereinschieben und die Tür wieder schließen.

Ich kann mir denken, warum niemand einen Fluchtversuch wagt. Wohin sollten wir auch fliehen? Außerdem hat Ungehorsam wohl schlimme Konsequenzen zur Folge, denn alle im Käfig haben eine Riesenangst vor den Basketballköpfen.

Jemand fasst die Neue unter den Armen und versucht, sie zu unserem zusammengekauerten Haufen zu ziehen. Sie ist ungefähr in meinem Alter und hat schöne rote Haare. Ich bemerke, dass die Basketballköpfe immer wieder an das Gitter kommen und in ihrer seltsamen gurgelnden Sprache über sie reden und von Zeit zu Zeit Handbewegungen machen. Dann lachen sie schrill und unheimlich, was an meinen ohnehin bereits blank liegenden Nerven zerrt.

Es ist fast so, als würden sie Wetten auf das neue Mädchen abschließen.

Einige Stunden später wacht sie auf. Ich hocke neben Liz und schrecke aus meiner Benommenheit auf, als sie scharf die Luft einzieht.

Das Mädchen schluchzt auf und blickt erschrocken drein.

»Nicht schreien!«, zischt eine leise Stimme. Ich kann nicht erkennen, wer es gesagt hat, aber ich weiß, dass wir alle es denken.

Doch die Rothaarige hört nicht auf sie. Sie blickt sich

um, gerät in Panik und beginnt zu schreien. Ihre schrillen Rufe hallen durch den Frachtraum. Sie will einfach nicht aufhören, obwohl einige von uns mit den Händen wedeln und sie berühren und versuchen, sie zu beruhigen. Sie ist völlig hysterisch, und ihre Schreie werden lauter und panischer, je mehr sie zu sich kommt. Sie schlägt um sich und wehrt sich gegen unsere beschwichtigenden Berührungen.

Über uns piepst etwas.

Die anderen im Käfig werden vollkommen reglos.

Ein seltsames vogelartiges Zwitschern dringt aus der Sprechanlage.

Einer der Basketballköpfe berührt eine Schalttafel, die daraufhin aufleuchtet, und er gurgelt eine Antwort. Die Gruppe der Mädchen weicht zurück, als der andere Basketballkopf sich dem Käfig nähert und die Tür öffnet.

Hinter der Tür liegt die Freiheit, aber niemand greift danach.

Die Rothaarige wird gepackt. Sie ist eine Kämpferin, das muss man ihr lassen. Sie schlägt um sich, als sie sie anfassen, kreischt auf Französisch Flüche und schreit schrill um Hilfe. Alle anderen sitzen still da und schauen zu.

Ich ertrage es nicht länger, versuche aufzustehen, um zu ihr zu gehen und ihr zu helfen. Liz hält mich am Bein fest. »Nein«, zischt sie. »Lenk bloß keine Aufmerksamkeit auf dich, Georgie! Vertrau mir.«

Obwohl alles in mir sich dagegen wehrt, untätig zu bleiben, habe auch ich furchtbare Angst. Es ist zu einfach, sich hinzusetzen und sich wieder bei den anderen zusammenzukauern. Dazusitzen und abzuwarten, was passiert, wenn sich jemand dem unausgesprochenen Schweigebefehl widersetzt. Und ich hasse mich dafür.

»Schau nicht hin«, flüstert Liz mir zu.

Doch genau das mache ich. Irgendjemand muss hinschauen. Irgendjemand muss zusehen. Als es vorbei ist und sie nicht länger gegen irgendetwas ankämpft, ist mir übel. Was ich gerade gesehen habe …

Liz drückt meine Hand. »Kira sagt, sie hätten die Erlaubnis, jede Gefangene, die sich nicht benimmt, zu ›disziplinieren‹.«

Ich nicke und wende endlich den Blick ab, während die Außerirdischen sich in ihrer seltsamen Sprache unterhalten und noch einmal die Plätze tauschen. Ich schätze, dass das rothaarige Mädchen inzwischen brav und »diszipliniert« ist. Am liebsten würde ich schreien, aber laute Geräusche sind verboten. Ich bohre mir die Fingernägel in die Handflächen und schaue an der Reihe bleicher Gesichter neben mir im Käfig entlang und versuche herauszufinden, welches der Mädchen Kira ist. Eine junge Frau am Ende der Reihe mit glatten braunen Haaren presst sich weinend die Hände auf die Ohren. Es ist, als könne sie nicht ertragen, mit anzuhören, was hier passiert, doch die Rothaarige ist still. Man hört bloß das Geplapper der Außerirdischen.

Das Mädchen muss Kira sein. Sie ist die Einzige, die die Wachen verstehen kann, dank des Gerätes, das sie ihr ins Ohr implantiert haben. Ich mustere die anderen. Sie stehen unter Schock und haben alle den Blick abgewandt. Einem Mädchen stehen das Entsetzen und die Trauer ins Gesicht geschrieben, und ich frage mich, ob auch sie eine Schreierin war. Ich komme zu dem Schluss, dass ich es gar nicht wissen will, presse die Augen fest zusammen und versuche, die Welt auszublenden. Versuche, in einer stillen Blase zu existieren, in der nichts von alledem real ist. Wo alles sich in Luft auflöst und ich aufwache, wenn ich mir nur fest genug in den Arm kneife.

Aber als ich die Augen schließe, sehe ich das Gesicht der Rothaarigen vor mir, wie sie missbraucht wird und wie der dafür verantwortliche Außerirdische die ganze Zeit über weiter mit seinem Freund redet. Als sei es keine große Sache, bloß ein ganz normaler Tag im Büro, typischer Teeküchenklatsch.

Liz hat recht. Wir sind für diese Kreaturen nichts weiter als Vieh. Sie werden uns an jemanden verkaufen, der uns vergewaltigt oder isst oder beides. Oder der etwas noch Schrecklicheres, als ich mir überhaupt vorstellen kann, mit uns macht.

Doch ich werde mich meinem Schicksal nicht einfach ergeben. Ich verschränke die Arme vor der Brust, ziehe die Knie an und mustere meine Umgebung. Ich betrachte jeden Winkel der seltsamen Wände und versuche herauszubekommen, ob es hier irgendetwas gibt, das sich als Waffe einsetzen lässt.

Denn ich werde diese grobhäutigen, ekelhaften Mistkerle umbringen, sollten sie versuchen, mich anzurühren.

Während der nächsten Woche kommt niemand mehr an Bord des Raumschiffes, daher wächst in mir der Verdacht, wir wären »ausgebucht«. Was gut ist, wenn man bedenkt, dass unser winziger Frachtraum sich von Stunde zu Stunde immer beengter anfühlt. Nun, da sich Dominique – die misshandelte Rothaarige – neben uns zwängt, fühlen wir uns wie die Ölsardinen.

Nicht dass irgendjemand aufspringen würde, um sich zu beschweren.

In der Nacht, wenn die Wachen uns allein lassen, unterhalten Liz und ich uns leise. Wahrscheinlich sind wir jetzt auf dem Weg in den Weltraum. Während der letzten paar Tage hat es immer mal wieder in den Ohren geknackt, weshalb wir vermuten, dass wir uns mit hoher Geschwindigkeit bewegen.

Und wir wissen nicht, was wir tun sollen.

»Als Erstes töten wir die Wachen«, sage ich zum zweiten Mal heute Nacht zu Liz und Kira. »Die kleinen grünen Männchen scheinen den Basketballköpfen die ganze Drecksarbeit zu überlassen. Ich denke, wenn wir die orangefarbenen Typen loswerden, können wir die grünen vielleicht dazu zwingen, uns zur Erde zurückzubringen.«

»Dieser Plan hat nur einen winzigen Haken, Georgie«, gibt Liz zu bedenken, praktisch veranlagt, wie sie nun mal ist. Sie deutet auf die Gitterstäbe des Käfigs. »Wir sind auf dieser Seite des Gitters und sie auf der anderen. Und sie haben Waffen.«

»Wir müssen irgendetwas tun, um sie dazu zu bringen, die Tür zu öffnen.« Kiras Stimme dringt leise durch die Dunkelheit. »Ich würde ja sagen, wir könnten auch darauf warten, dass eine weitere Gefangene auftaucht, aber ...«

»Eben«, sage ich nachdenklich und lasse den Blick zu Dominique wandern, die allein in einer Ecke hockt. Seit man sie in den Käfig zurückgebracht hat, ist sie völlig kaputt. Jetzt ist sie natürlich still. Sie verbringt ihre wachen Stunden damit, mit der Faust gegen den Mund gepresst dazusitzen und sich ins eigene Fleisch zu beißen, während ihr die Tränen über die Wangen laufen. Und sie wehrt all unsere Versuche ab, uns mit ihr anzufreunden oder sie zu beruhigen. Wahrscheinlich müssen wir ihr einfach Zeit geben und Geduld haben, aber da wir alle in etwas von der Größe eines begehbaren Kleiderschranks hineingezwängt worden sind, liegen bei uns auch die Nerven blank.

Ich sehe mir Kiras und Liz' grimmige Gesichter an und denke angestrengt nach. »Wie wäre es, wenn wir alle so tun würden, als seien wir krank, wenn sie nächstes Mal kommen, um uns etwas zu essen zu bringen?«

»Das dürfte nicht allzu schwierig sein«, sagt Liz. »Diese Algenriegel sind absolut widerwärtig.«

Aber Kira schüttelt den Kopf. »Und was ist, wenn sie beschließen, uns einfach alle in den Weltraum zu werfen, wenn wir uns krank stellen? Wir sind lediglich Extraballast, schon vergessen? Solange sie ihre Quote mit den Mädchen in den Kapseln da drüben erfüllen, sind wir entbehrlich.« Sie deutet auf die Schließfächer auf der anderen Seite des Raums.

Wie könnte ich diese Röhren vergessen? Ich weiß nicht, ob ich neidisch sein soll, dass sie nicht die geringste Ahnung von der Situation haben, oder ob es im Grunde noch entsetzlicher ist, angesichts dessen, was sie erwartet, wenn sie aufwachen. Doch Kira hat recht. Solange denen in den Kapseln nichts passiert, sind wir entbehrlich, und ich bin nicht bereit, unserem Fluchtplan auch noch »Sabotage an den Kapseln« hinzuzufügen. Genauso wenig bin ich bereit, sie zurückzulassen. Wir werden sie einfach in unsere Planung miteinbeziehen müssen. »Was ist, wenn wir schreien?«, frage ich.

Kira schluckt. »Das macht mir Angst.« Sie späht über meine Schulter zu Dominique hinüber und schaudert.

»Mir gefällt es auch nicht«, sage ich. »Aber was haben wir sonst für Möglichkeiten? Eine einzige Person, die aus der Reihe tanzt, sorgt dafür, dass alle anderen geschützt sind, oder? Also erregen wir ihre Aufmerksamkeit, bringen sie dazu, die Tür zu öffnen …«

»Und was dann?«, hakt Liz nach. »Dann lassen wir uns vergewaltigen?«

»Nein.« Daran will ich nicht einmal denken. »Wir brauchen irgendeine Art von Ablenkung. Wir könnten alle auf sie zurennen, wenn sie die Tür öffnen. Wir sind in der Mehrzahl.«

»Aber sie haben Waffen«, gibt Kira zu bedenken.

»Doch wenn wir alle auf sie zustürzen …«

»Dann werden die, die ganz vorne sind, erschossen«, sagt Liz. »Ich will nicht hier sein, aber ich will auch nicht sterben. Und ich glaube auch nicht, dass die anderen es wollen. Sie sind nicht wirklich Kämpferinnen. Keine von uns ist das.«

»Aber welche Wahl haben wir denn?«, protestiere ich. »Wir können uns wie brave kleine Sklavinnen verhalten und trotzdem vergewaltigt und zu Gott weiß was für einen Zweck verkauft werden. Wenn wir uns wehren, haben wir zumindest eine Chance.«

»Nein, du hast recht.« Liz winkelt die Knie an und denkt nach. »Also, wir lenken sie mit irgendwas ab, bringen sie dazu, die Tür zu öffnen, stürzen uns auf sie, entreißen ihnen die Waffen und übernehmen die Kontrolle. Wir müssen einfach nur dafür sorgen, dass Kira während der ganzen Zeit geschützt ist.«

»Ich?« Kira sieht sie überrascht an. »Warum?«

»Weil du diejenige mit dem Übersetzerding bist«, erklärt Liz grimmig. »Wir werden sie kaum überreden können, kehrtzumachen und zur Erde zurückzufliegen, wenn du erschossen wirst und wir nicht mit ihnen reden können.«

Da ist etwas dran. »Ich werde sie ablenken«, schlage ich vor. »Immerhin ist es mein Plan.«

»Bist du dir sicher?«

Nein, natürlich bin ich mir nicht sicher. Schon bei dem Gedanken, diese Kreaturen mit der grobkörnigen Haut könnten mich berühren, fange ich an zu zittern. Aber was habe ich für eine Wahl? Mich zurücklehnen und gar nichts tun? Es einfach geschehen lassen und diesen Wesen erlauben, über mein Schicksal zu entscheiden? Nie und nimmer. »Ich werde es tun.«

Als sei es mit mir einer Meinung, gerät das Raumschiff ins Schlingern und geht in den Sinkflug, und wir alle fallen der Länge nach hin.

Natürlich schreit keine Einzige von uns. Wir wissen alle, dass es nichts gebracht hätte.

Zum zweiten Mal an diesem Tag schlingert das Raumschiff. Das Wort »Turbulenzen« klingt ein wenig lächerlich, wenn man bedenkt, dass wir uns im Weltraum befinden. Müsste es nicht ein ungestörter Flug sein? Mein Magen schlingert mit, aber ich ignoriere es.

Fast ist es Zeit für unseren Plan.

Ich starre den Wachposten an, der vor unserer Zelle auf und ab geht. Es ist die Zeit, die wir als »Schlafenszeit« betrachten, in der wir den letzten Algenriegel des Tages bekommen und es die Wachen auch nicht länger interessant finden, uns zu piesacken. Normalerweise wechseln sie nach der letzten Mahlzeit unseren Eimer mit unseren Hinterlassenschaften und ziehen sich dann zurück.

Aber heute Nacht ist alles anders. Obwohl unser Eimer beinahe voll ist, kommt der Basketballkopf nicht herein, um ihn zu holen. Gezwitscher dringt aus der Sprechanlage, und der Wachposten im Raum wird von Minute zu Minute unruhiger.

Und die ganze Zeit über schlingert das Raumschiff.

»Was ist da los?«, flüstere ich Kira zu, während wir zusehen, wie der Wachposten geistesabwesend auf und ab geht. »Wo ist der andere Basketballkopf?«

»Ich weiß es nicht«, gesteht sie und presst sich eine Hand ans Ohr, um das silberfarbene Gerät fester hineinzudrücken. »Einige Worte lassen sich nicht übersetzen. Oder sie lassen sich übersetzen, aber ich weiß nicht, was sie bedeuten.« Sie schüttelt den Kopf. »Ich denke jedoch, dass irgendetwas mit dem Antrieb passiert ist. Sie reden die ganze Zeit davon, die Fracht an einem sicheren Ort abzuwerfen.«

Mein Magen zieht sich zusammen. »Ähm, wir sind die Fracht.«

Sie verzieht das Gesicht. »Ich weiß. Anscheinend werden sie dann jedoch einen Liefertermin versäumen, daher versuchen sie, eine andere Lösung zu finden.«

»Wir Glückspilze«, murmele ich und schaue zu dem einsamen Wachposten hinüber. Es ist nur ein einziger. Normalerweise sind sie zu zweit. Alles in mir spannt sich an, als es mir dämmert. Wenn wir den einen Wachposten überwältigen ... brauchen wir uns später nur noch mit einem herumzuschlagen. Unsere Chancen stehen erheblich besser, wenn wir uns die Wachen einzeln vornehmen.

Und wenn wir seine Waffe haben.

»Ich denke, wir sollten jetzt unseren Plan durchziehen«, sage ich leise, während der Wachposten wieder beginnt, auf und ab zu gehen.

»Ich weiß nicht.« Kira beißt sich auf die Unterlippe.

Aber Liz nickt mir zu.

»Wir machen es«, flüstere ich den anderen im Käfig zu.

Die Mädchen sind sichtlich beunruhigt, doch sie rücken beiseite, um mir Platz zu machen. Wenn ich bereit bin, das Opferlamm zu sein, sind sie bereit, mir zu erlauben, mich zu opfern.

Also nehme ich meinen ganzen Mut zusammen, gehe zum Käfiggitter und drücke das Gesicht an die Stäbe unseres Gefängnisses. »He.«

Der Wachposten dreht sich nicht um. Er geht weiter auf und ab, und sein Blick flackert zur Decke, als erwarte er, dass von dort weitere gezwitscherte Befehle kommen.

Ich versuche es noch einmal. »He. Hier drüben.« Als er mir immer noch keine Beachtung schenkt, bin ich überrascht, das muss ich zugeben. Normalerweise ist ihnen jeder Vorwand, uns zu bestrafen, willkommen. In der letzten Woche habe ich beobachtet, wie ein anderes Mädchen vergewaltigt wurde, weil sie in einem Albtraum aufgeschrien hat. Also versuche ich es mit einer neuen Taktik, um seine Aufmerksamkeit zu erregen.

Ich spucke einen Klumpen Speichel in seine Richtung.

Die Spucke landet auf seinem großen, kahlen Kopf, und er bleibt abrupt stehen. Er reißt seine unheimlichen kleinen Fischaugen auf und funkelt mich an, dann kommt er in langen Schritten durch die Ladebucht auf unseren Käfig zu.

»Gut gemacht, Georgie«, raunt Liz.

Ich hole tief Luft und nicke. Ich selbst habe bei der Sache kein besonders gutes Gefühl, aber was soll's. Wie wir es geplant haben, ziehe ich mich in den hinteren Teil des Käfigs zurück – damit er hereinkommen muss –, und als die anderen Mädchen sich um mich scharen, reiße ich den Eimer mit unserer Scheiße hoch.

Wir haben uns überlegt, dass ich ihm die Kacke entgegenschleudere, um ihn noch mehr abzulenken, und die anderen diesen Moment nutzen und sich auf ihn werfen. Dann überwältigen wir ihn und nehmen ihm seine Waffe ab. Nicht dass eine von uns wüsste, wie man mit einer Alien-Waffe schießt, aber immer schön eins nach dem anderen. Solange er sie nicht hat, ist die Schlacht schon halb gewonnen.

Beim Hochheben des Eimers stellt sich natürlich heraus, dass er sehr schwer ist und ich von den jämmerlichen Rationen, die man uns zubilligt, schwach und lethargisch bin. Ich taumele unter dem Gewicht des Eimers und zucke zusammen, als etwas vom Inhalt über den Rand und auf meinen Arm schwappt. Verdammt.

Er knurrt etwas, das wie ein Fluch auf Außerirdisch klingt, und schließt den Käfig auf.

Ganz anders, als wir es besprochen haben, weichen die anderen Mädchen zurück und lassen mich mit dem Eimer und einem dämlichen Ausdruck auf dem Gesicht allein, während er auf mich zugestürmt kommt.

Ich schleudere den Eimer in seine Richtung, gerade als er mich packen will, doch der Eimer ist zu schwer, und am Ende schwappt dessen Inhalt über uns beide. Er packt meinen Arm, und ich kreische überrascht auf, als er mir die Finger in den Oberarm bohrt. Seine grobkörnige Haut ist nicht nur hässlich, sondern auch rau und schürft mir wie Schmirgelpapier die Haut auf.

Er zischt ein Schimpfwort und zerrt mich zu sich heran.

»Nein«, ruft Liz und packt meinen anderen Arm, während ich mich in seiner Umklammerung winde. Wo, verdammt noch mal, ist unser großer Angriffsplan geblieben? Warum kauern sich die anderen ganz verschreckt zusammen? Ich sehe zu Kira, meiner anderen Komplizin, aber sie hält den Kopf schief, einen seltsamen Ausdruck auf dem Gesicht, während sie zur Decke starrt. Von oben kommt schwaches vogelartiges Gezwitscher.

»Abkoppelung einleiten?«, fragt Kira verwirrt.

Der ganze Boden kippt zur Seite, und wir purzeln alle durcheinander.

Ich fliege durch den Raum und rase für einen Moment ohne Bodenhaftung durch die Luft. Dann knalle ich gegen die Wand mit den Röhren, und alle Luft entweicht meinen Lungen.

Die ganze Welt gerät in Schieflage, und der Frachtraum ist voller schreiender Frauen. Etwas Nasses spritzt auf meine Arme, und der Eimer fliegt über uns hinweg. Dann hängt alles in der Luft. Die Lichter gehen aus, und wir finden uns in absoluter Dunkelheit wieder.

Ein rotes Lämpchen springt flackernd an. Oh, das ist nicht gut. Rotes Licht ist immer ein Notfallsignal, oder nicht?

Ich starre in den nun roten Raum und sehe zu, wie Klumpen aus dem Eimer mit unseren Hinterlassenschaften vorbeischweben. Im Hintergrund kullert jemand in der Luft herum. Uns ist die Schwerkraft abhandengekommen.

Was ist denn jetzt los?

Ich versuche, meinen Blick zu fokussieren, als etwas an meinem Kopf vorbeitanzt. Es ist schwarz, rechteckig und hat einen dicken Lauf.

Die Waffe.

Großer Gott. Ich stoße mich von einem der Schließfächer ab und schwimme durch die Luft auf die Waffe zu, und genau in dem Moment setzt die Schwerkraft wieder ein. Ich knalle direkt auf der Waffe auf den Boden.

Einige Schritte entfernt kracht der Wachposten ebenfalls herunter. Und die ganze Zeit über kommt durch die Sprechanlage dieses seltsame Vogelgezwitscher.

Ich schnappe mir die Waffe und suche nach einem Abzug, während die Wache stöhnend den Kopf schüttelt und versucht, sich zu sammeln. Da ist kein Abzug. Egal, scheiß drauf. Das Ding wird als Knüppel genauso gut funktionieren. Ich packe es an seinem schmaleren Ende, hebe es hoch und lasse es auf den Kopf des Wachpostens niedersausen.

Knack.

Der Wachposten rudert mit den Armen.

Ich höre nicht auf, sondern schlage ununterbrochen auf ihn ein. Knack. Knack. Immer wieder lasse ich den Knauf der Waffe auf seinen Kopf niedersausen. Auch als er sich nicht mehr bewegt, höre ich nicht auf. Ich habe schreckliche Angst, dass er einen Granitschädel haben könnte, sich umdreht und mich überwältigt. Also schlage ich einfach immer weiter auf ihn ein.

Hände greifen nach meinen. »Georgie. He, Georgie, hör auf! Ich glaube, er ist tot.« Liz' Stimme dringt durch den Nebel in meinem Gehirn. »Du kannst jetzt aufhören.«

Meine Bewegungen erlahmen, und ich starre mit leerem Blick in ihr Gesicht und dann auf die Wache. Beziehungsweise auf das, was von der Wache übrig ist. Das Gesicht auf seinem Hals ist nur noch ein Fleischklumpen.

Ich reiße die Augen auf. Dann übergebe ich mich.

»Du hast es geschafft«, sagt Liz und massiert mir den Rücken. »Du hast es wirklich geschafft, Georgie! Du bist echt beinhart!«

Ich fühle mich nicht unbedingt beinhart. Mir ist schlecht. Gerade habe ich einen Mann getötet. Eine Art Mann. Irgendwie. Definitiv einen Vergewaltiger.

Trotzdem ist er ein Lebewesen.

War. War ein Lebewesen.

Mein Magen zieht sich erneut schmerzhaft zusammen. Mit dem Handrücken wische ich mir über den Mund und halte dann inne. Meine Hand riecht nach Kloake. Igitt. Außerdem bin ich von oben bis unten voll mit Exkrementen, die sich in der ganzen Kabine verteilt haben. »Was zum Teufel ist passiert?«

»Ich weiß es nicht«, sagt Liz und hilft mir auf die Füße.

Mir tut alles weh, und meine Rippen fühlen sich an der Stelle, wo ich auf der Waffe gelandet bin, geprellt an. Doch ich umklammere die Waffe immer noch. Es ist mir egal, ob sie voll Kacke und Hirnmasse und was sonst noch ist, sie gehört jetzt mir.

Ein metallisch klingendes Zwitschern plärrt durch die Lautsprecher, und im gleichen Moment knackt es heftig in meinen Ohren. Zur selben Zeit wie ich hält Liz sich die Ohren zu, und wir sehen einander überrascht an.

Kira kommt aus dem Käfig gerannt. »Ladys! Wir haben ein größeres Problem. Die Nachricht von oben lautet jetzt: ›Vorbereiten auf Wiedereintritt‹. Ich denke, das bedeutet, dass uns eine Bruchlandung bevorsteht!«

Scheiße.

Wir fallen wieder abrupt, und ich kullere durch die Luft und knalle gegen die Röhren. Etwas kracht gegen meinen Kopf, und dann wird alles schwarz.

»Hey.« Eine vertraute Stimme erklingt in meinem Ohr. »Hey, wach auf. Geht es dir gut, Georgie?«

Langsam komme ich wieder zu mir und stöhne bei dem heftigen Schmerz, der mir durch die Stirn schießt. Einen Moment später ist der Schmerz nicht mehr nur in meinem

Kopf. Jeder Teil meines Körpers tut weh, am schlimmsten mein Handgelenk. Darin pocht es in einem unangenehmen Brennen, das bis in meinem Ellbogen ausstrahlt. Blinzelnd schaue ich zu Liz hoch, die sich über mich beugt. »Au.«

Sie grinst mich mit einer geschwollenen Lippe und einem sich ausbreitenden Bluterguss auf der Wange an. »Du lebst. Das ist schon mal gut.« Sie hockt sich neben mich und hält mir eine Hand hin. »Kannst du dich aufsetzen?«

Mit ihrer Hilfe ziehe ich mich in eine sitzende Position hoch und zucke zusammen. Im Sitzen tut alles nur noch mehr weh. »Was ist passiert?«

»Wir haben eine Bruchlandung hingelegt«, sagt sie. »Die meisten haben das Bewusstsein verloren, weil wir herumgeschleudert worden sind. Es gibt einige gebrochene Knochen, ein paar blutige Nasen, und zwei haben es nicht geschafft.«

Ich starre sie erschrocken an, dann lasse ich den Blick durch die Kabine wandern. »Zwei Mädchen … sind tot? Wer?«

»Neben der Wache, die du erledigt hast, Krissy und Peg. Sieht nach Genickbruch aus.« Sie deutet mit dem Kopf zur anderen Seite des Raums. »Die Armen.«

Ich habe einen Kloß im Hals. Ich kannte sie zwar nicht besonders gut, aber das Entsetzen in ihren Augen werde ich nicht vergessen. Ich bin so froh, noch am Leben zu sein. Ich umarme Liz, und sie erwidert meine Umarmung, und für einen Moment sind wir einfach nur erleichtert, zu atmen und einigermaßen unversehrt zu sein. Ich blinzele über ihre Schulter und bemerke, dass die gesamte Ladebucht sich zur Seite geneigt hat. Der Metallboden steht schräg, ist voller Trümmer und eiskalt. Mit Liz' Hilfe stehe ich schwankend auf und sehe mich erschrocken um.

Mehrere Mädchen klammern sich in einer Ecke aneinander – Megan umarmt Dominique und versucht, sie zu beruhigen, während Letztere Laute irgendwo zwischen einem Kreischen und einem Schluchzen zu unterdrücken versucht. Andere Mädchen liegen immer noch bewusstlos auf dem Boden, und ich sehe zwei Leichen in der Ecke neben dem toten Wachposten übereinanderliegen. Krissy fällt das dunkle Haar übers Gesicht und verhüllt zum Glück ihre Züge. Ich wende den Blick ab. An der Seite versucht Kira, einem anderen Mädchen dabei zu helfen, ihr offensichtlich gebrochenes Bein zu richten. Kiras Gesicht ist voller blauer Flecken, und Blut läuft aus ihrem Ohrimplantat.

Alle sind zerschunden und verletzt. Ich schaue an mir herunter, auf meine eigenen Beine, aber sie scheinen in Ordnung zu sein. Mein Handgelenk dagegen ist geschwollen und färbt sich gerade ein wenig violett, und meine Rippen fühlen sich an, als würden sie in Flammen stehen. »Ich glaube, das ist gebrochen«, sage ich und strecke meinen Arm mit dem verletzten Handgelenk aus. Zaghaft drehe ich es und werde fast ohnmächtig bei der Schockwelle von Schmerz, die daraufhin durch meinen Körper schießt.

»Dann wirst du wohl keinem weiteren Außerirdischen eins überziehen«, sagt Liz fröhlich. »Wenn es nicht gebrochen ist, ist es ziemlich schlimm verstaucht. Du solltest die Zehen an meinem linken Fuß sehen. Die hat es auch übel erwischt. Als hätten sie erfolglos versucht, den strategischen Rückzug in meinen Fuß anzutreten.«

Ich sehe sie skeptisch an. »Warum hast du dann so gute Laune?«

»Weil wir frei sind«, sagt sie begeistert. »Verdammt, wir sind frei, und wir sind irgendwo gelandet. In meinen Augen ist die Lage damit auf jeden Fall besser als vorher.«

»Woher weißt du, dass wir gelandet sind?«

Liz kommt an meine Seite gehumpelt, wobei sie nur ihr gesundes Bein belastet. »Weil der Fußboden schräg steht und kalt ist und deswegen.« Sie zeigt auf etwas hinter mir.

Ich drehe mich um. Über uns hat sich anscheinend eins der Schließfächer teilweise von der Wand abgelöst und einen langen, schmalen Riss im Rumpf unserer Ladebucht hinterlassen. Durch den Riss fällt schwaches Licht, und es sieht aus, als würden Schneeflocken herabschweben. Ich schnappe nach Luft und versuche, etwas zu erkennen. »Ist das Schnee?«

»Ja«, sagt Liz glücklich. »Und da wir nicht alle ersticken, weil wir Methan oder irgend so etwas einatmen, kommt auch Sauerstoff herein.«

Hoffnung lässt mein Herz schneller schlagen, und ich schaue hoch zur Decke. Aufgeregt drehe ich mich wieder zu Liz. »Denkst du, wir sind irgendwie wieder auf der Erde gelandet?«

»Das glaube ich nicht«, sagt Kira und unterbricht mit ihrer sanften Stimme meine Gedanken. Ich schaue sie an und zucke zusammen. Sie sieht ziemlich mitgenommen aus, und die ganze linke Seite ihres schmalen Gesichts ist violett verfärbt und blutverschmiert. In einem ihrer Augen ist ein Blutgefäß geplatzt, und das Rot bildet einen scharfen Kontrast zu ihrer blassen Haut. Auch sie humpelt, und ihr Knie ist geschwollen.

»Woher weißt du, dass wir nicht auf der Erde sind?«, frage ich. Ich weigere mich, jetzt schon die Hoffnung aufzugeben. »An wie vielen Orte gibt es Schnee und Sauerstoff? Wir könnten, ich weiß nicht, in Kanada sein oder so.«

»Weil ich durch dieses Ding gehört habe«, sagt sie und zeigt auf den noch immer an ihrem Kopf befestigten blutverschmierten Ohrhörer, »dass sie uns an einem ›sicheren Ort‹ absetzen wollten, um uns zu einem späteren Zeitpunkt wieder abzuholen.«

Stirnrunzelnd verschränkt Liz die Arme vor der Brust. »Sie wollen uns zu einem späteren Zeitpunkt wieder abholen? Also haben sie uns abgeworfen, damit wir uns nicht vom Fleck rühren und sie uns in ein oder zwei Tagen wieder einsammeln können? Darauf ist doch geschissen!«

»Ich weiß nicht, wann sie wiederkommen«, sagt Kira ernst. »Aber als sie diesen Ort erwähnten, haben sie definitiv nicht von der Erde gesprochen. Sie haben dauernd über eine Partikelwolke geredet, aber die einzige Partikelwolke, an die ich mich aus dem Physikunterricht erinnere, befand sich am Rand unseres Sonnensystems: die Oortsche Wolke. Und wenn wir so viel Licht haben«, fährt sie fort und zeigt auf den Riss im Rumpf, »sind wir nicht einmal ansatzweise in der Nähe von Pluto. Ich halte es für unwahrscheinlich, dass wir auf der Erde sind. Und ich glaube auch nicht, dass wir uns noch in unserem Sonnensystem befinden.«

»Wahrscheinlich hast du recht«, stimmt Liz ihr zu. Sie klingt bedrückt.

Ich bin immer noch skeptisch. Es ist schwer, angesichts des Schnees, der durch den Riss fällt, nicht wenigstens ein bisschen optimistisch zu sein. Wir müssen einfach zu Hause sein, nicht wahr? Da draußen herrscht Winter. Sie könnten uns in der Antarktis abgeworfen haben. Im Moment würde ich die Antarktis jedem x-beliebigen Planeten vorziehen. »Ich will nicht hier warten, bis sie zurückkommen.«

»Ich auch nicht.« Kira seufzt und reibt sich ächzend die Schulter. »Aber wir sind alle verletzt. Ich weiß nicht, wie schnell wir uns bewegen können oder ob es nicht viel zu gefährlich ist, von hier wegzugehen. Nach allem, was wir wissen, könnten wir in einem Meereis treiben, das voller menschenfressender Grönlandhaie ist.«

»Großer Gott, du bist ja echt ein Sonnenschein«, sagt Liz und starrt Kira an.

»Entschuldigung.« Kira verzieht das Gesicht und drückt sich eine Hand auf die Stirn. »Der Tag war die Hölle, und ich habe das Gefühl, er wird noch schlimmer werden.«

Sie sieht so niedergeschlagen aus, dass ich sie am liebsten umarmen würde. Ich weigere mich, mich davon runterziehen zu lassen. Ein Wachposten ist tot, wir haben seine Waffe, und im Moment sind wir auch unsere anderen Bewacher los. »Es wird alles gut«, sage ich betont fröhlich. »Wir werden uns etwas einfallen lassen.«

»Können wir damit anfangen, uns was zu essen zu besorgen?«, ruft Megan aus der Ecke der schräg geneigten Ladebucht. »Wir haben ziemlichen Hunger.«

»Essen ist schon mal ein guter Anfang«, pflichte ich ihr bei und nicke Liz zu. »Lass uns schauen, was die kleinen grünen Männchen uns hiergelassen haben, wenn schon von uns erwartet wird, dass wir das hier heil überstehen und auf ihre Rückkehr warten sollen.«

Doch eine Stunde später sieht die Lage finster aus. Wir haben genug Algenriegel für eine Woche gefunden und ungefähr für die gleiche Zeitspanne Wasser. Darüber hinaus haben wir nichts.

Hinzu kommt, dass es abgesehen von dem, was dem

Wachposten gehört hat, den wir getötet haben – na ja, den *ich* getötet habe –, weder Waffen noch zusätzliche Kleidung gibt. Wir sind alles durchgegangen, haben an Wände gehämmert und in der Shuttle-Bucht nach Geheimfächern gesucht, aber da war nicht viel. Die einzige Entdeckung bestand in irgendwelchen Platten aus dickem plastikartigen Material, die aber nicht warm und nicht biegsam genug sind, um sie zu irgendetwas zu gebrauchen.

»Ich bin mir ziemlich sicher, dass Robinson Crusoe nicht annähernd so am Arsch war wie wir«, witzelt Liz.

Ich habe nie *Robinson Crusoe* gelesen, aber sie hat recht. Es ist klar, dass wir nicht fürs Überleben gerüstet sind. Wir sind für gar nichts gerüstet, und im Frachtraum wird es von Minute zu Minute kälter, dank des Schnees und der eisigen Luft, die stetig durch den Schlitz im Rumpf dringt.

»Ich verstehe es nicht«, sagt Liz, während sie Algenriegel verteilt. »Wenn sie wollen, dass wir hier sitzen und warten, meint ihr nicht auch, sie hätten uns mehr Proviant dalassen sollen?«

»Du vergisst, dass wir nur das Bonusmaterial sind«, antworte ich und winke ab, als sie mir meinen Algenriegel hinhält. Jemand anders kann ihn essen. Ich habe auch so schon einen Brechreiz. »Solange die da drüben intakt sind, ist alles bestens, oder? Und die essen nicht.« Ich deute mit dem Daumen auf die Tiefschlafröhren, die nach wie vor die Wand säumen. »Sie sind immer noch in tadelloser Verfassung.«

Kein Wunder.

»Sollten wir sie vielleicht wecken?« Den Gedanken, dass einige Schritte von uns entfernt eine Handvoll bewusstloser Frauen sind, die keine Ahnung haben, was gerade vor sich geht, finde ich ziemlich beunruhigend. Wenn ich eine

Bruchlandung hingelegt hätte, würde ich dann darüber nicht aufgeklärt werden wollen?

»Gott, nein«, sagt Liz. »Woher sollen wir überhaupt wissen, dass ihnen klar ist, wo wir sind? Sie glauben bestimmt, sie liegen immer noch in ihrem Bett, und kleine grüne Männchen existieren nicht. Wie würde es dir gefallen, aufzuwachen und all das hier vorzufinden und zu hören: ›Oh, übrigens, wir sitzen hier fest und haben nicht viel zu essen‹?«

»Stimmt auch wieder.« Ich sehe mich in dem leeren Raum um, klopfe mit meinem nackten Fuß auf den Boden und denke nach.

»Also, was machen wir nun?«, fragt Kira und schiebt sich neben die anderen Mädchen, die sich auf der Suche nach Körperwärme aneinanderdrängen. Sie wirkt erschöpft.

Liz sieht mich an. Und wartet.

Bin ich jetzt plötzlich die Anführerin hier? Mist. Aber ... irgendjemand muss es tun, und ich bin es leid, dass niemand Ideen hat. Ich nehme mir die Zeit, unsere Optionen abzuwägen. »Also, wenn wir uns auf einem Planeten mit Sauerstoff befinden, gehe ich davon aus, dass hier auch andere Lebewesen sind. Ich weiß nicht viel über Naturwissenschaften, aber wenn die Erde alle möglichen Lebensformen hervorbringen kann, ist es dann nicht nur logisch anzunehmen, dass es auf diesem Planeten ebenfalls geht? Wir könnten vielleicht sogar in der Nähe einer Stadt sein.«

»Einer Stadt voller Außerirdischer«, murmelt jemand.

»Richtig«, stimme ich ihr zu. »Aber wir können nicht einfach hier sitzen bleiben und verhungern. Oder erfrieren. Im Moment scheint die Sonne, allerdings wissen wir nicht, wie viel Zeit uns bleibt, bis die Nacht ...«

»Oder wie lange die Nacht dauert«, ergänzt Kira.

»Vielleicht behältst du deine hilfreichen Anmerkungen besser für dich«, sagt Liz ihr. »Ich mein ja bloß.«

»Wir sollten zumindest die Gegend auskundschaften«, schlage ich vor. »Uns orientieren, nach etwas zu essen und nach Wasser suchen und dann Bericht erstatten.«

»Aber die meisten von uns sind verletzt«, schnieft ein Mädchen. Es ist Tiffany. Sie sieht aus, als käme sie direkt vom Bauernhof, und außerdem scheint sie zu Tode erschrocken. Einige von uns haben unsere Gefangenschaft mit grimmiger Entschlossenheit angenommen, und manche sind vollkommen zusammengebrochen. Tiffany fällt in die zweite Kategorie.

»Du solltest gehen, Georgie«, meldet Liz sich zu Wort.

»I–ich?«, stottere ich.

»Du bist so etwas wie unsere Anführerin.«

Herrgott, ich hasse es, dass ich nicht die Einzige bin, die so denkt. Ich schaue hoch zu dem Riss über uns, durch den der Schnee rieselt. Es sieht kalt aus, und ich habe lediglich Schlafanzugshorts an. »Warum bin ich plötzlich die Anführerin? Ich war fast die Letzte, die zu euch gestoßen ist.« Nur Dominique wurde nach mir gefangen genommen.

»Ja, aber du bist die mit den Plänen. Du bist diejenige, die den Wachposten getötet hat, und Kira muss hierbleiben für den Fall, dass die anderen zurückkommen, denn sie hat dieses Ohrding. Und mein Knie ist total hinüber. Ich würde nicht sehr weit kommen. Außerdem bist du diejenige, die gut mit Waffen umgehen kann.« Liz sieht mich an und klimpert mit den Wimpern.

Ich schnaube. »Du meinst, gut darin, auf irgendetwas einzuprügeln.«

»He, du hast dich besser gehalten als wir, Georgie. Ernsthaft.« Sie reißt spöttisch eine Hand hoch und tut so, als würde sie boxen. »Soll ich für dich *Eye of the Tiger* summen, um dich anzuheizen?«

»Wow, danke«, sage ich und versuche, mich darüber aufzuregen, dass ich vorgeschickt werde. Aber ich werde es wohl machen müssen. Abgesehen von Kira und Liz eignen sich die anderen nicht wirklich als Anführerinnen. Alle sind verletzt, und ich könnte darauf hinweisen, dass mein Handgelenk Schrott ist und mir die Rippen wehtun, aber ... *allen* tut irgendetwas weh. Liz humpelt, Kira hat ein kaputtes Bein, und die anderen sind völlig fertig. Will ich mein Schicksal in die Hände einer der anderen legen und hoffen, dass sie gut im Auskundschaften ist? »Hat eine von euch Survival-Erfahrung?«

Irgendjemand schnieft gegen neue Tränen an. Davon abgesehen herrscht Schweigen.

Genau. Niemand von uns ist für diese Situation gerüstet.

Neben mir summt Liz *Eye of the Tiger*.

Ich zeige ihr den Stinkefinger. »Okay, na schön. Wenn ich in den Schnee rausgehe, brauche ich ein paar Algenriegel, die Waffe und etwas Wasser.«

»Wir haben keine Flasche«, gibt Liz zu bedenken. »Iss einfach Schnee.«

»Aber pass auf die gelben Stellen auf!«, schiebt jemand anders hinterher.

»Oh, natürlich, jetzt, da geklärt ist, dass ich diejenige bin, die die Umgebung auskundschaftet, sind alle hier Komiker«, brumme ich, aber ich lockere die Beine und teste mein Handgelenk und meine Rippen, was mich zusammenzucken lässt. Es ist ätzend, aber unsere Optionen sind begrenzt. »In Ordnung, ich werde wohl irgendwie aus dem Loch in der Decke klettern. Und ich brauche etwas zum Anziehen.« Mein Blick geht zu meinen schmutzigen Pyjamashorts. »Ich nehme an, das hier wird nicht reichen.«

»Ich weiß, wo du ein paar schöne, warme Sachen herbekommst«, sagt Liz und zeigt auf den toten Wachposten.

»Bäh«, murmele ich, obwohl ich tatsächlich das Gleiche gedacht habe. »Irgendwie hatte ich gehofft, dass jemand wie von Zauberhand einen Parka zutage fördert.«

»Pech gehabt«, sagt Tiffany und kommt auf die Füße. »Ich helfe dir, ihn auszuziehen.«

Kurze Zeit später haben Tiffany und ich den Toten entkleidet und versuchen herauszufinden, wie ich seine Sachen anziehen kann. Es sind seltsame verdeckte Schnallen und Schließen im Spiel, anstelle der gewohnten Reißverschlüsse und Knöpfe, und das Ding stinkt nach Kanalisation, Blut und etwas Scharfem, Übelkeit Erregendem. Doch seine Kleidung ist überraschend warm und gefüttert. Die Jacke spannt ein wenig über meinem Busen und lässt es so aussehen, als hätte ich nur eine einzige Brust, aber ich trage das hier schließlich nicht aus modischen Gründen. Die größten Probleme bestehen darin, dass ich keine Handschuhe habe und die Stiefel für jemanden gemacht sind, der nur zwei große Zehen anstelle von fünf kleinen hat. Ich zwänge meine Füße in die Schuhe, aber es tut weh.

Trotzdem: Immer noch besser als gar nichts, sprich, das, was ich vorher hatte.

»Steck die Hände unbedingt unter die Jacke«, schlägt Tiffany vor. »Deine Körperwärme wird helfen.«

Ich nicke und stopfe dann auch die Waffe vorne in die Jacke, sodass der lange Lauf zwischen meinen Brüsten liegt. Danach flechte ich mir meine schmutzigen Haare zu einem Zopf, damit ich sie aus dem Gesicht habe, nehme die Algenriegel in Empfang, die Liz mir hinhält, und hole tief

Luft. »Ich gehe so weit, wie ich kann«, lasse ich die anderen wissen. »Ich werde Hilfe suchen. Oder Leute. Oder Essen. Irgendetwas. Aber ich komme zurück. Wenn ich bis morgen nicht wieder da bin, ähm, also ... geht nicht nach mir suchen.«

»O Gott, sag nicht so was!« Liz wirkt ganz bedrückt.

»Ich schaffe das schon«, gebe ich zurück, aber es ist nur ein Bluff. »Jetzt helft mir zur Decke hoch, damit ich nach draußen klettern kann.«

Wir manövrieren einen Tisch durch den Raum, und zwei Mädchen halten ihn fest, während ich daraufsteige und Liz und Megan mich nach oben schieben. Mein Handgelenk protestiert vernehmlich, aber ich klettere weiter, hangele mich ganz nach oben zum aufgerissenen Rumpf. Der Spalt ist groß genug, um mich hindurchzuzwängen, und als ich endlich an der frischen Luft bin, habe ich höllische Schmerzen im Handgelenk, und dazu wird es von Minute zu Minute kälter. Ich habe mir meine Schlafshorts als Schal um den Hals gebunden und nutze sie gleichzeitig als Kapuze. Der zusätzliche Stoff bauscht sich an meinem entblößten Hals, mein Gesicht schaut aus einem Loch für die Beine. Ich bin mir sicher, dass es kein sexy Look ist, und die Shorts sind völlig verdreckt, aber ich bin dennoch dankbar dafür. Der Wind ist bitterkalt, und ich habe noch nicht einmal den Kopf ganz durch das Loch im Rumpf des Raumschiffs gestreckt.

Ich lege beide Hände auf das eisige Metall und ziehe scharf die Luft ein, als meine Finger daran festkleben. Vorsichtig löse ich sie und zucke bei dem Schmerz, der mir wie Nadeln in die Haut sticht, zusammen. Da draußen ist es nicht nur kalt, es ist *scheiß*kalt. Mit meinem gesunden Arm – der jetzt in der dicken Uniform des Außerirdischen steckt – ziehe ich mich ein Stückchen höher hinauf. Als ich meinen Oberkörper durch den Riss im Rumpf schiebe, habe ich für einen Moment die Vision, wie ich den Kopf herausstrecke und ihn mir ein Außerirdischer abreißt.

Das ist nicht hilfreich, Georgie!, ermahne ich mich. Ich verbanne das Bild aus meinem Kopf, stemme mich durch den Spalt und sehe mich mit großen Augen um.

Die gute Nachricht ist, dass der Wind hier oben nicht so schlimm ist, wie ich befürchtet habe. Stattdessen fällt der Schnee in lautlosen, dicken Flocken, und die beiden Sonnen scheinen hoch am Himmel.

Zwei Sonnen.

Zwei verdammte Sonnen.

Ich blinzele zu ihnen empor und überzeuge mich davon, dass ich mir bei der Bruchlandung nicht den Kopf gestoßen habe und nun alles doppelt sehe. Und tatsächlich, es sind zwei. Sie sehen fast wie eine Acht aus, eine kleinere, viel schwächere Sonne, die sich ein Stück über die größere geschoben hat. In der Ferne entdecke ich einen riesigen weißen Mond.

»Das ist nicht die Erde!«, rufe ich nach unten. Scheiße. Ich kämpfe gegen den idiotischen Drang an, vor Enttäuschung loszuweinen. Ich hatte mir so gewünscht, nach draußen zu klettern und ein Gebäude in der Ferne zu sehen, das mir sagen würde: *Oh, das hier ist einfach nur Kanada oder Finnland.*

Zwei Sonnen machen diese Hoffnung zunichte.

»Was siehst du?«, ruft jemand von unten.

Ich sehe mir die Umgebung um das zerstörte Raumschiff in den endlosen Schneeverwehungen an. In der Ferne entdecke ich Berge – zumindest bin ich mir ziemlich sicher, dass es Berge sind –, die wie große violette Eiskristalle aussehen und die die Ausmaße von Wolkenkratzern haben. Sie sind anders als der Berg, auf dem das Raumschiff seine Bruchlandung hingelegt hat und der einfach nur ein kahler Felsen ist. Bäume gibt es hier nicht. Nichts außer Schnee und zerklüftetem Granit. Unser winziges Raumschiff sieht aus, als wäre es von einem der Felswände in der Nähe abgeprallt; auf diese Weise ist wahrscheinlich auch der Riss entstanden.

Ich halte Ausschau nach Lebewesen oder Wasser. Irgendetwas. Doch da ist nichts als Weiß.

»Wie sieht es da oben aus?«, ruft jemand hoch.

Ich benetze die Lippen und stelle missmutig fest, dass sie sich durch die Kälte jetzt schon ganz taub anfühlen. Ich bin ein Mädchen aus dem Süden. Unsereiner kommt mit Kälte nicht besonders gut klar. »Habt ihr je *Star Wars* gesehen? Die Originalfilme?«

»Erzähl mir nicht …«

»Doch. Es sieht aus, als wären wir auf dem verdammten Planeten Hoth gelandet. Nur dass ich zwei klitzekleine Sonnen und einen irre großen Mond sehe.«

»Dann ist es nicht Hoth«, brüllt Liz. »Das war der sechste von seiner Sonne entfernte Planet, und ich erinnere mich nicht daran, dass er einen Mond hatte.«

»Okay, du Nerd«, rufe ich zu ihr hinunter, »dann nennen wir diesen Ort Not-Hoth! Ihr solltet das Loch mit dem Plastik abdecken, während ich fort bin. Dann habt ihr es wärmer.«

»Pass auf dich auf«, schickt mir Liz hinterher.

»Dein Wort in Gottes Ohr«, brülle ich, bevor ich meinen Hintern aus dem Raumschiff schwinge.

In diese verschneite Landschaft mit nichts als geborgter Alien-Kleidung und einer Waffe, von der ich nicht einmal weiß, wie ich sie abfeuern kann, zu marschieren, kostet mich so ziemlich jedes bisschen Mut, das ich in mir habe. Zitternd stapfe ich durch den Schnee. Mit Winterbedingungen kenne ich mich überhaupt nicht aus. Ich stamme aus Florida, verdammt noch mal! Mit Palmettokäfern werde ich fertig. Wenn es sein muss, auch mit Alligatoren. Aber mit diesen drückenden Stiefeln, mit denen ich bei jedem Schritt bis zu den Knien im Schnee versinke, komme ich nicht zurecht.

Doch im Raumschiff wartet ein halbes Dutzend Mädchen auf mich, die sich darauf verlassen, dass ich etwas finde. Irgendetwas. Uns bleiben nicht viele Möglichkeiten, und ich kann jederzeit umdrehen. Wahrscheinlich würde mir niemand einen Vorwurf daraus machen, dass ich Angst habe.

Und dann sitze ich eben einfach in dem geborstenen Rumpf des Raumschiffs und verhungere langsam zusammen mit den anderen. Oder die Außerirdischen sammeln uns vorher wieder ein.

Oder aber ich riskiere es zu erfrieren und versuche, hier draußen irgendetwas zu erreichen.

Also gehe ich weiter.

Eins muss ich dem basketballköpfigen Außerirdischen lassen, den ich getötet habe: Seine Sachen sind wirklich warm. Trotz der Tatsache, dass jeder Schritt ein Kampf ist und ich im Pulverschnee versinke, geht es meinen Füßen gut.

Doch mein Gesicht fühlt sich an wie ein Eisblock. Das Gleiche gilt für meine Hände. Die Ärmel sind zu eng, um sie mir über die Finger zu ziehen, daher habe ich beim

Gehen eine Hand in meinem Shirt und die andere in der Achselhöhle. Wenn es zu kalt wird, tausche ich. Mein verletztes Handgelenk tut höllisch weh, und meine Rippen brennen immer noch. Tatsächlich brennen sie jetzt sogar noch schlimmer, denn ich muss tief atmen, und das lässt jedes Mal einen stechenden Schmerz durch meine Brust schießen.

Vor allem will ich mich einfach nur zusammenrollen und weinen.

Aber die anderen verlassen sich auf mich. Also fällt das schon mal aus.

Nachdem ich eine Ewigkeit gegangen bin, senkt sich das Gelände ein wenig ab. In der Ferne sehe ich stängelartige, hohe, dürre Dinger, die ich für Bäume halte. Zumindest hoffe ich, dass es Bäume sind. Blätterwerk ist ansonsten nirgends zu sehen, also gehe ich auf sie zu. Der Wind frischt auf, und mir wird in meinem Anzug – ganz gleich, wie gut er dem Wetter trotzt – langsam kalt. Tatsächlich friere ich am ganzen Leib. Echt ätzend.

Ich wünschte, ich wäre bei den anderen im Raumschiff. Ich drehe mich um und schaue mit zusammengekniffenen Augen zu dem felsigen Berg hoch. Das Raumschiff ist nur noch ein kleiner schwarzer Punkt vor der Hügellandschaft. Von hier aus betrachtet wirkt er zerbrechlich. Kaputt. Und ich habe immer noch nichts zu essen gefunden, keine Tiere und nicht einmal Wasser. Nur Schnee.

Tja, Mist. Dann muss ich wohl weitergehen.

Die Stängel sind weiter entfernt, als ich vermutet habe, und es fühlt sich an, als würde ich eine Ewigkeit den Hang hinuntergehen. Während ich das tue, sehe ich etwas. Etwas, das nach Blättern aussieht. Zumindest halte ich es für Blätter. Es sind bleiche, bläulich grüne Büschel, die eher wie Federn wirken statt wie richtige Blätter, aber es gibt einen ganzen Wald davon. Das müssen die Bäume dieses seltsamen Orts sein. Beim Hindurchgehen berühre ich einen davon. Die Rinde – wenn man sie so nennen kann – fühlt sich feucht und klebrig an, und ich zucke zusammen und wische mir die Handfläche ab. Das war eklig.

Okay, ich habe Bäume gefunden. Wenn es hier Bäume gibt, müssen sie, so meine Hoffnung, auch irgendwo Nährstoffe herbekommen. Bäume brauchen Sonnenlicht und Wasser. Ich blinzele zu den Doppelsonnen empor. Sie bewegen sich auf den Horizont zu, und der riesige Mond steigt höher.

Plötzlicher kommt mir ein schrecklicher Gedanke. Was ist, wenn ich heute Nacht ganz allein hier draußen bin? »Das wird ätzend«, murmele ich vor mich hin. Ich hole die Waffe hervor, einfach weil es sich gut anfühlt, eine Waffe in der Hand zu haben. Es bedeutet, dass meine Finger währenddessen eiskalt werden, aber das schert mich nicht. Lieber habe ich eine beschissene Waffe als gar keine.

Während ich weiterstapfe, steigt in mir langsam ein Gefühl der Verzweiflung auf. Was ist, wenn sie uns genau auf diesem Planeten haben fallen lassen, weil wir hier nicht in der Lage sind, für uns selbst zu sorgen? Noch während mir der furchtbare Gedanke durch den Kopf geht, höre ich ein Plätschern.

Wasser?

Ich bleibe mit klopfendem Herzen stehen. Oh, bitte, mach, dass es Wasser ist! Wenn es Wasser ist, bedeutet das, dass es warm genug ist, um nicht zu Eis zu gefrieren. Das heißt, hier gibt es etwas Warmes. Und tatsächlich hätte ich gerade nichts gegen ein heißes Getränk einzuwenden.

Ich laufe weiter. Das Plätschern scheint aus der Richtung

zu kommen, wo auch die merkwürdigen hohen Stängel stehen. Die Stängel werden immer größer, je näher ich komme, und als ich das Ufer eines blubbernden, dampfenden Flusses erreiche, sind die Stängel höher als so manches Gebäude auf der Erde. Sie ragen aus dem Wasser auf wie ein Wald aus Bambushalmen. An den Spitzen sitzen schlaff wirkende blassrosa Dinger. Es sieht ziemlich bizarr aus, aber vielleicht ist das normal für diesen Ort.

Einige Stängel in der Nähe des schlammigen Ufers haben Menschengröße. Ich packe einen davon. Er liegt warm in meiner Hand. Das spricht dafür, dass das Wasser ebenfalls warm ist. Vielleicht zu warm, um es zu berühren. Ich beuge mich zur Oberfläche herunter und halte mich dabei an dem Stängel fest.

In dem Moment wird mir bewusst, dass mich von der anderen Seite der Wasseroberfläche ein Gesicht anstarrt. Ein Gesicht mit einem riesigen Maul, scharfen, schiefen Zähnen und hervorquellenden Fischaugen. Und der Stängel, den ich in der Hand halte, scheint an seiner Nase befestigt zu sein.

Schreiend taumele ich zurück, und ausgerechnet dann macht die Kreatur einen Satz nach vorn und schnappt nach mir.

Ich schreie weiter und bewege mich im Krebsgang rückwärts vom Ufer weg. Die Kreatur zieht sich ein kleines Stück weiter unter das Wasser zurück, während ihr abscheuliches Maul arbeitet. Danach versinkt sie vollends, und der Stängel zittert noch kurz, bevor er wieder an seinem alten Platz steht.

Ach du Scheiße.

Um ein Haar wäre ich von einem außerirdischen Fisch … Dingsda gefressen worden.

Mit großen Augen starre ich auf den fröhlich blubbernden Fluss. Auf die riesigen Stängel, die daraus hervorragen. Auf die, die größer sind als ein zweistöckiges Gebäude. Sind das alles … Monster?

Ich drehe mich um und laufe los. Keuchend und schnaufend renne ich so schnell ich kann durch den Schnee, wieder den Berg hinauf. Zurück durch die fedrigen bläulich grünen Bäume. Zum Teufel mit alledem hier. Für außerirdische Lebensformen auf einem außerirdischen Planeten bin ich nicht gemacht. Meine Lungen pfeifen, meine Rippen schmerzen wie verrückt und ich bin am Fluss auf mein Handgelenk gefallen, aber nichts davon spielt eine Rolle, denn ich bleibe nicht stehen.

Als ich an einem der seltsamen Bäume vorbeikomme, schließt sich etwas ruckartig um meine Knöchel.

Mir bleibt kaum Zeit zu schreien, ehe dieses Etwas mich zurückzerrt und ich kopfüber an meinen zusammengebundenen Füßen in die Äste des Baums gezogen werde.

Ich schreie immer und immer wieder, zappele, drehe mich hin und her. Der Boden ist mindestens einen halben Meter unter mir, und ich kann ihn nicht berühren. Da unten liegt mein Knüppel – meine Waffe. Ich habe das Ding fallen lassen, als ich von was auch immer nach oben gerissen wurde.

Als nichts weiter passiert, höre ich auf, mit den Armen zu rudern und Panik zu schieben, und versuche, mir einen Reim auf die Situation zu machen. Ich krümme mich und schaukle durch die Luft, bis ich einen guten Blick auf meine Füße erhasche. Sie sind mit etwas gefesselt, das wie ein Seil aussieht. Wenn ich mich lange genug winde … Das sieht definitiv wie ein Knoten aus. Das andere Ende des Seils ist weiter oben in den Ästen festgebunden. Ich wimmere und bin dann still, schwinge einfach sanft im Baum hin und her.

Ich bin in irgendeine Art von Falle getappt.

Auf der einen Seite ist das ermutigend. Es gibt hier intelligentes Leben, oder? Was aufregend ist, weil es bedeutet, dass wir nicht allein sind.

Aber ich kann nicht über die Tatsache hinwegsehen, dass ich mich in einer Jagdfalle befinde und etwas beschließen könnte, ich sei sein Abendessen. Ich erinnere mich an eine Szene in *Star Wars*, wo Luke mit dem Kopf nach unten in der Höhle des Wampa landet. Und wieder gerate ich in Panik, denn ich weiß, wie solche Sachen laufen. Luke kann sich befreien, bevor das Monster ihn frisst, weil er ein Jedi-Ritter ist.

Und ich? Ich bin nur eine Frau aus Florida in einem gestohlenen Weltraumanzug ohne Waffe und mit einem kaputten Handgelenk. Ich weiß, wie das hier enden wird.

Wimmernd zappele ich noch ein wenig heftiger, bewege die Füße und versuche, sie aus der Schlinge zu befreien, die mich mit dem Kopf nach unten festhält.

Ich will nicht hier sein, wenn der Besitzer dieser Falle zurückkommt, um nach seinem Abendessen zu schauen.

Es funktioniert nicht, wenn ich mit den Füßen wackele, daher konzentriere ich mich während der nächsten ein oder zwei Minuten auf den Versuch, mich weit genug zu strecken, um an meine Waffe heranzukommen. Nicht dass ich wüsste, wie ich damit schießen kann, aber ich würde mich besser fühlen, wenn ich sie hätte. Doch das Denken wird immer schwerer, und je länger ich hier hänge, umso heftiger pocht mein Kopf.

Es tut mir wahrscheinlich nicht gut, lange Zeit kopfüber zu hängen. Wie lange kann ein Mensch in dieser Haltung sein, bevor sich alles Blut in seinem Kopf sammelt und er stirbt?

Ich winde mich noch heftiger, und als ich das tue, wird mir bewusst, dass am Rand meines Sichtfeldes etwas Neues aufgetaucht ist. Ich höre auf, mich zu bewegen, und starre eine pelzige weiße Gestalt an, die sich mir nähert.

Scheiße. Es ist zu spät. Ich werde aufgefressen.

»Nein«, stöhne ich und wehre mich aufs Neue gegen meine Fesseln. Aber mein Körper kann mit den Forderungen, die ich an ihn stelle, nicht mithalten. Mein Kopf hämmert, und dann verliere ich genau in dem Moment, in dem das Monster auf mich zukommt, das Bewusstsein.

Zumindest werde ich nicht wach sein, um zu spüren, wie es mich verschlingt.

Vektal

Ich erkenne das … Ding … nicht, das sich in meiner Falle windet. Das ist etwas Neues.

Ich nähere mich ihm vorsichtig und mit gezückter Klinge. Vor einer Sekunde hat es noch getanzt und gezappelt, und jetzt ist es erschlafft. Es riecht irgendwie nach Sa-Khui und … auch wieder nicht. Seltsam. Ich stupse es mit der Spitze meines Schwertes an, um festzustellen, ob es noch einmal zusammenzuckt, aber das tut es nicht. Der Wind frischt auf, und es wird kälter, was die Ankunft des kleinen Mondes ankündigt, während die Doppelsonnen sich auf den Weg in ihr Nachtlager machen.

Mit der Spitze meines Schwertes schneide ich das Seil durch, das die Beine dieses Wesens fesselt, woraufhin es auf den Boden fällt und im Schnee liegen bleibt.

Und dann bin ich aufs Neue schockiert, als mein Khui anschlägt. So lange hat mein inneres Wesen geschlummert und unter meinen Stammesgenossen keine Gefährtin erkannt, aber jetzt vibriert es und singt beim Anblick dieses unbekannten Wesens. Ich starre es an.

Verwirrt reiße ich das Geschöpf in meine Arme und renne zur nächstgelegenen Jagdhöhle, während sich meine Gedanken überschlagen.

Es ist die bittere Jahreszeit, in der es Jägern freisteht, sich weit von den heimatlichen Höhlen zu entfernen. Wir haben eine Reihe von Jagdhöhlen, die nur in den kältesten Nächten benutzt werden, wenn ein Jäger weit von zu Hause entfernt ist. Nach zahllosen Jagdzügen haben sie sich in mein Gedächtnis eingebrannt, und ich finde die nächstgelegene ohne Schwierigkeiten. Ich schiebe den Vorhang aus Leder beiseite, der den Eingang schützt, und lege meine Last auf dem Boden ab. Da ein schnelles Ausschütteln der Felle keine heimlichen Bewohner zutage fördert, ziehe ich das Weibchen-Wesen – denn es muss ein *Weibchen* sein – zu ihnen hinüber. Ihre Zähne schlagen aufeinander, und es klingt wie das Geräusch, das die Kleinen manchmal machen, wenn ihnen kalt ist – bevor sie Sa-Khui sind –, daher berühre ich ihr Augenlid und ziehe es hoch, um nachzusehen, ob sie von innen beleuchtet ist.

Das Auge darunter ist weiß, trüb. Es ist kein Khui in ihr, oder ihr Khui ist tot. Dann muss man mit ihr also umgehen wie mit einem Kleinen. Schnell entzünde ich ein Feuer und warte darauf, dass es sie aufwärmt. Und weil meine Neugier die Oberhand gewonnen hat, untersuche ich sie. Ich sage mir, dass ich es nur tue, um festzustellen, ob sie verletzt ist, aber mein Geist singt vor Neugier, und mein Khui vibriert in meiner Brust mit einem Lied, das mit jedem Augenblick lauter wird.

Sie bringt den Khui in mir zum Schwingen. Sie gehört mir.

Mit einer Hand streiche ich über ihre Glieder. Sie trägt Sachen, die nach alten, bitteren Erinnerungen stinken. Am liebsten würde ich sie ihr herunterreißen, doch wenn sie hilflos ist wie ein Junges, wird sie die Kleidung noch brauchen. Daher nehme ich mir die Zeit, nach den Schnallen zu suchen und sie zu lösen, um den Körper darunter zu entblößen.

Sie ist glatt. Nicht wie eine Sa-Khui. Ihr Körper ist fast völlig unbehaart, bis auf die langen Locken auf ihrem Schädel und einem kleinen Büschel zwischen ihren Schenkeln, was ich feststelle, als ich ihr die Ledersachen ausziehe. Angesichts dieses kleinen Büschels schnaube ich belustigt.

Entzückend. Entzückend, aber auch unsinnig.

Sie hat keine Erhebungen oder Wülste unter der Haut, die ihre Muskeln definieren, und das überwältigende Gefühl, das ich bekomme, als ich ihren Körper betrachte, ist eins von Weichheit und Schwäche. Vielleicht war sie krank und das ist der Grund, warum ihr Khui verschwunden ist. Ich fahre mit den Fingern über ihr seltsames Gesicht. Auch das Gesicht ist glatt, ihre Stirn flach. Sie hat nirgendwo Wülste oder Rillen. Nur weiche Haut.

Wie hat ein so schwaches Geschöpf wie sie den Weg zu den äußeren Jagdgründen gefunden? Es ist beinahe ein ebenso großes Rätsel wie die Tatsache, dass sie den Khui in meiner Brust so heftig in Schwingungen versetzt. Er vibriert mit dem Ruf, und das Verlangen, mich mit ihr zu paaren, schießt durch mich hindurch, als ihre weichen, wohlgerundeten Schenkel sich öffnen und mir ihr Duft in die Nase steigt.

Mit entfährt ein Stöhnen, mein Schwanz wird hart und die Wülste darauf schwellen an.

Dann vergrabe ich das Gesicht zwischen ihren Beinen, damit ich alles von ihr schmecken kann.

Georgie

Wahrscheinlich träume ich das alles einfach bloß. Nachdem eine Weile alles einfach nur grauenhaft war, scheint sich das Blatt aber jetzt gewendet zu haben und wir kommen zum feuchten Teil. Denn ich bin mir ziemlich sicher, dass ich nackt bin und zwischen meinen Beinen ein Mund ist, der mich leckt, als gäbe es kein Morgen.

Ich stöhne leise, denn das hier ist wirklich ein viel besserer Traum als der Raumschiff-Mist.

Etwas Glitschiges mit harten, knubbeligen Höckern streicht an meiner Muschi auf und ab. Ein Mund, eine Zunge. Sie gleitet über meine Haut, und ich presse mir eine Hand an die Stirn, weil es sich einfach so gut anfühlt. Schmerz schießt durch mein Handgelenk, aber das wird schnell von einer weiteren Welle von Lust überdeckt. Leises Knurren kommt ganz aus der Nähe, es klingt fast wie eine Sprache, nur dass ich kein Wort davon verstehe. Dieser Typ leckt wie ein Weltmeister.

Er hebt den Kopf, reibt seine Nase an meinem Busch und murmelt wieder etwas. Ich drücke seinen Kopf wieder dorthin, wo ich ihn haben will.

Und stoße dabei auf Hörner.

Jäh schrecke ich hoch, und mir wird schlagartig klar, dass das hier kein Traum ist. Nichts von alledem ist ein Traum. Erschrocken schaue ich an mir herunter. Ich bin nackt. Ich bin nackt, und ein Mann mit einem Paar gewaltiger gewundener Hörner auf dem Kopf befindet sich zwischen meinen Beinen. Während ich zuschaue, zieht er die Zunge abermals über meine Muschi.

»O mein Gott«, flüstere ich. Ich drücke gegen seinen Kopf und versuche, ihn wegzustoßen. Das ist nicht normal. Das ist doch nicht normal!

Er schaut zu mir hoch, und ich schnappe nach Luft.

Er ist kein Mensch. Ich meine, wegen der Hörner und allem habe ich das schon gewusst, aber als ich sein Gesicht sehe, erkenne ich, dass er *wirklich* kein Mensch ist. Hörner sprießen aus seinem Haaransatz und winden sich wie ein stacheliger, tödlicher Helm um seinen Kopf. Zum einen ist er blau. Nun, blaugrau mit schwarzen Haaren, die mich an eine Löwenmähne erinnern. Seine Augenbrauen sind buschig, buschiger, als ich sie je bei einem Menschen gesehen habe, und sein Gesicht ist zerfurcht, als sei es aus Stein gemeißelt. Von der Stirn bis zur Nasenspitze verläuft ein Muster aus Furchen irgendeiner Art, und seine bläulich graue Haut ist an dieser Stelle eine Spur dunkler.

Und seine Augen glühen in einem Blauton, wie ich ihn ebenfalls noch nicht gesehen habe. Blau wie karibische Gewässer, aber ohne Pupillen. Und ihr Glühen scheint von innen zu kommen.

Ein leises Wimmern entringt sich mir, als er sich über mir aufstützt. Ich sehe den zotteligen weißen Pelz, der seine Schultern bedeckt, und mir wird klar, dass es das war, was ich gesehen habe, als ich kopfüber hing. Da kam nicht irgendein Monster, um mich zu essen. Es war dieses Monster.

Das gekommen ist, um mich zu lecken.

Es kommt mir völlig absurd vor, und am liebsten würde

ich lachen, aber ich habe zu große Angst. »Was machst du mit mir?«, frage ich leise und sehe mit großen Augen zu ihm herunter. Der Refrain *Bitte töte mich nicht, bitte töte mich nicht* hallt durch meinen Kopf.

Er sagt etwas und streicht mir mit einer Hand über den Bauch. Dann brechen diese seltsamen glühenden Augen den Blickkontakt ab, und er senkt den Kopf.

Und er fängt von Neuem an, mich zu lecken. Lange, träge, köstliche Streicheleinheiten seiner Zunge, direkt an meiner feuchten Muschi entlang.

Ich kann nicht anders. Ich muss kichern. Es kitzelt, ich winde mich, und ich frage mich, ob ich *Nein, Hilfe, Vergewaltigung!* schreien sollte, aber stattdessen überfällt mich der Drang zu kichern. Denn er will mich nicht fressen. Er will nur ... meine Muschi lecken. Ich war schon mit Typen zusammen, die ich nicht dazu überreden konnte, und der hier tut es zur Begrüßung.

Ein Lachen steigt in mir auf, erleichtert und durchgedreht zugleich. Vielleicht bin ich eine Spur hysterisch. Aber irgendwie spielt es keine Rolle. Ich werde noch nicht sterben, und ein merkwürdiger Typ mit Hörnern ist entschlossen, mir orale Freuden zu schenken. Allerdings stand auf meiner Liste von Worst-Case-Szenarien, die mir durch den Kopf gegangen sind, seit ich von Außerirdischen entführt wurde, nirgends, geleckt zu werden, bis ich komme.

Und er kann wirklich, *wirklich* gut lecken.

Als etwas Wulstiges und Knubbeliges über den Eingang zu meiner Muschi gleitet, wird mir klar, dass seine Zunge eine spezielle Struktur hat. Sie fühlt sich unglaublich an. Und obwohl alle meine Instinkte mir sagen, dass ich mir meine Klamotten suchen und machen soll, dass ich hier wegkomme, rühre ich mich nicht von der Stelle. Ich atme kaum.

Als seine große Hand gegen meinen Oberschenkel drückt und mich drängt, die Beine noch weiter zu spreizen, tue ich es. Gleich werde ich aufstehen und protestieren, nur noch eine Minute.

Nur.

Noch.

Eine.

Minute.

Er leckt mich erneut, und seine Zunge streift meine Klitoris. Und ich kann nicht anders. Ein nicht gerade damenhaftes Kreischen bricht aus mir heraus. Meine Klitoris ist besonders empfindlich, und er hat bisher vermieden, sie zu berühren.

Der gehörnte Mann reißt den Kopf hoch und sieht mich mit etwas an, das ich bloß für Überraschung halten kann. Ich erbebe, denn der Blick dieser seltsamen Augen bohrt sich in mich hinein, und ich presse mir meine unversehrte Hand auf den Mund, entschlossen, keinen weiteren Laut von mir zu geben, um ihn ja nicht zu erschrecken. Was, wenn er sauer wird und, na ja, mich mit seinen riesigen Hörnern aufspießt?

Aber er wirkt nur für einen Moment verwirrt. Dann studiert er mich gründlich, während ich beobachte, wie er mit seinen großen Fingern meine Schamlippen auseinanderfaltet. Scham brennt in mir, und ich versuche, die Beine zusammenzudrücken. Scheiß auf all das hier. Doch seine großen Hände halten meine Beine fest und hindern mich daran, und wieder teilt er meine Schamlippen. Beim Anblick meiner Klitoris wirkt er total schockiert. Er sagt etwas Unverständliches, und es ist definitiv eine Frage.

Ich versuche noch einmal, die Beine zusammenzupressen und aufzustehen. »Jetzt ist nicht der richtige Zeitpunkt für eine Anatomiestunde, Kumpel.«

Der große Außerirdische drückt mich mit einem strengen Wort wieder auf die Felle hinunter.

Ich stoße seine Hände weg, aber er ist viel stärker als ich und entschlossen. Er verhindert, dass ich die Beine zusammendrücke, und ich kann nicht umhin zu bemerken, dass seine Hand riesig ist, wie ein Baseballhandschuh. Wie groß ist dieser Typ? Seine Hand teilt wieder die Lippen meiner Muschi, und zu meiner tiefen Demütigung berührt er meine Klitoris, als würde sie ihn beißen.

Ich bleibe vollkommen reglos liegen.

Das stellt ihn noch nicht zufrieden. Er murmelt etwas, dann beginnt er die Kuppe meiner Klitoris zu reiben, als versuche er, die richtige Berührung zu entdecken, um mich erneut zu einer Reaktion zu veranlassen.

Und ich reagiere darauf, ob ich es will oder nicht. Ich schließe die Augen, damit ich den Ausdruck auf seinem Gesicht nicht zu sehen brauche. Er berührt mich weiter und streichelt sehr vorsichtig meine Klitoris. Es gelingt mir, mich zu beherrschen, obwohl jede seiner Berührungen in mir den Wunsch weckt zu stöhnen.

Dann spüre ich seinen Mund auf meiner Klitoris, und er saugt sanft daran.

Ich drücke ihm meine Hüften entgegen und schreie auf.

Er murmelt etwas und klingt erfreut, und er fährt fort, an meiner Klitoris zu lecken und zu saugen, bis mir die Oberschenkel zittern. Ich werde kommen. Verdammt soll er sein. Verdammt soll er sein und die Tatsache, dass er dieses unglaubliche Gefühl in mir hervorruft. Diese Knubbel und Wülste auf seiner Zunge bewegen sich über meine Klitoris, und dann komme ich bebend mit aller Macht. Immer wieder zieht meine Muschi sich zusammen, und der Orgasmus schüttelt mich, sodass sich mein ganzer Körper dabei verkrampft.

Schließlich falle ich erschöpft auf seine Felle. Ich lege mir eine Hand über die Augen und reibe mir über das Gesicht.

Okay, also habe ich das gerade erlebt. Ein Außerirdischer hat mich soeben zum Höhepunkt gebracht. Ich habe keine Ahnung, wie ich das Liz und den anderen erklären soll.

Der Außerirdische sagt noch etwas, und ich öffne ein Auge, um ihm heimlich einen Blick zuzuwerfen. Seine Miene ist grimmig, und der männliche Stolz in seinem nicht menschlichen Gesicht ist unverkennbar. Er freut sich darüber, dass er mich hat kommen lassen. Ich zeige ihm den Stinkefinger. »Du bist ein Arschloch«, murmele ich.

Er antwortet etwas. Anschließend packt er mich an den Hüften und dreht mich auf den Bauch.

Ich weiß, was als Nächstes passieren wird. Und obwohl ich gerade gekommen bin, muss ein Mädchen schließlich Grenzen setzen. Ich will keinen Sex. Oral ist okay, solange ich die Empfängerin bin, aber das hier ist zu viel, zu schnell. Ich winde mich in seinem Griff, dann trete und schlage ich nach ihm. Mein Fuß trifft seine Brust. Es kommt mir vor, als würde etwas brechen – in meinem Fuß, nicht in seinem Brustkorb.

Es fühlt sich an, als hätte ich gegen Eisen getreten. Ich schreie vor Schmerz und falle wieder auf die Felle zurück. Mein Bein pocht, und von meinem Knöchel schießt der Schmerz durch meinen ganzen Körper.

Als ich aufschaue, ist der Außerirdische stinksauer.

TEIL 2

Vektal

Meine Gefährtin, die Erweckerin meines Khui, durch die mein Leben endlich einen Sinn hat, hat mir gerade ihren seltsamen winzigen Fuß gegen die Brust gerammt und mich getreten. Es ist fast so, als wolle sie sich nicht paaren.

Ihre seltsamen, toten Augen sind vor Angst aufgerissen, ohne jeglichen tröstlichen Glanz darin. Ich würde ihr gern sagen, dass ihr nichts passieren wird. Dass sie jetzt zu mir gehört und ich mich um sie kümmern werde. Dass wir eins der monströsen Sa-Kohtsk erlegen und einen neuen Khui aus seinen Tiefen ziehen werden, damit sie nicht länger leiden muss.

Aber es verwirrt mich, dass sie sich selbst verletzt. Ich reibe mir die Brust, wo ihr winziger Fuß gelandet ist. Ohne ihre Lederkleidung ist ihr Körper noch kleiner, und sie ist weich und ohne Wülste. Sie scheint das vergessen zu haben und sieht mich entrüstet an, dann heult sie vor Schmerz auf und umklammert ihren Fuß.

Ich verstehe sie nicht. Vielleicht sind ihre Sinne beeinträchtigt, weil sie keinen Khui hat. »Ich werde dir nicht wehtun«, erkläre ich ihr langsam, denn sie wirkt vollkommen verängstigt. »Du bist jetzt meine Gefährtin.«

»Dasat verdammwehgetan.«

»Zeig mir deinen Fuß«, verlange ich. Wenn sie keinen Khui hat, heilen Verletzungen bei ihr wahrscheinlich auch nicht so, wie sie es sollten. Als sie mich weiter angstvoll ansieht, beuge ich mich vor und lege ihr eine Hand auf den Knöchel.

Sie brüllt etwas und schlägt wieder nach mir. Ihre Hand ballt sich zur Faust, und sie rammt sie mir ins Gesicht, sodass meine Lippen gegen meine Zähne gestoßen werden. Der Schmerz schießt mir in den Mund, und ich knurre.

Sofort verstummt sie, zuckt zurück und hebt die Hände, um sich zu schützen.

Ihre Reaktion bereitet mir Übelkeit.

Diese Frau, dieses kleine Wesen, das die Hälfte der Statur einer Sa-Khui hat, ist meine Gefährtin. Wie kann sie denken, ich würde ihr wehtun? Doch sie weicht immer weiter vor mir zurück, als erwarte sie einen Schlag von mir. Zorn erfüllt mich, denn so eine Reaktion ist nicht normal.

Irgendjemand hat meiner Gefährtin wehgetan.

Ich strecke eine Hand aus und drehe ihr bleiches Gesicht zu mir. Erst wehrt sie sich, aber dann schließt sie erneut die Augen und fängt an zu zittern. Ich betrachte ihre ebenmäßigen Züge. Ihre Haut hat eine einheitliche Färbung, bis auf einige Flecken auf einer Seite. Das ist der Beweis, den ich erwartet habe.

»Wer hat dir das angetan?«, frage ich.

Sie bebt, doch sie antwortet mir nicht. Sie ist nicht stumm. Sie gibt Laute von sich, und ich frage mich, ob sie sich den Kopf gestoßen hat. Vielleicht aber spricht ihr Volk auch die unverständliche Sprache voller harter Silben, mit denen sie meine Ohren gefüllt hat und die so ganz anders klingt als meine eigene.

Allerdings gleicht sie ja auch keiner von den Sa-Khui. Deshalb sollte ich auch keine Ähnlichkeiten erwarten.

Doch sie fasziniert mich. Die Männer meines Stammes sagen, der Geschmack einer Khui-Gefährtin auf deinen Lippen sei unübertrefflich, und sie haben recht. Als ich das Gesicht zwischen ihren Beinen vergraben habe, war das eine der größten Freuden, die ich je verspürt habe, und ich will das wieder erleben.

Aus ihrer Reaktion und der Art, wie sie vor mir zurückweicht, wird jedoch klar, dass ich mit diesem Wunsch allein bin. Das stellt mich vor ein Rätsel, aber es muss an ihrem fehlenden Khui liegen. Sie fühlt nicht wie ich die Schwingung.

Sie verspürt nicht das unbändige Verlangen, jemanden in Besitz zu nehmen, ein Verlangen, das so heftig ist, dass einem davon die Zähne wehtun. Sie spürt nicht die Leere einer einsamen Seele. Wie könnte sie auch? Es gibt keinen Khui in ihr, der mitschwingen könnte.

Offensichtlich haben die Geister sie zu mir geschickt, damit ich lerne, mich in Geduld zu üben. Allerdings kann ich ganz schön hartnäckig sein. »Also schön, Kleines«, sage ich und streiche mit den Fingern über ihre seltsam glatte Haut. »Wir müssen beide lernen, geduldig zu sein.«

»Verstehdichnich.«

Ihre Worte stolpern und purzeln aus ihrem flinken Mund. Als mir auffällt, dass ihre Reißzähne weg sind, bleibt mir das Herz stehen und mein Khui hört auf zu schwingen. Auch wenn sie mich immer noch schlägt, ziehe ich ihre Lippen zurück, um ihre Zähne zu untersuchen. Sind sie abgebrochen?

Aber nein, es scheint, als seien ihre kleinen Zähne genau das: gesund und nicht annähernd so groß wie meine eigenen. Komisches Wesen.

Ich lasse sie los, und sie schlägt meine Hände weg und

kneift ihre seltsamen Augen zusammen. »Lassdas, verdammnochmal!«

Ihr Körper ist anders als der einer Sa-Khui. Sie ist weich und an den meisten Stellen unbehaart, und ich habe keine Rute gesehen. Und dann ist da dieser seltsame Knubbel zwischen ihren Beinen. Ich finde ihn erregend, weil er mich an den Geschmack meiner Gefährtin erinnert. Ich will sie wieder auf meiner Zunge haben. Schon jetzt läuft mir bei der Erinnerung daran das Wasser im Mund zusammen, und mein Khui schwingt in meiner Brust.

Also lehne ich mich einfach zurück und beobachte sie, um zu sehen, was sie als Nächstes tut.

Sie sammelt ihre merkwürdigen Lederklamotten ein, entschlossen, ihren kleinen weichen Körper zu bedecken. Friert sie etwa? Mein Beschützerinstinkt erwacht, und ich drehe mich zum Feuer um und lege mehr von dem abgelagerten Holz darauf. Ich werde Holz hacken und den Vorrat für den nächsten Jäger wieder auffüllen müssen, aber das tue ich gern für meine Gefährtin. Ich will, dass sie es warm und behaglich hat.

Kaum dass das Feuer stärker brennt, rückt sie näher an die Flammen und hält die Hände darüber. Sie sehen ... seltsam aus. »Du hast fünf Finger«, sage ich zu ihr und hebe meine eigene Hand. Ich habe nur vier, ein weiterer Unterschied zwischen uns. Diese zusätzlichen Finger faszinieren mich und stoßen mich auch ein klein wenig ab.

Sie berührt ihre Brust. »Schschorschi.« Sie klopft sich wieder auf die Brust. »Ichbin Schorschi.«

Stimmt jetzt etwas mit ihrem Brustkorb nicht? Versucht sie, mir mitzuteilen, dass ihr Khui verschwunden ist? Es ist so offensichtlich wie ihre stumpfen weißen Augen.

»Ja, ich weiß«, antworte ich. »Hab keine Angst. Wir werden die Zeremonie durchführen, wenn wir zum Stamm nach Hause zurückkehren.«

»Schschorschi«, sagt sie wieder und klopft sich abermals auf die Brust, dann beugt sie sich vor und tätschelt meinen Oberkörper. Sie sieht mich erwartungsvoll an.

Fragt sie vielleicht nach den Schwingungen meines Khui? Ich drücke ihre kleine Hand auf meinen Oberkörper, damit sie seine Vibrationen spüren kann. Erschrocken zuckt sie zurück. »Wasisdas? Heißtu so?«

»Du versetzt meinen Khui in Schwingungen«, erkläre ich ihr, und mein Khui summt bei ihrer Berührung.

Sie sieht mich mit solchem Entsetzen an, dass mir langsam unbehaglich wird. Als sie mir erneut die Hand auf die Brust legt und es in mir widerhallt, zieht sie die Hand so schnell zurück, als hätte sie etwas Eiskaltes berührt.

»Daskannich nichtaussprechn«, sagt sie und drückt mir wieder die Hand auf die Brust, danach zeigt sie erneut auf sich selbst. »Schorschi.«

»Schorschi«, wiederhole ich.

Ihre Miene hellt sich auf. »Gnau!« Sie klopft sich glücklich auf die Brust. »Schorschi!«

Sie versucht gar nicht, mir etwas über ihren Khui zu erzählen oder dass sie keine Schwingung in sich spürt. Das ist ihr Name.

Sie berührt noch einmal ihre Brust.

Verwundert berühre ich meine eigene. »Vektal.«

Sie reckt das Kinn hoch und versucht, meinen Namen richtig auszusprechen. Es klingt eher wie »Huptal«. Sie ist außerstande, die verschluckte erste Silbe richtig hinzubekommen. Das ist in Ordnung. Es ist immerhin ein Anfang.

»Huptal«, sagt sie glücklich und tätschelt wieder ihre Schulter. »Schorschi.«

Ihr eigener Name besteht aus verdrehten Silben, aber ich versuche, ihn auszusprechen, um sie glücklich zu machen. Sie ist also Schorschi.

Und Schorschi ist mir ein einziges Rätsel. Sie hat hinten keine Rute und kein Fell. Sie trägt seltsame Lederklamotten und spaziert ohne Waffen durch gefährliches Jagdgebiet. Sie ist schwach und weich und hat keinen Khui, und sie spricht nicht ein Wort einer vernünftigen Sprache.

Es ergibt keinen Sinn. Wie kann Schorschi hier existieren? Jedes Wesen hat einen Khui. Mein Volk, die Sa-Khui, sind das einzige intelligente Volk auf der Welt. Es gibt Metlaks, doch die sind mit Haaren bedeckt und nicht besonders schlau. Wie man Feuer macht, wissen sie immer noch nicht.

Schorschi ist schon schlau. Sie scheut nicht wie ein Metlak vor dem Feuer zurück. Sie erkennt es. Und sie trägt gegerbtes Leder. Ihre Stiefel sind edler als alles, was ich je gesehen habe. Schorschi kommt von einem Volk, das irgendwo existiert.

Aber wo? Ich kann sie nicht fragen. Wir können kaum kommunizieren.

Und dann kommt mir der Gedanke, dass … in ihr nichts schwingt. Sie fühlt nicht, was ich fühle, weil sie keinen Khui hat. Vielleicht hatte sie auch nie einen.

Mich überkommt ein Gefühl von Verlust, das so stark ist, dass ich die Zähne blecke. Das hier … das darf einfach nicht sein. Wie ist es möglich, dass ihr Khui durch mich nicht in Schwingungen versetzt wird? Dass wir nicht miteinander verbunden sind? Es ist, als hätte ich nach langer Zeit endlich meine andere Hälfte gefunden … und sie ist tot für mich. Der Gedanke schnürt mir die Luft ab. Ein fehlender Khui ist ein Todesurteil. Schorschi zu sehen, so lebendig und so absolut dem Untergang geweiht, tut mir in der Seele weh.

Aber nein. Sie ist meine Gefährtin, ganz sicher. Meine andere Hälfte. Ich werde tun, was immer notwendig ist, um sie zu behalten.

Georgie

Er hat Feuer. Das ist in meinen Augen schon einmal ein Pluspunkt. Ich reibe meine Hände dicht über den Flammen und genieße die Wärme, denn sie vertreibt die Kühle von draußen. Der Wind pfeift durch den Vorhang vor dem Eingang, und ich kann sehen, dass es draußen dunkel wird. Aber ich habe es schön warm in dieser Höhle, solange ich in der Nähe des Feuers bleibe. Schuldbewusst denke ich an Liz, Kira und die anderen. Doch sie können sie sich bestimmt warm halten, indem sie sich zusammenkauern, oder?

Ich schaue auf, als Vektal in der kleinen Höhle auf und ab geht. Er wirkt bekümmert, und das macht mich unruhig. Es ist, als hätte ich etwas falsch gemacht, allerdings habe ich keinen Schimmer, was das sein könnte. Er schnurrt immer wieder, wenn er mich ansieht, daher dachte ich, er sei zufrieden. Aber ich schätze, das war ein Irrtum.

Mein Magen knurrt, und ich drücke eine Hand darauf. Zeit für einen Algenriegel. Ich klopfe die Taschen meines gestohlenen Overalls ab, finde jedoch nichts und gerate in Panik. Jetzt habe ich mein Essen *und* meine Waffe verloren. Die einzigen Dinge, die mir geblieben sind, sind die Stiefel, in denen mir die Füße schmerzen, und der Overall. Mann, ich bin wirklich eine beschissene Auskundschafterin.

Vektal kommt zu mir und kniet sich neben mich, und ich weiche instinktiv zurück. Ich bedenke ihn mit einem misstrauischem Blick. Vor kurzer Zeit hat sich sein Mund auf mir gut angefühlt, aber ich weiß, was er will, und ich kriege Angst, wenn er mir zu nahe kommt.

Doch er deutet nur auf meinen Bauch. »Kuuusk?« In diesem Wort schwingen eine Menge Laute mit, die ich nicht werde nachahmen können. Als erzeuge er ganz hinten in seiner Kehle eine seltsame Vibration.

»Hunger«, sage ich ihm und tätschele meinen Bauch. Dann versuche ich es mit einer Pantomime und tue so, als würde ich essen.

Er zeigt auf meine Zähne und stellt eine weitere Frage. Richtig. Etwas an meinen Zähnen missfällt ihm. Ich blecke sie, um ihm zu zeigen, dass sie in Ordnung sind, woraufhin er seine eigenen Zähne bleckt.

Reißzähne. War ja klar, dass er Reißzähne hat. Seine Eckzähne sind dreimal so lang wie meine, und sie sehen gefährlich aus. Kein Wunder, dass meine kurzen, stumpfen Zähne ihn verwirren. »Ich hoffe, sie sind dafür da, Gemüse zu kauen«, sage ich fröhlich.

Er zieht seinen Fellumhang aus, und Mann, bin ich froh zu sehen, dass es ein Kleidungsstück ist und kein Teil von ihm. Mit den Hörnern komme ich wahrscheinlich klar. Aber ich bin froh, dass das zottelige Fell nicht sein eigenes ist. Als ich ihn wieder anschaue, erkenne ich, dass ein Teil seiner Breite Kleidung sein könnte. Das ist gut. Doch es lässt sich nicht leugnen, dass er über zwei Meter groß ist.

Argwöhnisch sehe ich zu, wie er sich auszieht. »Ich hoffe, du verwechselst meinen knurrenden Magen nicht mit einer Aufforderung zum Vögeln.«

Der Fellumhang landet auf dem Boden der Höhle, und beim Anblick seiner Sachen darunter reiße ich die Augen auf. Ich nehme an, es ist Leder, und es hat alles den gleichen blaugrauen Farbton, der mich an einen bewölkten Tag erinnert. Außerdem sehen die Sachen nicht besonders warm aus. Seine Arme sind nackt, und seine Brust wird von einer Weste bedeckt, die gänzlich aus Taschen und Schnüren zu bestehen scheint. Darin sind einige gefährlich aussehende aus Knochen geschnitzte Messer untergebracht und an seine Brust gebunden. Er zeigt eine Menge Haut trotz des Schneesturms, der draußen tobt, und ich frage mich, wie warm dieser blöde Umhang eigentlich ist.

Und ob ich ihn nicht stehlen kann.

Das ist wahrscheinlich keine gute Idee, Georgie, sage ich mir. Dieser Bursche ist im Moment mein einziger Verbündeter.

Selbst wenn er nur meine Muschi lecken will. Bei der Erinnerung daran presse ich die Schenkel fest zusammen und versuche, nicht zu erröten. Ich widme mich wieder der Betrachtung des Außerirdischen. Seine Arme sind nackt und weisen eine geradezu verrückte Menge an Muskeln auf. Sie sind riesig und einschüchternd, und ich stelle mir vor, dass die Brustmuskeln unter der Lederweste genauso beeindruckend sind.

Als er einen Riemen von der Schulter zieht, sehe ich, dass er zusätzlich zu den unzähligen Schnallen und Beuteln eine Tasche quer über der Brust hat. Wieder knurrt mein Magen. Vielleicht hat er ja etwas zu essen darin.

Richtiges Essen. Keine Algenriegel.

Mir läuft das Wasser im Mund zusammen, und ich falte fest die Hände, um mich daran zu hindern, sie nach ihm auszustrecken. Ich hatte noch nie im Leben so einen Hunger. Er öffnet seine Tasche und holt eine Art Blase heraus, bei der es sich um einen Wasserschlauch handeln muss, zusammen mit einem in Leder gewickelten Päckchen. Er reicht es mir, und ich packe es aus. Darin finde ich einige große Streifen von etwas, das wie Fleisch aussieht, gemischt mit einer Art Hafermehl. Reiseproviant. So muss es sein. Zitternd sehe ich ihn an. »Ist das für mich?«

»Kuuusk«, sagt er in seiner seltsamen Sprache und macht eine Handbewegung, als würde er ein Stück abbrechen und es essen.

In diesem Moment könnte ich ihn küssen, Reißzähne hin oder her. »Danke«, antworte ich und breche ein großes Stück ab. Es ist mir egal, ob ich gierig wirke, schließlich bin ich halb verhungert. Also stopfe ich mir den ganzen Brocken in den Mund und beginne zu kauen.

Sofort erkenne ich, dass das ein Fehler war.

Der Geschmack ist … na ja, »grauenvoll« ist noch das harmloseste Wort, das mir dazu einfällt. Es ist, als hätte ich in einen Klumpen aus Jalapeños gemischt mit etwas Widerwärtigem, Mehligem gebissen. Es ist so scharf, dass mir sofort das die Augen tränen und meine Nase läuft. Ich huste und versuche verzweifelt, den Bissen in meinem Mund herunterzuschlucken, aber das Zeug brennt auf der Zunge wie verrückt. Am Ende würge ich und spucke die Hälfte des Essens in meine Hand. Der Außerirdische beobachtet mich die ganze Zeit neugierig.

Es ist wirklich grausam. Ich würge und huste noch eine Weile, bis er mir den Wasserschlauch in die Hand drückt und ein kurzes Wort bellt. Vorsichtig nehme ich einen Schluck, aus Angst, dass es scheußlich schmeckt. Zu meiner Erleichterung ist das Wasser kühl und erfrischend und hat einen schwachen Zitrus-Beigeschmack. Ich nehme große Schlucke, und mein Hustenanfall verebbt langsam.

Dann schiebe ich ihm das getrocknete Essen wieder hin und schüttele den Kopf. Selbst wenn ich es essen wollte – und oh, wie gern ich es täte –, ich kann nicht. Allein bei dem Gedanken, auch nur ein kleines Stück davon in den Mund zu nehmen, bekomme ich eine Kiefersperre. Mein Magen protestiert unglücklich.

Die Zurückweisung seines Essens stellt den Außerirdischen offensichtlich vor ein Rätsel. Wieder untersucht er meinen Mund und versucht, meine Zunge zu berühren. Ich stoße seine forschende Hand weg. »Das Problem ist nicht mein Mund, es ist dein Essen.«

Er sagt etwas in seiner unverständlichen Sprache und deutet auf meine Blutergüsse. Oh. Er denkt, ich sei verletzt und das sei der Grund, warum ich nicht essen kann. Ich schüttele den Kopf. »Es geht mir gut. Wirklich.«

Vektal mustert mich neugierig.

»Hier in der Nähe gibt es nicht zufällig eine schöne Stadt voller freundlicher Außerirdischer?«, frage ich. Da es in der kleinen Höhle immer kälter wird und der Wind pfeift, ziehe ich meinen Overall ein wenig fester um mich.

Vektal hebt seinen Fellumhang auf und legt ihn mir um die Schultern, während er in der merkwürdigen knurrenden Sprache mit mir redet.

»Danke«, sage ich und wickele mich fester in das Kleidungsstück. Er selbst zieht sich nichts an, die Kälte macht ihm offensichtlich nicht so viel aus wie mir. Ich beäuge ihn, als er sich vorbeugt und einen weiteren Holzscheit auf das Feuer legt.

Er hat hinten einen Schwanz. Okay. Viele Lebewesen haben einen. Das ist gar nicht so seltsam. Ich versuche, ihn nicht unheimlich zu finden, aber er ist einfach so ... anders. Da wären zunächst einmal seine Hörner. Die Hand, die gerade ein weiteres Stück Holz auf das Feuer legt, hat nur vier Finger. Die Stiefel an seinen Füßen sehen wie weiches Leder aus, sind jedoch an den Zehen extrem breit geschnitten, folglich kann ich nur raten, was darin los ist.

Oh, und ehe ich es vergesse, er hat blaugraue Haut. Und er schnurrt. Also ja, abgesehen davon, dass er ein Zweibeiner ist, sind wir uns vielleicht doch nicht so ähnlich.

»Schorschi«, sagt er und verstümmelt einmal mehr meinen Namen. Er wiederholt ihn, dann sieht er mich stirnrunzelnd an und schüttelt sein geflochtenes schwarzes Haar. »Schorschi Vektal«, sagt er noch einmal, anschließend zeigt er auf sein Auge und schüttelt abermals den Kopf.

»Ich weiß nicht, was du mir sagen willst. Dass ich nicht so bin wie du? Das weiß ich selbst.« Ich zeige auf seine Mahlzeit. »Ich wünschte wirklich, ich könnte das essen, aber ich kann nicht.« Vor Erschöpfung treten mir Tränen in die Augen. Alles stürzt plötzlich auf mich ein. »Du hast keine Ahnung, wie grässlich die letzten beiden Wochen waren.«

Mit leiser Stimme sagt er etwas und wischt die Träne weg, die mir über die Wange läuft. Seine Haut fühlt sich wie Wildleder an. Es ist ... schön. Es fühlt sich gut an, auch wenn alles andere auf dieser Welt total daneben ist.

Vektal zieht den Umhang fester um mich. Dann klopft er auf die Felle vor dem Feuer und sagt noch etwas. Ich vermute, dass es etwas Ähnliches heißen soll wie »Ruh dich hier aus«, denn er klopft erneut auf die Felle und wartet. Ich lege mich hin. Ich habe es warm und kuschele mich in die Felle, und zum ersten Mal seit einer gefühlten Ewigkeit habe ich keine Angst, dass mir unmittelbare Gefahr droht. Alles, was dieser Außerirdische will, ist Oralsex.

Bei dem Gedanken muss ich innerlich kichern, und ich lächele, als ich einschlafe.

Als ich später aufwache, fühle ich mich besser als seit sehr, sehr langer Zeit. Unter der dicken Decke ist es total gemütlich, und ich kuschele mich an etwas Großes, Festes, das wärmer ist als jede Heizdecke. Meine Finger gleiten darüber. Es fühlt sich an wie Wildleder über Knochen, und als ich das leise Schnurren höre, wird mir klar, dass ich mich an Vektals Brust schmiege.

Es ist nicht der schlechteste Ort auf der Welt. Ich meine, wenn ich die Wahl hätte zwischen der alten Ladebucht, allein im Schnee zu sein oder an den außerirdischen Muschifreund geschmiegt, würde ich mich für Option Nummer drei entscheiden.

Ich ringe mit mir, ob ich so tun soll, als würde ich weiterschlafen, aber etwas Hartes, nicht gerade Kleines bohrt sich in meinen Bauch. Das sagt mir, dass Vektal wach, sich mit allen Sinnen meiner Gegenwart bewusst und viel großzügiger ausgestattet ist als jeder andere Mann, den ich je kennengelernt habe.

Ich setze mich aufrecht hin und ziehe die Decken fester um mich. Mein Atem lässt weiße Wölkchen in der Luft entstehen, und ich schaue mich in der Höhle um. Schwaches Sonnenlicht dringt durch den Vorhang vor dem Eingang, und das Feuer ist erloschen. Es ist bitterkalt, es sei denn, ich drücke mich an Vektal, und der Drang, wieder zu ihm zu rücken und mich an seinen warmen Körper zu schmiegen, ist stark.

Aber er richtet sich auf und macht sich daran, seine Kleidung zurechtzuziehen. »Vei droskh«, sagt er. Ich weiß nicht, ob das »guten Morgen« heißt oder »verdammt, ist das kalt« oder was sonst. Er steht auf, und als er das tut, knurrt mein Magen erneut.

Vektal schaut mich mit zusammengekniffenen Augen an.

»Ich weiß«, sage ich. »Glaub mir, ich weiß.« Auch mir ist es peinlich.

Er schickt sich an, das Essen vom vergangenen Abend auszupacken, aber ich verziehe das Gesicht und schüttele den Kopf. Ich mache eine Handbewegung, die zeigen soll, dass es auf meiner Zunge brennt. Er grinst und bewegt danach die Arme, als würde er ein Baby wiegen, was mich verwirrt. Ich kann dieser Unterhaltung beim besten Willen nicht folgen.

»Hunger«, sage ich. Ich reibe mir den Bauch und tue so, als würde ich mir etwas in den Mund stecken. »Essen?« Mit jeder Faser fühle ich mich wie eine Schmarotzerin, die sich einen Mann sucht und dann verlangt, dass er sie ernährt, aber »Essen« lässt sich leichter mit Handbewegungen ausdrücken als: »Wenn du mir eine geeignete Waffe gibst, erjage ich mir mein eigenes Frühstück.« Denn im Moment müssen wir uns in kleinen Schritten vorwärtsbewegen.

Vektal nickt und fängt an, die Ausrüstung wieder anzulegen, die er über Nacht abgestreift hat. Heute Morgen zeigt er sich mit nacktem Oberkörper, und seine Brustmuskeln sind genauso faszinierend, wie ich sie mir vorgestellt habe. Sie wirken wie kalte Eisenplatten auf seiner blaugrauen Brust. Ich muss daran denken, wie seine Haut sich anfühlt – wie warmes Wildleder. Es war auf jeden Fall schön, sich an ihn zu schmiegen. Ich sehe zu, wie er sich anzieht, und registriere fasziniert die Unterschiede unserer Körper. Über gewissen Stellen seines Körpers hat er knubbelige Erhebungen. Sie ziehen sich über die Rückseiten beider Arme bis hin zu seinen Ellbogen. Andere Wülste verlaufen mittig auf seiner Brust nach unten und verlieren sich dann irgendwo zwischen seinen Brustmuskeln und seinem Bauchnabel. Auch auf seinen Oberschenkeln sind solch ungleichmäßige Wülste vorhanden. Ich frage mich, welchem Zweck sie dienen. Sie zieren zudem seine Stirn und ziehen sich bis zur Nasenspitze herunter.

Und er ist heute Morgen offensichtlich in Plauderlaune. Unsere Kommunikation ist ziemlich einseitig, während er wieder in seine Weste schlüpft und sich anschickt, seine Messer und Klingen an ihren angestammten Platz zu stecken. Am liebsten würde ich ihn um eins dieser Messer bitten, aber ich kenne mich in seiner Kultur nicht aus. Vielleicht ist es ein Tabu, mir eines davon zu geben, und ich würde ihn mit der Frage beleidigen. Im Moment hüte ich mich davor, ihn zu verärgern, denn er ist mein einziger Halt. Ich beobachte, wie mein Atem erneut in der Luft gefriert, während der Außerirdische weiterredet, und ich denke an die im Raumschiff zusammengekauerten Mädchen.

Ich hoffe, dass es ihnen gut geht. O Gott, ich bete, sie sind wohlauf. Noch heute muss ich zu ihnen zurückgehen, damit sie sich keine Sorgen machen. Ich kann ihnen erzählen, was ich gefunden habe …

Was tatsächlich nicht viel ist. Ich habe menschenfressende Fische gefunden, die bambusartige Stängel haben. Ich habe einen warmen Fluss gefunden (voll mit besagten menschenfressenden Fischen), und danach einen Außerirdischen, der es einem zur Begrüßung gern mit dem Mund macht.

Alles drei wird uns nicht helfen, nach Hause zu kommen. Ich habe keine Stadt gefunden. Ich habe kein weiteres Raumschiff gefunden. Und schon gar nicht habe ich jemanden gefunden, der Englisch spricht. Und um alles noch schlimmer zu machen, habe ich unsere einzige Waffe verloren. Überhaupt stelle ich mich bei dieser ganzen Sache nicht besonders geschickt an.

Vektal bindet seine letzten Taschen und Beutel fest und steigt dann in seine Stiefel. Ich werfe einen verstohlenen Blick auf seine Zehen, nur um meine Neugier zu befriedigen. Drei große, gespreizte Zehen und ein knöcherner Absatz, der wahrscheinlich im Lauf der Evolution aus einem großen Zeh hervorgegangen ist. Vermutlich könnte ich auch seine Schuhe nicht tragen, und der Gedanke deprimiert mich, als ich meine Füße wieder in meine unbequemen gestohlenen Stiefel schiebe.

Ich stehe auf, und Punkte verschwimmen vor meinen Augen. Als ich taumele, zieht mich Vektal an seine feste Brust. Er flüstert mir etwas ins Ohr und bietet mir erneut sein Essen an, doch ich stoße es weg. Ich bin wirklich nicht wählerisch. Aber ich bin körperlich einfach nicht dazu imstande, dieses Zeug zu essen. Das Wasser, das er mir in die Hand drückt, nehme ich an und trinke es, allerdings wird es mich nicht lange befriedigen. Vielleicht kann ich Vektal ja überreden, dorthin zurückzugehen, wo er mich gefangen hat, damit ich nach meinen Algenriegeln suchen kann. Mittlerweile habe ich einen solchen Hunger, dass ich sie essen würde, selbst wenn sie über Nacht zu Eisblöcken gefroren wären.

Er verlässt die Höhle und schaut über die Schulter zurück, ob ich ihm folge. Über Nacht ist frischer Pulverschnee gefallen, und ich betrachte voller Verzweiflung die Schneedecke. So viel zu der Idee, meinen Proviant wiederzufinden.

Vektal deutet auf seine Schultern, die nackt sind, da ich seinen Umhang trage. Er kniet sich hin und gibt mir ein Zeichen, huckepack auf seinen Rücken zu steigen und mich festzuhalten. Das ist echt peinlich. Aber ich bin so müde und schwach, dass ich nicht protestiere. Also lege ich die Arme um ihn, schlinge ihm die Beine um die Hüften und klammere mich an seinen Rücken. Er tätschelt meinen Arm, murmelt etwas Beruhigendes und rennt dann den Berghang hinunter.

Einen Moment lang bin ich verblüfft darüber, wie schnell er ist. Der Schnee beeinträchtigt ihn in keiner Weise, und seine Stiefel stampfen durch den Pulverschnee, als sei das keine große Herausforderung. Außerdem brennt er innerlich wie ein Schmelzofen, und seine Haut ist so warm, dass die Körperteile, mit denen ich ihn berühre, eine angenehme Temperatur haben, während die, die dem Wind ausgesetzt sind, sich anfühlen, als würden sie in einem mit Eis gefüllten Eimer stecken. Die Erkenntnis, dass er den Umhang überhaupt nicht braucht, bringt mich dazu, mich noch fester an ihn zu drücken. Er kommt in diesen winterlichen Verhältnissen auch ohne das Kleidungsstück bestens zurecht. Also drücke ich den Kopf an seinen Hals und presse mein kaltes Gesicht in sein warmes Haar. Und zudem riecht er gut.

Na toll, jetzt leide ich auch noch am Stockholm-Syndrom.

Er rennt den Berg hinunter und bewältigt die steilen Hänge, als würden sie ihm nicht das Geringste ausmachen. Wir passieren ein weiteres Wäldchen, und ich begreife erst jetzt, dass wir in die falsche Richtung gehen, weg vom Absturzort. Ich habe nicht aufgepasst, weil ich vom Hunger und von der Kälte so benommen bin. Aber was wir hier tun ist falsch. Die Mädchen warten auf mich, zitternd und hungrig. Ich kann sie doch nicht einfach sich selbst überlassen.

»Warte«, sage ich und tippe ihm auf die Schulter. »Vektal, warte!«

Als er stehen bleibt, rutsche ich von seinem Rücken hinunter. Sofort fange ich an, in der bitteren Kälte zu zittern, aber ich bringe ihn dazu, sich umzudrehen, damit ich den Hang hinaufzeigen kann, zurück, von wo ich gekommen bin. »Wir müssen da lang und die anderen retten.«

Er schüttelt den Kopf und zeigt bergab. In der Richtung, in die er deutet, sehe ich dichte Bäume und andere Vegetation. Er will den Berg hinunter.

Doch ich kann die anderen nicht zurücklassen. Beharrlich zeige ich nach oben. »Bitte. Ich muss dort hinauf. Da sind noch mehr Leute. Noch mehr Frauen. Sie haben Hunger und frieren, und sie haben einfach gar nichts.«

Vektal schüttelt seinen zotteligen Kopf und macht eine Handbewegung, als würde er essen. Dann deutet er auf den Wald unter uns, auf die verschneiten Hänge.

Ich gerate ins Wanken. Lasse ich mich von ihm immer weiter wegbringen, um etwas zu essen? Oder gehen wir sofort zu den anderen und ich habe weiter Hunger? Ich zögere. Sie denken wahrscheinlich ohnehin schon, dass mir etwas zugestoßen ist.

Wieder knurrt mein Magen. Vektal wirft mir einen entnervten Blick zu. Er sagt wieder das Wort für Essen. »Kuuusk.«

Ich beiße mir auf die Unterlippe und denke nach. Dann

schaue ich wieder zum Berg. Mein Verstand sagt mir, dass ich darauf bestehen müsse. Aber ich fühle mich so schwach und habe solchen Hunger. Ich kann ihn doch auch später noch überreden zurückzugehen, oder nicht? Nachdem ich etwas zu essen bekommen habe?

Und wäre es nicht sowieso besser, dort nicht mit leeren Händen aufzutauchen?

Mit einem tiefen Seufzer sehe ich ihn an. Seine glühenden blauen Augen scheinen Löcher in mich hineinzubrennen. »Kuuusk, dann den Hang wieder hoch, okay? Lass uns genug Kuuusk für alle holen.«

Vielleicht vertreibt ein gefüllter Magen ja meine Schuldgefühle.

Vektal

Als meine Gefährtin wieder auf meinen Rücken klettert und ihre kleinen, weichen Gliedmaßen um mich schlingt, muss ich gegen meine Freude ankämpfen. Sie friert und hat Hunger und regt sich über irgendetwas auf. Das Verlangen, sie zu beglücken, zehrt an mir. Ich werde eine Mahlzeit für sie erlegen, damit sie Nahrung zu sich nehmen und wieder zu Kräften kommen kann. Im Moment ist sie sogar noch blasser als gestern, und ich mache mir Sorgen, dass sie krank wird und zu schwach sein könnte, um einen Khui anzunehmen.

Denn ich habe Pläne für meine liebliche Gefährtin. Ob es ihr gefällt oder nicht, sie wird um den Khui nicht drum herum kommen. Jetzt, da ich sie gefunden habe, habe ich nicht die Absicht, sie wieder zu verlieren.

Im Tal wimmelt es vor wilden Tieren. Der entspannte Griff meiner Gefährtin um meinen Hals sagt mir, dass sie weder die umherstreichenden Schneekatzen in der Ferne noch den Sichelschnabel, der sich hinter einem Baum in der Nähe versteckt, gesehen hat. Mein Jägerblick entdeckt sie, und ich halte Ausschau nach einem sicheren Fleckchen, wo ich meine Gefährtin für kurze Zeit allein lassen kann, ohne mir Sorgen um sie machen zu müssen. Sie ist zu schwach, um ihr Essen selbst zu jagen oder um sich zu verteidigen, falls etwas sie angreift.

Auf der anderen Seite des schmalen Tals befindet sich ein großer Felsbrocken, den ich als Ausguck nutzen kann, und ich stapfe durch den immer tiefer werdenden Schnee darauf zu. Mir machen die Temperaturen nichts aus, doch das Zittern meiner Gefährtin verstärkt sich, je länger wir unterwegs sind. Sie wird nicht weit kommen, es sei denn, ich beschaffe ihr etwas Wärmeres zum Anziehen. Also erst bekommt sie was zu essen und dann ein Fell, damit meine zarte Schorschi nicht mehr friert.

Ich würde, wenn es sein muss, mein Leben geben, um sie zu beschützen.

Das Verlangen, sie in Besitz zu nehmen, vibriert in meiner Brust, und mein Khui erinnert mich daran, dass ich meine Gefährtin gefunden, sie aber noch nicht für mich beansprucht habe. Ich klopfe mir auf die Brust, als wolle ich meinem Herzen sagen: *Ich weiß. Ich weiß, dass sie mir gehört.* Es ist schwierig, mit ihr zu kommunizieren, und zu allem Überfluss ist sie ängstlich und schwach. Sobald sie stark genug ist und wir mehr Worte haben, um uns zu verständigen, wird sie erkennen, was ich ihr zu sagen versucht habe. Dann wird sie ihre weichen rosigen Schenkel wieder für mich öffnen, und ich werde sie auf meiner Zunge haben. Ich werde meinen Schwanz in ihr versenken und spüren, wie sie meinen Khui in Schwingungen versetzt.

Bei dem Gedanken wird mein Schwanz hart, daher dränge ich alle derartigen Überlegungen beiseite.

Sobald ich den Felsbrocken erreiche, setze ich Schorschi behutsam auf den Boden. Als ich auf den Felsen deute, klettert sie hinauf. »Warte hier«, sage ich zu ihr.

Natürlich versucht sie, mir zu folgen.

Ich bedeute ihr noch einmal, dass sie hierbleiben soll,

woraufhin sie mir einen verängstigten Blick zuwirft. »Schorschi Vektal?«

»Ich verlasse dich nicht, meine süße Khui-Gefährtin«, sage ich und streichele ihr mit dem Finger über die blasse Wange. »Es ist gefährlich.«

Zur Erklärung zeige ich auf die lauernden Kreaturen, die uns in diesem Moment beobachten. Ich deute auf den Sichelschnabel und dann auf die Schneekatzen. Ich deute sogar auf den Baumstachler, der ihre Mahlzeit sein wird. Sie braucht ein bisschen, um die Kreaturen zu erkennen, die sich vor aller Augen sichtbar verstecken und im Schnee schwer auszumachen sind. Doch als sie sie sieht, reißt sie die Augen auf und wirft mir einen weiteren angstvollen Blick zu.

»Du bleibst hier«, sage ich bestimmend. »Ich werde etwas für dich erlegen, das du essen kannst.«

Sie plappert etwas in ihrer seltsamen Sprache. »Achduscheiße diedingersindriesig. Lassmich nichallein!«

»Es wird alles gut«, beruhige ich sie. Ich ziehe ihr den Umhang fester um die schmalen Schultern. Daraufhin greift sie nach einem meiner Messer und sieht mich fragend an. Ich nicke und reiche ihr eins mit einem beinernen Griff, das ich selbst angefertigt habe. Jetzt kann sie sich schützen.

Es ist klar zu erkennen, dass sie sich mit dem Messer in der Hand besser fühlt. Sie hockt sich auf den Felsen und nickt mir zu, die Klinge fest in der Hand. Noch einmal streiche ich mit den Fingern über ihre kalte, unbehaarte Haut, dann ziehe ich die Steinschleuder aus meinem Bündel. Ich habe immer ein paar glatte Steine griffbereit und lege einen in die Mulde, dann wirbele ich die Schleuder durch die Luft und ziele. Meine Armmuskeln spannen sich an, als ich den Stein fliegen lasse, und ich sehe zu meiner Freude, dass der Baumstachler benommen zu Boden fällt.

Ich nähere mich ihm, bevor er sich erholen kann, und schneide ihm mit einer einzigen Bewegung meines Messers die Kehle durch. Danach schlitze ich dem Tier den Hals auf, um das Blut abfließen zu lassen, und mache einen weiteren Schnitt in den Bauch, um die Eingeweide zu entfernen. Das Herz und andere Köstlichkeiten soll meine Gefährtin bekommen, und ich bringe ihr das ganze Tier. Zwar hinterlasse ich eine Spur, der die Schneekatzen folgen können, aber solange sie mich riechen, werden sie nicht angreifen. Sie haben ein gutes Gedächtnis und mögen den Geschmack von Sa-Khui-Fleisch nicht. Wir sind eine bittere Mahlzeit.

Mit meiner Beute kehre ich zurück und zeige sie meiner zitternden Gefährtin.

Sie rümpft die Nase und wirft mir einen verwirrten Blick zu.

»Stacheltiere kennst du wohl nicht, was?«, frage ich, weil es sich gut anfühlt, mit ihr zu reden. Ich lege meine Jagdbeute auf den kalten Stein, auf dem sie hockt, und es entgeht mir nicht, dass sie zurückzuckt. »Es ist tot, meine süße Khui-Gefährtin. Sieh mal, ich habe dir die leckersten Stücke aufgehoben.« Ich ziehe den Bauch des Tieres auf und entblöße das Herz und die Leber. Sie sind noch warm, obwohl sie bei diesen Temperaturen schnell abkühlen und nicht mehr annähernd so gut schmecken werden. »Hüte dich nur vor den Stacheln im Fell. Wir werden dir etwas Größeres erlegen, um einen Mantel daraus zu machen. In diesem Gebiet gibt es Dvisti mit einem dicken Fell, die ein herrliches Mahl abgeben werden.«

Schorschi starrt mit leerem Blick auf die Beute. Dann deutet sie darauf. »Erwartestu, dassich dasesse?«

Ist sie nicht vertraut mit dieser Art Nahrung? Den Algenriegel hat sie problemlos gegessen. Ich hole das Herz aus dem toten Tier und halte es ihr an die Lippen. »Hier. Probier mal.«

Sie fällt fast vom Felsen, so eilig hat sie es, von dem toten Tier wegzukommen. »Nein, verdammt!« Und dann zeigt sie auf die tropfende Delikatesse, die ich zwischen den Fingern halte. »Bratedas verdammteding!«

Ich sehe sie mit schräg gelegtem Kopf an. »Was ist los? Was sagst du?«

Sie macht eine Geste und streckt die Hände aus, so wie sie sie über das Feuer gehalten hat. Dann zeigt sie auf das Tier. »Feurrrr«, sagt sie. »Bratn.«

Diesmal verziehe ich den Mund. »Du willst das Essen verbrennen? Verstehst du nicht, was das hier ist?« Ich werfe mir das Herz in den Mund und kaue, um es ihr zu zeigen. Der köstliche Geschmack von Blut, heiß und süß, bleibt auf meiner Zunge.

Angewidert sieht sie mich an und würgt. Mit einer Handbewegung bedeutet sie mir, das Tier wegzunehmen. »Ogott. Wieklig.«

»Iss«, befehle ich ihr streng. Sie ist zu schwach, um wählerisch zu sein, was ihr Essen betrifft. »Wenn du willst, werde ich es später für dich verbrennen, aber du musst jetzt etwas essen.« Ich schneide ein dickes Stück von der Flanke des Tieres ab und reiche es ihr. Ich zwinge ihre kleinen Finger, sich darum zu schließen, und ignoriere die Tatsache, dass sie wieder Würgelaute von sich gibt. »Iss etwas, damit du Kraft für den Rest des Tages hast.«

Sie schüttelt den Kopf.

Ich nehme einen Bissen und zeige es ihr, dann bestehe ich darauf, dass sie ebenfalls isst. Ihr Magen knurrt, und ein gequälter Ausdruck breitet sich auf ihren Zügen aus. »Hoffentlichschmecktes wiesushi.« Schorschi schneidet wieder eine Grimasse, dann nimmt sie einen Bissen, und die ganze Zeit über verzieht sie das Gesicht.

Ich freue mich. Sie sich nicht, aber zumindest bekomme ich etwas zu essen in sie hinein. Sie mag die wohlschmeckenden Innereien anscheinend nicht. Also esse ich sie und ignoriere ihre leisen Unmutsbezeugungen, denn ein guter Jäger verschwendet kein Fleisch. Ich schneide weitere Leckerbissen ab und füttere sie damit, und sie protestiert die ganze Zeit, aber zumindest füllt sich ihr Magen. Sie trinkt mein ganzes Wasser aus und gibt mir dann zu verstehen, dass sie immer noch Durst hat.

Ich nicke. Doch wir dürfen nichts überstürzen. Schorschi auf so gefährlichem Terrain zu versorgen, muss mit Vorsicht durchgeführt werden. Auf keinen Fall will ich, dass sie versehentlich einer Schneekatze in der Nähe von deren Höhle über den Weg läuft ... oder schlimmer noch, einem Rudel jagender Metlaks. Ich muss gut auf sie aufpassen und darf sie nicht aus den Augen lassen. Das Jagen wird dadurch länger dauern und die Rückkehr zu den Stammeshöhlen noch länger, aber ich bin bereit, alles zu tun, was notwendig ist.

»Komm«, sage ich zu Schorschi und hänge mir meine Beute an den Gürtel, damit das Fleisch gefrieren kann. Auf diese Weise wird es länger essbar bleiben. Ich halte ihr eine Hand hin, damit sie vom Felsen steigen kann.

Sie klettert wieder auf meinen Rücken, und einmal mehr wird mir bewusst, wie klein und zerbrechlich sie ist. Ich kann sie tragen, als wöge sie nichts. Das ist nicht gut. Selbst der oder die Zierlichste meiner Stammesangehörigen könnte sie wie einen Zweig zerbrechen. Es weckt meinen Beschützerinstinkt, und ich muss bei dem Gedanken daran gegen den Drang ankämpfen zu knurren.

Ich werde Schorschi beschützen, koste es, was es wolle.

Eine Weile marschieren wir durch den Schnee, und es freut mich, wie ruhig sie ihre Umgebung betrachtet. Sie lenkt keine Aufmerksamkeit auf uns. Sie beschwert sich nicht oder stellt weitere Forderungen in ihrer seltsamen Sprache. Sie sagt auch nichts dazu, als ich einen Ast abbreche, ein Stück zurückgehe und damit unsere Spuren verwische. Sie ist eine stumme Beobachterin.

Doch es beunruhigt mich, dass sie nicht einmal die einfachsten Möglichkeiten kennt, wie man sich versorgen kann. Ihre Bitte um Feuer lässt mich nicht los und macht mir Angst. Ich stoße auf einen nicht zugefrorenen Bach, der von der Erde selbst beheizt wird. Das Wasser riecht nach Verfaultem, aber es wird trotzdem angenehm schmecken, und die Wärme wird ihren erschöpften Muskeln guttun. Es ist außerdem eine Probe, um herauszufinden, wie viel Schorschi weiß. Es gibt Dinge, die selbst die Kleinsten bei uns über die Wildnis wissen, Dinge, von denen ich befürchte, dass sie sie nicht kennt.

Und tatsächlich, sie trottet vertrauensselig auf den Bach zu und tritt viel zu nah heran. So viel zu meiner Probe. Ich halte sie am Arm fest, bevor sie ans Ufer treten kann, und sie keucht vor Schmerz auf.

Sofort schäme ich mich für meine eigene Stärke. »Schorschi?« Sollte ich meine Gefährtin verletzt haben, würde ich mir das nicht verzeihen. Mein Khui scheint zuzustimmen, denn er zieht sich zusammen.

»Schongut«, sagt sie schwer atmend. Sie zuckt zusammen und dreht das Handgelenk hin und her. »Verlezung-von derbruchlandung.«

Ich nehme ihre kleine Hand in meine, und sie lässt sich vertrauensvoll von mir untersuchen. Ihr ganzer Arm ist übersät mit blauen Flecken, und ihr Handgelenk ist geschwollen. Sie ist verletzt, und ich habe es nicht einmal bemerkt. Es macht mich sehr zornig auf mich selbst, dass ich etwas so Offensichtliches übersehen habe. »Es tut mir leid, meine Schorschi. Ich werde nicht noch einmal so unvorsichtig sein.«

Ich führe sie weg von dem Bach und halte nach etwas Ausschau, mit dem ich ihr Handgelenk verbinden kann. Als ich meine Kleidung auf der Suche nach einem Stück Stoff abklopfe, lacht Schorschi und schüttelt den Kopf. Sie redet wieder irgendeinen Kauderwelsch und zeigt auf das Wasser, um mir klarzumachen, dass sie lieber etwas trinken würde, statt zu viel Aufhebens um ihr Handgelenk zu machen.

Na schön. Wie man trinkt, kann ich ihr zeigen. Ich schaue mich um und finde am Fuß eines Baumstamms einen abgebrochenen Zweig. Ich hebe ihn auf und bedeute ihr, mir genau zuzusehen. Dann gehe ich so nah ans Wasser heran, wie ich es wage, und werfe den Stock hinein.

Einen Moment lang passiert gar nichts. Dann brodelt das Wasser vor wimmelnden Leibern. Schorschi schnappt nach Luft, als die im Schlamm lebenden Reißzahnfische angreifen. Ihre Überraschung lässt mir das Blut in den Adern gefrieren. Das Land ist viele Monate im Jahr nicht unbedingt gastlich, aber selbst die Kleinsten bei uns wissen, dass die übel riechenden, warmen Bäche voller gefährlicher Kreaturen sind. Ein Reißzahnfisch kann einem ausgewachsenen Dvisti binnen Sekunden das Fleisch von den

Knochen reißen. Schorschi wäre tot gewesen, bevor ich auch nur geblinzelt hätte.

Der Gedanke treibt mich dazu, sie noch näher an mich zu ziehen. Sie zittert und drückt sich verängstigt an meine Schulter.

»Schau zu«, sage ich zu ihr.

»Schau zu«, wiederholt sie und sieht mich mit ihren großen, weiß umrandeten Augen an, in denen keine Khui-Farbe glüht. Das erinnert mich an ihre Verletzlichkeit. Ihre Zerbrechlichkeit. Darum muss ich mich kümmern, und zwar bald.

Ich hole meinen Reisebeutel hervor. Kein Jäger verlässt die Stammeshöhlen ohne einen solchen Beutel, und darin habe ich einige rote Seifenbeeren, von denen es so viele bei uns gibt. Ich nehme zwei davon heraus, zerquetsche sie zwischen den Fingern, mische den Saft mit einer Handvoll festgetretenem Schnee zu meinen Füßen und werfe das Ganze schließlich in die Strömung des Baches. Dann sehe ich wieder Schorschi an. »Schau zu.«

Sie schaut aufmerksam zu. Ich sehe ihre Überraschung, als es im Wasser zu spritzen beginnt und die Reißzahnfische auf der Flucht vor dem Wasser und der Farbe der Seifenbeeren, die sie so hassen, stromaufwärts schwimmen. »Sie mögen den Saft nicht«, erkläre ich ihr. »Bis der Mond wieder untergegangen ist, werden sie nicht zurückkommen. Jetzt können wir trinken.«

Sie sieht mich neugierig an, und ich bedeute ihr, zum Wasser zu gehen. Danach tauche ich meinen Wasserschlauch hinein, fülle ihn und gebe ihr im Anschluss zu verstehen, dass sie das Wasser direkt aus dem Bach trinken kann.

»Jezgez?«, fragt sie vorsichtig. »Keine Monstamer?«

Ich nicke zu dem Unsinn, den sie da plappert und von dem ich kein Wort verstehe, dann trinke ich noch etwas und wasche mir anschließend mit einer Handvoll Wasser das Gesicht.

Das erregt ihre Aufmerksamkeit. »Waschn?«, fragt sie und zupft an meiner Weste. Ich sehe, dass sie mein Messer in der Hand hält, offensichtlich hat sie immer noch Angst vor den Reißzahnfischen. Aber ihr Blick ruht auf meinem Gesicht, und sie ahmt meine Geste von vor einigen Sekunden nach. »Waschn?«

»Ja, du kannst dich waschen«, bestätige ich und nehme ihr das Messer weg, bevor sie sich damit verletzen kann. Stattdessen reiche ich ihr noch ein paar von den Beeren. Die im Bach lebenden Fische verabscheuen nicht nur ihren Geschmack, sie eignen sich zudem sehr gut als Seife. Ich bedeute ihr, dass sie sich damit einreiben soll, und sie sieht mich ganz aufgeregt an.

»Vektal waschn?«, fragt sie, dann äußert sie einige weitere unsinnige Silben, bevor sie die Worte wiederholt und mit Gesten zeigt, dass sie baden möchte. »Vektal waschn?«

»Hast du Angst, allein in den Bach zu steigen, meine Khui-Gefährtin?«, necke ich sie. »Soll ich mich stromaufwärts hinstellen, damit die Reißzahnfische meinen Leib vor deinem verschlingen können?«

Sie schüttelt kaum merklich den Kopf zum Zeichen, dass sie mich nicht versteht, aber auf ihrem Gesicht liegt ein aufgeregtes Lächeln. »Waschn?«, fragt sie noch einmal.

Ich nicke und mache mich daran, meine Lederklamotten auszuziehen. Mit Freuden wasche ich meine Gefährtin. Ich betrachte ihre anmutige Gestalt, als sie sich auszieht und aus ihren seltsamen Ledersachen schlüpft. Zum ersten Mal wird mir bewusst, dass das Leder voller Flecken ist und nach Abfall riecht. Ich war so verzaubert von Schorschi, dass ich überhaupt nicht darauf geachtet habe, wie schmutzig sie ist. Kein Wunder, dass sie jetzt so aufgeregt ist bei dem Gedanken, sich zu waschen.

Meine Khui-Gefährtin schnattert drauflos, und sie zittert und reibt sich die Arme, als sie nackt ist. Wie ihre Hand haben ihre winzigen Füße zu viele Zehen und eine merkwürdige Form, aber ich weise sie nicht darauf hin. Ich liebe jede noch so kleine Stelle ihres seltsamen Körpers, auch wenn sie weder Fell noch einen Schwanz hinten aufweist. Bei ihrem Anblick beginnt mein Khui vor Freude zu vibrieren, und endlich schlüpfe auch ich aus meiner Lederkleidung und steige ins Wasser.

»Meineherrn«, haucht sie. Sie steht immer noch am Ufer und starrt auf meine Lenden. Erfreut über ihre Aufmerksamkeit recke ich mich und reibe mir über den Bauch. Unter ihrem Blick wird mein Schwanz hart, und der Khui in meinem Körper beginnt heftig zu schwingen. Ist das Schorschis Art, mich dazu zu ermutigen, mich mit ihr zu paaren?

»Dann komm, meine Gefährtin.« Ich winke sie zu mir. »Ich werde all deine Bedürfnisse erfüllen.«

Georgie

Der Ausdruck »ordentlich was in der Hose haben« hatte bis jetzt keine große Bedeutung für mich.

Ich versuche, ihn nicht anzugaffen, doch es gelingt mir nicht.

Mit Reißzähnen werde ich fertig. Mit der Rute auch. Und auch mit der wildlederartigen blaugrauen Haut. Ich habe kein Problem mit den Hörnern, die sich um seinen Kopf winden wie eine Art Monster-Krone.

Und ich sage mir, ich hätte wissen müssen, dass ein mehr als zwei Meter großer Mann einen gewaltigen Schwanz hat. Er passt zu seiner Körpergröße. Ich bin fast darauf vorbereitet, doch der Anblick seiner wachsenden Erektion bringt mich trotzdem dazu, ängstlich die Schenkel zusammenzupressen.

Auf die Erhebungen und Wülste bin ich nicht vorbereitet.

Er hat verdammt noch mal Wülste auf seinem Schwanz.

So wie auf der Brust, der Stirn und seinen Armen hat er auf dem Schwanz knotige Erhebungen. Seinem sehr großen und äußerst dicken Schwanz. Neben diesen Erhebungen hat er eine zusätzliche Wulst, die beinahe so aussieht wie ein weiteres Horn, nur dass sie eine abgerundete Spitze hat. Das ist ein kleines Wunder. Also gut. Er hat einen gerippten riesigen Schwanz mit einem knöchernen Knubbel ungefähr fünf Zentimeter darüber.

Mir kommt es vor, als hätte ich den Alien-Jackpot geknackt, denn er ist mit allem ausgestattet. Hörner? Häkchen. Rute? Häkchen. Mordsschwanz? Häkchen, Häkchen, Häkchen.

Und während ich ihn anstarre, wirft er mir mit seinen glühenden blauen Augen hitzige Blicke zu. Es ist, als fordere er mich dazu heraus, ihn zu berühren.

Und ... okay. Ich bin ein ganz klein wenig neugierig, wie sich dieses ganze Zubehör bei einer Frau anfühlen würde, aber ich bin mehr am Baden interessiert als am Vögeln. Prüfend schaue ich in das Wasser, das ihm jetzt bis zu den Schenkeln reicht, und er verschränkt seine kräftigen Arme vor der Brust.

Stimmt. Jetzt bin ich dran. Zwar habe ich nach wie vor Angst vor den Fischen von vorhin, aber wenn er im Wasser ist, gehe ich davon aus, dass keine Gefahr droht. Ich bewege mich näher zu der Stelle, an der er steht, nur für den Fall der Fälle. Aber ich zittere vor Kälte, daher muss ich entweder zu ihm in das verdammte Wasser steigen oder mich wieder anziehen.

Ich schaue auf meine verdreckte Kleidung und beschließe, ins Wasser zu gehen. Ich rieche immer noch nach Blut und nach der Sauerei aus dem Frachtraum, und ich will nichts lieber, als mich davon zu befreien. Also fasse ich mir ein Herz und steige ins Wasser.

Es riecht nach verfaulten Eiern, doch ich habe gehört, dass unterirdische heiße Quellen oft so riechen. Es ist mir egal. Das Wasser ist warm wie in einer Badewanne, und in Anbetracht der Tatsache, dass Schnee liegt und es bitterkalt ist, ist es einfach himmlisch. Ich stöhne, als es meine

Gliedmaßen berührt, dann gehe ich tiefer, versuche, meinen ganzen Körper in dem heißen Wasser unterzutauchen.

Es fühlt sich unglaublich an. In diesem Moment könnte ich Vektal dafür küssen, dass er mich hierhergebracht hat, trotz der beängstigenden Fische und so. Ich reibe meine Arme und Beine ab, um den abscheulichen Geruch der letzten zehn Tage der Gefangenschaft loszuwerden.

Vektal stellt sich neben mich. Er sagt etwas, dann reicht er mir noch mehr von den Seifenbeeren. Er bedeutet mir, dass ich sie zerquetschen und mich danach mit dem Saft einreiben soll. Und vielleicht bewege ich mich nicht schnell genug für ihn, denn er nimmt mir die Früchte wieder aus der Hand und presst den Saft auf meine Schultern. Anschließend beginnt er, mich mit seinen großen Händen damit einzureiben.

Zuerst versteife ich mich, aber seine Berührung ist sehr pragmatisch. Es ist, als begreife er, dass ich bloß sauber werden will und nicht rummachen, trotz der gewaltigen Erektion, die er hat und die etwas anderes sagt. Und es ist auch irgendwie süß. Er berührt mich nicht, weil er sich an mich ranmachen will, sondern, weil er mir zeigen will, wie man die Seife benutzt. Ich mache mich daran, den seltsamen, fruchtig riechenden Schaum auf meinen Armen und Beinen zu verteilen, und als er eine Handvoll davon von meinen Schultern schöpft und mir die Haare wäscht, stöhne ich vor Wonne.

Noch nie hat es sich so unglaublich angefühlt, sauber zu sein.

Ich höre ihn scharf nach Luft schnappen. Höre das vibrierende Schnurren, das wieder aus seiner Brust kommt. Er murmelt etwas mit belegter Stimme, doch er tut nicht mehr, als mir die Haare zu waschen. Keine fordernden Berührungen. Kein Beharren auf irgendetwas. Er macht das nur, weil er mich gern anfasst. Und weil er weiß, dass mir das gefällt.

Eigentlich war er, abgesehen von der Tatsache, dass er mich mit der Oralsex-Sache ganz schön erschreckt hat, schon die ganze Zeit irgendwie süß. Alles, was er getan hat, war dazu da, um mir eine Freude zu machen. Ich lasse mir meine Überlegungen durch den Kopf gehen. Vielleicht spricht da wieder das Stockholm-Syndrom aus mir. Vielleicht ist es die Tatsache, dass ich mich bei Vektal sicher fühle. Sicherer als in den letzten zwei Wochen. Aber ich habe nichts gegen seine Berührung einzuwenden. Tatsächlich mag ich es irgendwie, wahrscheinlich erheblich mehr, als ich sollte.

Ich kann ihn nicht ansehen, während ich – wir – baden. Meine Wangen sind heiß, denn immer wieder beugt er sich dichter zu mir vor und stupst mich mit seinem riesigen Schwanz an, und das führt dazu, dass ich an lauter schmutziges Zeug denke. Wie sein Mund auf mir war. Wie es sich angefühlt hat, seine wildlederartige Haut auf meiner zu spüren. Seine Wärme. Und daran, wie gut er riecht.

»Schorschi«, murmelt er, während er mit beiden Händen liebevoll meine Kopfhaut massiert.

»Gee-or-gee«, korrigiere ich ihn. Es gibt in seiner Sprache anscheinend keine G-Laute, weil er sie so seltsam lallt.

»Schorgee«, versucht er es.

»Gee«, beharre ich.

»Shhhzhee …«, hebt er an, dann bricht er ab und versucht es noch einmal. »Gorgee.«

Ich kichere. Corgi? Nicht ganz. Ich drehe mich um und deute auf meinen Mund, um ihm zu zeigen, wie er die Zunge bewegen muss. »Georgie.«

Seine Finger streifen meine Lippen in einer zärtlichen Liebkosung. »Zheo-rzhe.« Er gibt nicht auf. »Geeeeorgie.« Sein G klingt fast wie ein Schnurren.

»Sehr gut«, lobe ich ihn sanft. Mir ist gerade erst bewusst geworden, dass ich mich praktisch an ihn presse und nackt bin.

»Georgie«, schnurrt er wieder meinen Namen. Dann greift er nach meiner Hand und legt sie sich auf die Brust, wo es vibriert wie bei einer Katze. »Georgie sa-akh Vektal.«

So wie er es sagt, meine Hand auf sein Herz gedrückt, denke ich, dass das Wort eine größere Bedeutung hat, als ich mir vorstellen möchte. Er sieht mich eindringlich an, als warte er auf eine Reaktion von mir.

Er ist ein Außerirdischer. Das rufe ich mir ins Gedächtnis, selbst als mir klar wird, dass ich ihn dazu überreden kann, mir – uns – zu helfen, vor den anderen Aliens zu fliehen. Vor den Wärtern, die uns verkaufen wollen.

Unsere Entführer müssen einen ziemlich ausgeklügelten Plan gehabt haben, überlege ich. Vektals Planet ist verdammt kalt, und nach seiner Ausrüstung zu schließen, sind seine Bewohner wahrscheinlich noch nicht über die Steinzeit hinaus. Doch ich weigere mich, die Hoffnung auf eine Möglichkeit, wieder nach Hause zu kommen, aufzugeben. Aber ich weiß einfach, dass es mit den kleinen grünen Männchen oder den basketballköpfigen Außerirdischen nicht passieren wird. Für sie sind wir Vieh.

Vektal ist meine einzige Chance.

Vielleicht benutze ich ihn ein ganz klein wenig, als ich mit den Fingern seine Brust streichele. Sie sind kalt in der eisigen Schneeluft, und meine Brustwarzen sind hart. Ich reibe mich bewusst an ihm, lasse ihn meinen Körper spüren. Dann benetze ich die Lippen und schaue ihm in seine merkwürdigen glühenden blauen Augen.

Und ich deute auf den Berg in der Ferne, wo, wie ich weiß, so viele Frauen (die Hälfte davon in Tiefschlafröhren) darauf warten, gerettet zu werden, während ich mit einem Einheimischen ein Schaumbad nehme. »Bringst du mich auf den Berg?«

Mit fragendem Blick liebkost er mein Gesicht. »Be... erg?«

»Ja«, sage ich und streichele über seine Haut. »Ich will da hinauf.«

Er zieht die Brauen zusammen und schüttelt den Kopf zum Zeichen, dass er mich nicht dort hinbringen wird.

Na schön, Zeit, schwerere Geschütze aufzufahren. »Vektal«, murmele ich, »weißt du, was ein Kuss ist?«

Der ausdruckslose Blick des Außerirdischen verrät mir, dass er keinen Schimmer hat, was ich sage. Natürlich hat er keinen Schimmer.

Also lege ich ihm eine Hand in den Nacken und ziehe ihn näher zu mir. Er ist warm, und es gefällt mir, wie er den kühlen Wind von mir abhält. »Kuss?«, wiederhole ich, dann beuge ich mich vor und streife seine Lippen mit meinen.

Völlig verblüfft schaut er mich an. Als sei ihm noch nie in den Sinn gekommen, dass man den Mund auf einen anderen legen könnte.

Ich unterdrücke das Kichern, das sich Bahn zu brechen droht, und streichele ihm mit einem Finger über die Brust. »Ich kann dir noch viel mehr zeigen ... wenn du mich auf den Berg bringst.«

Ich weiß, dass ich mit dem Feuer spiele. Es ist wahrscheinlich nicht der tollste Plan, ihm sexuelle Vergünstigungen als Gegenleistung für eine Rettung anzubieten, doch ich kann nur mit den Waffen arbeiten, die ich habe. Solange er von mir fasziniert ist, kann ich das nutzen. Es ist berechnend, aber immerhin stehen Menschenleben auf dem Spiel. Wenn ich einen Außerirdischen küssen und mit ihm flirten muss, um meine Freundinnen zu retten, werde ich das tun.

Es ist nicht unbedingt eine Qual, das muss ich zugeben. Ich denke immer noch an seinen Mund auf meiner Haut vergangene Nacht. Wie er mich geleckt hat, bis ich gekommen bin. Und die Art, wie er mich jetzt ansieht, bringt mich auf den Gedanken, dass Sex mit ihm wahrscheinlich keineswegs unerträglich wäre. Er wäre langsam und voller Entdeckungen und ziemlich unartig. Und ich finde die Idee ganz und gar nicht schrecklich. Bei Weitem nicht. Vielleicht sollte ich in meiner Lage keine erotischen Fantasien haben, aber ich komme nicht dagegen an.

Ich spiele noch ein wenig mehr mit dem Feuer, als ich die Arme um seinen Hals lege und meine Brüste an seinen warmen – so herrlich warmen – Körper presse. Sein Schwanz drückt beharrlich gegen meinen Bauch, und ich ignoriere ihn und kämme mit den Fingern durch seine vollen schwarzen Haare.

Vektal hält wieder sein Gesicht ganz nah an meins, und sein Blick flackert zu meinem Mund und dann zu meinen Augen. Es ist, als würde er um einen weiteren Kuss bitten, sei sich aber unsicher, wie er das zuwege bringen sollte.

»Küssen Außerirdische sich denn nicht?«, frage ich leise und beuge mich vor, um noch einmal seine Lippen zu streifen. »Ich werde dir alle möglichen Arten von Küssen zeigen, wenn du mit mir den Berg hinaufgehst.«

»Be...erg«, wiederholt er und kneift die Augen zusammen. Er legt zwei Finger auf meinen Mund und dann auf seinen und wiederholt es. »Georgie Berg?«

»Ganz genau«, sage ich und freue mich darüber, dass er es kapiert hat. »Bring mich auf den Berg, und Georgie wird dich noch einmal küssen.« Ich drücke meine Finger von meinen Lippen auf seine.

Mit seinen klugen Augen sieht er mich an. Er beugt sich vor, und ich denke, dass er mich küssen will, aber er drückt die Lippen nur auf meine Nasenspitze. »Georgie ... Berg«, sagt er mit leiser Stimme, dann spüre ich, wie seine Hand nach unten zu meiner Muschi gleitet und er seine Finger darüberwandern lässt. »Berg.«

Ich schnappe nach Luft. Es liegt ebenso sehr an der verblüffenden erregenden Berührung wie an dem, was er fragt. Er will mit mir Sex haben, wenn er mich den Berg hinaufführt.

Ich denke einen Moment nach, während ich ihn anschaue. Dann beuge ich mich vor und schließe meine Hand um seinen Schwanz. »Georgie Berg«, stimme ich ihm zu, und ich streichele ihn kurz unter Wasser. Wenn du mich auf den Berg bringst, ist es das hier, was du bekommst.

Er stöhnt und versucht, mit dem Unterkörper in meine Hand zu stoßen, aber ich lasse ihn genauso schnell wieder los. »Berg«, beharre ich.

»Berg«, knurrt er und zieht mich wieder an sich, presst seinen so viel größeren Körper an meinen. Für einen Moment gerate ich in Panik und frage mich, ob er sich einfach nehmen wird, was ich ihm als Tauschgeschäft angeboten habe. Doch er reibt nur wieder seine Nase an meiner, lässt mich dann los und zeigt auf meine Sachen am Ufer.

Ach du Scheiße, wir gehen auf den Berg. Die Zweier-Rettungstruppe ist im Anmarsch.

Wir ziehen uns rasch an, und ich verziehe das Gesicht, weil ich wieder in meinen verdreckten Overall schlüpfen muss. Die Kühle der trockenen Winterluft ist jetzt, da ich nass bin und friere, noch schlimmer, und Vektal besteht darauf, dass ich mein nasses Haar mit dem Umhang bedecke. Es ist eine gute Idee, aber es gefriert in der grausamen Kälte trotzdem. Vielleicht war ein kurzes Bad im Bach doch keine so schlaue Idee, aber wenigstens bin ich nun sauber.

Er hebt mich wieder auf seine Schultern, dann machen wir uns auf den Weg den Berg hinauf. Mit brummender Stimme erzählt er mir irgendetwas, das ich nicht verstehe, und tätschelt gelegentlich meine kalten Hände. Er macht mich auf die Umgebung aufmerksam, aber wenn dort etwas anderes als Schnee zu sehen sein soll, erkenne ich es nicht.

Wir gehen stetig bergauf, und es kommt mir wie eine Ewigkeit vor, während mir von Minute zu Minute kälter wird. Meine Zähne klappern, und mein Kopf fühlt sich an wie ein Eisblock. Ich friere und habe Hunger, denn das rohe Fleisch, das ich gegessen habe, hat mich nur noch hungriger gemacht. Mir war gar nicht bewusst, wie weit wir den Berg schon hinuntergegangen waren, doch als ich aufschaue, kommt es mir vor, als sei der Felsvorsprung, auf dem sich das Raumschiff befindet, noch Stunden entfernt. Dieser Gedanke lässt meine Zähne bloß noch heftiger klappern.

Der steile Untergrund führt hoch zu einer nicht minder steilen Felswand, die mir nicht bekannt vorkommt, und es überrascht mich, als Vektal direkt darauf zuhält. Er stellt mich ab und sagt etwas, das wahrscheinlich »bleib hier« bedeutet. Dann geht er zum Fuß des Steilhangs und beginnt zu graben. Eine Weile beobachte ich ihn verwirrt, bevor mir klar wird, dass er den Eingang einer neuen Höhle freilegt.

Er führt mich überhaupt nicht den Berg hinauf. Er bringt mich in eine andere Höhle.

»Du willst mich wohl auf den Arm nehmen!«, explodiere ich. »Nein! Vektal, wir gehen den Berg hinauf!«

Der Außerirdische dreht sich um und wirft mir einen verärgerten Blick zu. Er stößt seinerseits einen Schwall von Worten aus und deutet auf mein eisbedecktes Haar, meine wie verrückt klappernden Zähne und meinen zitternden Körper. Er redet weiter und zeigt auf die Höhle. Ich brauche kein Außerirdisch zu sprechen, um zu wissen, was er sagt.

Du bist durchgefroren. Wir werden heute Nacht hierbleiben. Scheiß auf den Berg!

Doch ich kann die anderen nicht noch einen Tag sich selbst überlassen. Ich kann einfach nicht. Ich friere furchtbar trotz des von ihm geborgten Umhangs, und sie haben nichts. Nichts zu essen, nichts zu trinken und keinen vernünftigen Unterschlupf. Ich bin so frustriert, dass ich schreien könnte.

Stattdessen drehe ich mich um und stapfe wütend davon, gehe auf etwas zu, das aussieht wie ein Pfad den Berg hinauf. Er schlängelt sich am Steilhang an der Seite des Tals nach oben, bedeckt mit dem Schnee, der von oben heruntergerieselt ist. Es fühlt sich an, als würde ich durch Wasser waten, aber ich werde nicht aufgeben. Wenn ich jeden Schritt zurück den Berg hinaufmarschieren muss, um Vektal dazu zu bringen, mich zu den anderen zu begleiten, dann werde ich das tun.

»Georgie!«, ruft er mir hinterher. Dann brüllt er die scharfe Silbe, von der ich jetzt weiß, dass sie »nein« bedeutet.

Ich ignoriere ihn und marschiere noch schneller.

»Georgie, nein!«

Zu spät. Ich sehe den überschatteten Schnee nicht, bevor mir klar wird, dass mein Fuß, wenn er der Felswand zu nah kommt, ins Leere tritt. Der Boden unter meinen Füßen verschwindet, und ich stoße einen Schrei aus, als ich für eine gefühlte Ewigkeit eine eisige Felsspalte hinabrutsche.

Nur dass es keine Ewigkeit ist. Es sind zehn, vielleicht fünfzehn Sekunden. Dann plumpse ich unten in einen Schneehaufen, wo ich benommen liegen bleibe. Vektal ist nicht so weit entfernt, dass ich nicht hören kann, wie er von oben meinen Namen ruft.

»Ja, ja«, murmele ich. Ich kann das außerirdische *Ich hatte recht, und du hattest unrecht*, das er mir auftischen wird, gar nicht erwarten. Genervt setze ich mich auf und zucke zusammen, als ich das heftige Pochen meines verletzten Handgelenks wahrnehme. Es wird immer schlimmer.

Etwas schlurft in meiner Nähe vorbei, und ich erstarre. Zum ersten Mal betrachte ich meine Umgebung genauer.

Ich befinde mich in einer Art Eishöhle. Eiszapfen hängen von der Decke. Schneeverwehungen säumen die Wände, und von oben dringt ein schmaler Streifen Sonnenlicht herein.

Das Licht reicht aus, um mich die zwei Dutzend Augen sehen zu lassen, die mich anstarren.

Ich bin nicht allein. Und ich stecke bis zum Hals in der Scheiße.

TEIL 3

Georgie

Ich sehe mich nervös um. Irgendwie bin ich durch ein Loch gefallen, das der Schnee verdeckt hat. Es war ein dummer Fehltritt, und wie es scheint, ist dieser Planet völlig von Höhlen übersät, denn ich bin in einer gelandet.

Und diese hier ist bewohnt. Wirklich sehr bewohnt.

Ein Dutzend Augenpaare starren mich aus seltsamen, fischähnlichen Gesichtern an, irgendwie menschlich und irgendwie auch wieder nicht. Es sind Zweibeiner, sie haben außerdem zwei Arme, und sie sind groß. Größer als ich. Ihre Augen wirken riesig in ihren spitzen Gesichtern, wie bei Käfern, ihre Münder sind dagegen klein und rund. Sie sehen beinahe wie Zeichentrickfiguren aus, bis auf das verfilzte helle Haar, das fast ihren ganzen Körper bedeckt. Und sie riechen nach nassem Hund. Bäh.

Einer von ihnen brüllt mir etwas ziemlich mürrisch Klingendes entgegen.

»Hallo«, sage ich leise. Ich rühre mich nicht, während sie mich betrachten. Es ist klar ersichtlich, dass sie versuchen herauszufinden, ob ich Freund oder Feind bin. Ein wenig erinnern sie mich an die Wookiees aus einem *Star Wars*-Film – herrje, ich muss wirklich an etwas anderes denken als an *Star Wars* –, wäre da nicht die Tatsache, dass sie weiß sind und riesige Augen haben. Und Schwänze, wie ich feststelle, als eines der Wesen vortritt und seinen

Schwanz hin und her peitschen lässt wie eine verärgerte Katze.

Das Geschöpf legt den Kopf schräg und mustert mich. Dann johlt es abermals.

»Georgie«, knurrt Vektal von oben. »Georgie!« Ich höre, wie er mit den Händen das Eis über mir wegkratzt, und jetzt regnet Schnee auf meinen Kopf herab.

»Mir geht es gut – glaube ich«, rufe ich zu ihm hinauf.

Die Kreatur mit dem hin und her peitschenden Schwanz hebt den Kopf und johlt erneut in die Luft, was ein wenig klingt wie der Ruf einer Eule.

Als mir weiterer Schnee ins Gesicht fällt, spähe ich nach oben. Die felsige Höhle hat oben ein Loch, und Vektal kratzt verzweifelt an der Öffnung, um sie groß genug zu machen, damit er mir mit seinem viel breiteren Körper nach unten folgen kann. Aufgeregt brüllt er mir einen weiteren Befehl zu, den ich nicht verstehe. Soll das »Bleib, wo du bist!« bedeuten oder »Geh da weg!«?

Ich betrachte die käferäugigen Yeti-Wesen.

Eins von ihnen sieht mich mit schräg gelegtem Kopf an und wedelt noch schneller mit dem Schwanz. Das Geschöpf könnte fast ein hässlicher Welpe sein. Fast. Ich lächele und erhebe mich langsam, und ich muss feststellen, dass die »Welpen« alle mindestens dreißig Zentimeter größer sind als ich. »Hallo, ihr«, sage ich und sorge dafür, dass meine Stimme süß und sanft klingt. Wenn ich das Geschöpf wie einen Welpen behandele, werden wir uns vielleicht wunderbar verstehen. Als seine Nasenlöcher beben und der Schwanz immer heftiger auf den Boden klatscht, strecke ich meine unversehrte Hand aus, damit das Geschöpf daran schnuppern kann.

Sofort stößt es ein Knurren aus. Es schlägt meine Hand

weg und versetzt mir einen heftigen Stoß. Mir entfährt ein erschrockener, leiser Schrei, als ich hinfalle. Eine weitere Kreatur stürzt sich sofort auf mich und zerrt an meinen Haaren und meiner Kleidung. Eine dritte johlt und wirft Schnee nach mir. Jetzt ist mir klar, dass sie ganz und gar nichts Welpenhaftes an sich haben, sondern eher bösartigen, zornigen Affen ähneln.

Und ich befinde mich in einer Höhle, die voll mit diesen Wesen ist.

Die Hand, die sich in mein Haar krallt, reißt heftig daran, und ich schreie wieder auf und versuche, sie wegzuschlagen. Ein weiteres der Geschöpfe boxt mir in meine verletzten Rippen, und alle Luft weicht aus meinen Lungen. Hustend rolle ich auf dem Boden herum und versuche, mich gegen die wilden Hiebe der johlenden Meute zu schützen.

Von oben ertönt ein wildes, grimmiges Brüllen. Dann scheint die ganze Höhle einzustürzen.

Es ist Vektal. Gott sei Dank.

Etwas Schweres kracht auf den Boden, und die Wesen weichen kreischend zurück. Ich öffne mühsam ein Auge, und jetzt höre ich Vektal vor Zorn brüllen und das Geräusch hallt von den Wänden wider. Die ganze Höhle erzittert, und ich beobachte, wie er seine Klingen zückt.

Die Kreaturen weichen noch weiter zurück.

Ich mache ihnen keinen Vorwurf daraus – Vektal sieht absolut Furcht einflößend aus. Das Licht in seinen Augen lodert, und er bleckt seine Reißzähne vor Zorn. Selbst ich habe ein wenig Angst, als er den Blick auf mich richtet.

Aber dann hebt er mich vom Boden hoch, wirft mich – ganz der Neandertaler – über die Schulter und eilt im Anschluss einen völlig anderen Gang hinunter. Die Kreaturen johlen und schreien ihn an, und als eine von ihnen anzugreifen versucht, spüre ich, wie Vektal sie mit seinem starken Arm wegstößt, als sei sie gar nichts.

Die Wesen scharen sich zusammen und kreischen, und eines von ihnen packt mich wieder an den Haaren und bekommt eine Faust voll zu fassen, bevor ich sie wegschlagen kann. Ich schreie auf, und Vektal dreht sich um, diesmal mit einem Messer in der Hand.

Das Geschöpf ist tot, ehe es auf dem Boden aufkommt.

Bei dem Anblick schnappe ich nach Luft, aber dann stürmt Vektal durch die Höhle, erkämpft sich einen Weg durch die grapschenden Kreaturen, und der Anblick von Sonnenlicht einige Momente später erleichtert mich derartig, dass ich am liebsten weinen würde.

Wir sind raus aus der Höhle, und die Wesen folgen uns nicht.

Das bedeutet jedoch nicht, dass mein Außerirdischer stehen bleibt. Er stampft weiter durch den Schnee, mit einer Entschlossenheit, die mich ein wenig einschüchtert. Ich warte immer noch auf das *Ich hab's dir ja gesagt*.

Aber mir ist eiskalt, und ich bin zu Tode erschrocken, sodass ich nichts zur Verteidigung meiner Dummheit vorbringe. Wenn er den Neandertaler spielen will, soll es mir recht sein, solange er mich weiter beschützt. Er ist zornig. Tatsächlich ist für mich ziemlich offensichtlich, dass er fuchsteufelswild ist. Ärgerlich murmelt er vor sich hin, und sein ganzer Körper wirkt angespannt. Und das Ätzendste ist, dass ich mich nicht einmal dafür entschuldigen kann, einfach so davongestapft zu sein. Am liebsten würde ich irgendwo gegentreten, so frustriert und unglücklich bin ich.

Doch von dem Sturz eben tut mir alles weh, und meine Rippen fühlen sich an, als würden sie in Flammen stehen.

Also werde ich, statt irgendetwas zu treten, vielleicht lieber weinen. Doch wenn ich das tue, werden die Tränen wahrscheinlich auf meinen Wangen gefrieren.

Dieser ganze verdammte Planet ist gegen mich.

Ich bin sehr unglücklich, als Vektal mich in den Schnee stellt und mich grimmig anfunkelt. »Saan Tes.« Er zeigt auf den Boden. »Tes!«

»Ich soll hierbleiben. Kapiert«, murmele ich schuldbewusst. Dann verschränke ich die Arme vor der Brust und warte ab.

Er wirft mir einen verärgerten Blick zu, bevor er sich einige Schritte entfernt. Wir befinden uns erneut vor dieser blöden Felswand mit der unterirdischen Höhle. Also sind wir wieder genau da, wo wir vor kurzer Zeit angefangen haben, nur dass mir inzwischen ein tollwütiges Yeti-Wesen die Hälfte meines Haares ausgerissen hat und ich noch ein paar Blutergüsse mehr habe, und jetzt ist Vektal obendrein sauer auf mich.

Ich hasse diesen Ort. Ich hasse es, dass es hier so kalt ist und die ganze verdammte Zeit schneit und alles und jeder mich auffressen will. Ich hasse es, dass ich einen stinkenden, ekligen Overall tragen und rohes Fleisch essen muss und dass sich weiter oben auf dem Berg ein Dutzend Frauen befinden, die wahrscheinlich morden würden, um in diesem Moment an meiner Stelle zu sein. Und ich kann nicht einmal Dankbarkeit empfinden.

Mir ist einfach hundeelend, und ich friere.

Ich tue mein Bestes, damit ich vor Erschöpfung und Frust nicht zu weinen anfange, aber leider vergeblich. Als Vektal den Eingang der Höhle ausgräbt und sie betritt, um sich zu vergewissern, dass keine Gefahr droht, breche ich auch schon in Tränen aus, die an meinen Wimpern gefrieren. War ja klar. Nicht einmal sein Umhang hält mich jetzt noch warm, und ich unterdrücke einen Anflug von Groll, weil er im Grunde nur so etwas wie ein Tanktop und Leggings trägt und mit dem Wetter bestens zurechtzukommen scheint.

Nach wenigen Sekunden kommt er auch schon wieder aus der Höhle und bedeutet mir, dass ich reingehen kann. Drinnen gibt es nicht viel zu sehen. Es handelt sich um eine aus dem Felsen herausgehauene Grotte, die sich zur Steilwand hin öffnet und sich dann nach hinten in die Erde schlängelt. Weiter vorn befinden sich Vorräte, ein Ledervorhang hängt herab und ein paar Felle zum Wärmen liegen bereit. Daneben entdecke ich einen kleinen Haufen von etwas, das wie getrocknete Schlammklumpen aussieht, und etwas Holz. Es wirkt behaglicher als alles, was ich in letzter Zeit gesehen habe, und wir sind hier vor dem Wind geschützt. Als Vektal den ledernen Vorhang vor den Eingang schiebt, um den Schnee und den Wind auszusperren, wird es dunkel im Innern.

Aber die Feinde bleiben draußen.

Ich bin in Sicherheit. Ich zittere, und ein Schluchzen entweicht meiner Kehle.

Vektal

Nicht zum ersten Mal verzweifle ich an der Hilflosigkeit meiner Gefährtin. Sie verwirrt mich maßlos – wenn sie nichts über dieses Land weiß, wie ist sie dann hierhergelangt? Nicht einmal die Metlaks wussten, was sie von ihr halten sollen. Ich bin wütend auf mich selbst, dass ich sie habe weggehen lassen. Ich bin total aufgebracht, weil die Metlaks sie schlimmer hätten verletzen können. Ich weiß von Kleinen, die auf der Pirsch bei einer zufälligen Begegnung mit einer Gruppe von Metlaks in Stücke gerissen worden sind.

Georgie, meine geliebte Khui-Gefährtin, ist direkt in eine ganze Höhle voller Metlaks gefallen. Sie hätte getötet werden können, bevor ich es hinuntergeschafft hätte, um sie zu retten.

Der Gedanke lässt meine Hände zittern, und mein Khui donnert mir mit einem zornigen Wummern gegen die Brust. Wie kann ich mich um jemanden kümmern, der hilfloser ist als ein Junges? Jemanden, der von mir verlangt, mit ihm in die gefährlichen Berge zu gehen, statt mir zu erlauben, ihn nach Hause zu meinem Volk zu bringen?

Wer *ist* meine Georgie? Wie ist sie hierhergekommen? Abgesehen von den Metlaks und den Sa-Khui gibt es keine anderen Völker in diesem Land.

Beinahe hätte ich sie verloren. Vor Zorn ziehen sich

meine Eingeweide zusammen, während ich mich daranmache, in der Höhle Feuer für meine zitternde Gefährtin zu machen. Ich schichte Holz und Dungbrocken übereinander und reibe die zum Feuermachen notwendigen Utensilien zwischen den Handflächen, bis ich einen Funken habe und ihn an das Brennholz halte. Als die ersten Flammen am Holz lecken, winke ich Georgie, die vor Kälte zittert, zu mir.

»Tanke«, sagt sie leise.

»Ich verstehe dich nicht«, knurre ich sie an. Es ist ein weiteres Hindernis, das meiner Paarung im Weg steht. Ich will Georgie sagen, dass sie mir gehört. Dass sie meine Khui-Gefährtin ist. Dass sie bei mir sicher ist und ich nicht zulassen werde, dass ihr etwas zustößt, wenn sie mir wirklich vertraut. Dass sie jetzt mein Ein und Alles ist und wir uns ein Nest bauen und eine Familie gründen werden. Aber nichts davon kann ich ihr sagen.

Sie schnieft laut und geht etwas näher ans Feuer, dann streckt sie ihre winzigen, fünffingrigen Hände aus, um sie zu wärmen. Ihr verletztes Handgelenk ist jetzt knallrot. Maylak, die Heilerin des Stammes, könnte sie mit einer Berührung gesund machen. Doch sie ist nicht hier, und meine Georgie muss leiden. »Gib her«, sage ich schroff und bedeute ihr, mir ihre verletzte Hand zu reichen. Sie hat sie sich bei ihrem Sturz wahrscheinlich noch weiter verletzt, und es verdrießt mich, dass meine Gefährtin so schlecht versorgt ist.

»Nubistusaueraufmich«, sagt sie und schnieft wieder laut. Dann bricht sie in Tränen aus.

»Oh, Georgie«, murmele ich und ziehe sie an mich. Sie drückt das Gesicht an meine Weste und schluchzt. Ich streichele ihr das Haar, das jetzt ganz hart gefroren ist. Sie wird bestimmt krank. Ich habe vergessen, dass sie keinen Khui hat, der sie wärmt, und sie einen Berghang hinauf- und einen anderen wieder hinuntergeschleppt. Sie ist zart, meine kleine Fünffingerfrau. Ich tadele mich dafür, dass ich nicht besser auf sie achtgegeben habe. »Es wird nicht wieder vorkommen, meine Khui-Gefährtin«, sage ich und streichele ihr über die weiche Wange. »Von nun an passe ich besser auf dich auf.«

Und obwohl es rücksichtslos von mir ist, all die Vorräte hier zu benutzen, vergrößere ich das Feuer noch. Es kümmert mich nicht, ob ich schwitze, Hauptsache, meine Georgie hat es warm und behaglich. Und ich drücke sie für eine Zeit, die sich wie eine Ewigkeit anfühlt, an mich. Sie vergräbt die Hände unter meiner Kleidung, auf der Suche nach Wärme, und mein Schwanz wird bei ihrer Berührung hart. Aber sie weint immer noch, daher halte ich sie in den Armen und tröste sie, so gut ich kann, bis ihre Tränen versiegen und sie nur noch unglücklich schnieft.

Ihre Hände sind jedoch immer noch unter meiner Kleidung. Mein Schwanz hat das nicht vergessen, und ich verspüre ein schmerzhaftes Verlangen, während mein Khui in meiner Brust summt. Ich will sie glücklich machen. Ich will ihr fremdartiges, süßes kleines Gesicht zum Lächeln bringen statt zum Weinen.

Also kümmere ich mich, wie es sich gehört, um meine Gefährtin, während sie sich am Feuer wärmt. Ich untersuche ihr Handgelenk und schneide dann einen Streifen von einem der Felle ab, verbinde und schiene es mit einem meiner Knochenmesser. Das muss halten, bis ich sie zur Heilerin bringen kann. Sie schenkt mir ein dankbares Lächeln und zeigt mit einem anderen Knochenmesser auf meine Weste.

»Kanichaucheinshabn?«

Ich schüttele den Kopf zum Zeichen, dass ich sie nicht verstehe, und sie zeigt mir mit Gesten, dass sie es halten möchte. Ah. Sie will sich verteidigen. Ich gebe ihr eine der Klingen. Für gewöhnlich habe ich sechs bei mir, und jetzt sind es nur noch vier. Morgen werde ich ihr zeigen, wie man das Messer benutzt und wie man damit kämpft, damit sie sich wehren kann, wenn sie noch einmal von Metlaks angegriffen wird. Im Grunde sind sie feige Kreaturen, die davonlaufen, wenn sie sich bedroht sehen.

Als ich ihr das Messer schenke, strahlt sie mich glücklich an, als hätte ich ihr den größten aller Schätze gegeben. »Ichfühlmichbesserdamit.«

Ich nicke, obwohl ich nicht weiß, wovon sie da faselt. Ich weiß nur, dass sie lächelt. Für mich ist das genug. Doch ich werde noch mehr tun. Es gibt Felle in dieser Höhle. Sie wurden als Annehmlichkeit für jagende Krieger, die sich in diese entlegene Region wagen, hiergelassen. Die Felle sind muffig und vom Alter ganz steif, aber sie sind warm. Wenn wir am Morgen aufbrechen, werde ich ihr entgegen den Gepflogenheiten unter Jägern die Felle für unsere Weiterreise mitgeben. Ich lasse nicht zu, dass sie weiter zittern muss.

»Kochn?«, fragt sie und deutet auf das erlegte Tier, das ich an meinen Gürtel gebunden habe. »Wollnwirjetzkochn?«

»Kochn?«, wiederhole ich und halte ihr das Stacheltier hin. »Nennst du es so? Kochen?«

»Essn«, sagt sie und lächelt mich an, und ihre kleinen Zähne glänzen. Sie zeigt auf das Tier, dann auf das Feuer. »Kochn dannessn bitte.«

Ah. Anweisungen. Ich zeige auf das Feuer. »Kochn?«

»Strenggenommnwohlgrilln abaegal.« Sie nickt. »Kochn.«

Obwohl sich in mir alles sträubt, tue ich, worum sie mich bittet. Ich häute das Tier und spieße die schmackhaften Teile auf eins meiner Knochenmesser, und sie hält sie ins Feuer und verzehrt dann mit glücklichem Schmatzen einen der Leckerbissen. Jedes Stück entlockt ihr einen freudigen Ausruf, und als alles aufgegessen ist, werden ihre Augen schläfrig und zufrieden.

Ich bin auch zufrieden. Wir haben unseren Marsch heute zwar früh beendet, aber Georgie hat es warm und ist satt und in Sicherheit.

Ich erkläre ihr mit Handzeichen, dass ich weiteres Holz sammeln und Fallen aufstellen muss, um Nahrung für den nächsten Tag zu erbeuten. Sie soll in der Höhle bleiben, aufpassen, dass das Feuer nicht erlischt, und sich ausruhen. Sie wirkt beunruhigt, nickt jedoch, und ich lasse sie mit meinem Knochenmesser und dem Wasserschlauch allein.

Auf meiner raschen Suche finde ich lediglich Dvisti-Dung statt Holz. Ich habe keine Axt bei mir, und so hoch oben auf dem Berg gibt es ohnehin nur noch verkrüppelte Bäume. Ich stelle Fallen für weitere Stacheltiere und Sichelschnabel auf. Dvisti sind zum Essen am besten, aber Georgie scheint entschlossen zu sein, den Gipfel zu erklimmen, und wir können nicht so viel Fleisch tragen. Wenn sie eine Sa-Khui wäre, wäre es einfach, doch meine Georgie ist zart und nicht ansatzweise so stark wie selbst unsere schwächsten Krieger.

Als ich in die Höhle zurückkomme, schläft Georgie tief und fest, eingemummelt in die Felle, das Messer in der Hand. Das Feuer ist niedergebrannt, und ihr Haar ist zu glänzenden goldbraunen Locken getrocknet – ein wunderschöner Anblick.

Fast so schön wie das sanfte Lächeln, das sie mir schenkt, als sie aufwacht. Sie richtet sich in dem Nest aus Fellen auf und sieht mich verschlafen an. »Berg?«

Ich schüttele den Kopf und lege das Brennmaterial auf die Seite. Draußen tobt ein grimmiger Schneesturm, und die Verwehungen, durch die wir uns kämpfen müssten, um auf den Berg zu steigen, werden von Sekunde zu Sekunde tiefer. Als ich den Ledervorhang zurückziehe, um Georgie den Schnee zu zeigen, wirkt sie am Boden zerstört.

»Morgen gehen wir auf den Berg«, sage ich. Ich bin mir nicht sicher, warum sie sich so verzweifelt wünscht, den Gipfel zu erklimmen, aber es scheint ihr viel zu bedeuten. Ich gestikuliere und versuche zu erklären, dass wir aufbrechen werden, wenn die Sonne wieder aufgeht und die Stürme sich legen. Zu guter Letzt begnüge ich mich einfach mit einem *bald*.

»Bald«, wiederholt sie und schenkt mir ein Lächeln. Meine Antwort scheint sie zufriedenzustellen.

Das wird ein langer Tag werden. Die Doppelsonnen würden noch immer hoch am Himmel stehen, wenn sie zu sehen wären, und wir sind eingeschneit, vor der bitteren Kälte geschützt. Georgie kann ihr nicht auf die gleiche Weise trotzen wie ich, und mit ihr zusammen komme ich nur langsam voran. Ich würde ihre Gesellschaft nicht gegen die erfolgreichste Jagd eintauschen, aber jetzt, da ich meine Gefährtin bei mir habe, muss ich andere Entscheidungen treffen, als wenn ich alleine wäre. Nun hat es für mich Vorrang, für sie zu sorgen.

Der Gedanke, den ganzen Tag mit ihr zu verbringen, kommt mir vor wie ein Geschenk.

Sie deutet auf das Feuer und sagt mein Wort für Feuer.

»Ja, Feuer.«

»Feuer«, wiederholt sie. Dann greift sie in das Fell, auf dem sie sitzt, und sieht mich fragend an.

»Felle.«

»Felle«, echot sie. Die Worte klingen komisch aus ihrem Mund, als falle es ihr schwer, die knurrenden, kehligen Laute hervorzubringen. Aber es freut mich, dass sie lernen will, mit mir zu kommunizieren. Eine ganze Weile benennen wir Gegenstände, auf die man leicht zeigen kann, und Georgie versucht, die Worte auszusprechen. Dann wiederholt sie sie in umgekehrter Reihenfolge, um sie sich einzuprägen.

Irgendwann gehen uns in der Höhle die Dinge aus, die wir benennen können, und wir wenden uns unseren Körpern zu.

Sie berührt ihre zerzausten Locken.

»Haare«, sage ich automatisch und muss grinsen, als sie sofort anfängt, sich mit den Fingern zu kämmen. Wenn wir wieder in meiner Heimhöhle sind, werde ich ihr einen Knochenkamm machen.

»Haare«, brummt sie und gibt die Zähmung der Locken auf. Dann beugt sie sich zu mir vor und tätschelt meine Mähne. »Haare?«

»Haare«, pflichte ich ihr bei.

Ihre Finger wandern zu meinen Hörnern, und sie streicht behutsam über eins davon. »Wasisdas?«

»Hörner«, sage ich. Ich wage kaum zu atmen, als sie darüberstreichelt. Auch wenn ich in meinen Hörnern nicht viel Gefühl habe – ihre Brüste befinden sich direkt vor meinem Gesicht, und ihr Duft und ihre faszinierte Berührung erregen mich. Ich sehne mich danach, sie zu packen und sie an mich zu ziehen. Stattdessen balle ich die Hände zu Fäusten und zwinge mich, reglos dazusitzen.

»Wasisdas?«, fragt sie noch einmal und streicht mit den Fingern über meine Stirn mit den knochigen Wülsten und dann über meine Nase.

»Gesicht?« Ich verstehe nicht, was sie fragt. Ich berühre ihre Wange. »Gesicht, wie deins.«

Aber sie schüttelt kaum merklich den Kopf und reibt mit der Fingerspitze über eine der Erhebungen. Die Geste lässt meinen Schwanz in Habachtstellung gehen, und jetzt bin ich so hart, dass es wehtut, und mein Puls hämmert direkt in meinen Lenden. Sie berührt die Wülste entlang meiner Nase, dann die über meinen Brauen und schließlich streicht sie über meine Brust. »Diesindwieine Rüstung?«

»Es ist nur Haut.« Ihre Haut ist am ganzen Körper glatt, während meine an bestimmten Stellen eine besondere Beschaffenheit hat. Ihre komische glatte Stirn und ihre winzige Nase sehen für mich seltsam aus, und ihre Bemerkung bringt mich auf den Gedanken, dass ich für sie ein wahrscheinlich ebenso merkwürdiges Erscheinungsbild habe.

Sie streicht noch ein Weilchen mit den Fingern über meine Brust und berührt mich die ganze Zeit so sanft, dass es kitzelt. Mein Khui vibriert vor Verlangen, und ich muss die Augen schließen, um mich zu beherrschen. Ich werde noch auf ihrer Hand kommen, wenn sie sie weiter nach unten bewegt, daher packe ich sie, bevor sie meinen Körper weiter erkunden kann.

Georgie hat die Kontrolle, aber ich kann diese sanfte Entdeckungsreise nicht länger ertragen. Wenn sie mich noch einmal berührt, werde ich sie auf die Felle werfen und sie vögeln, bis sie vor Lust schreit.

Georgie

Vektal nimmt meine Hand in seine, als ich mit den Fingern über seine breite Schulter nach unten streiche. Auch auf dem Bizeps und dem Handrücken hat er diese wulstige, knorpelige, rüstungsartige Platte.

»Nein«, sagt er mir in seiner Sprache.

Ich bin verwirrt. Ich dachte, er mag mich und will, dass ich ihn berühre. Seine weiche, enge Lederhose kann die Erektion nicht verbergen, die sich dagegendrückt. Angesichts ihrer schieren Größe habe ich ein wenig Angst, aber ich weiß, dass Vektal mir niemals wehtun würde. Er hat den ganzen Nachmittag einen großen Wirbel um mich gemacht und sich davon überzeugt, dass mein Handgelenk gut versorgt ist, hat meine Blutergüsse untersucht und mir kleine Stücke von gebratenem Fleisch in den Mund gesteckt, sobald sie gar waren. Und die ganze Zeit über hat er mich mit zarten, besitzergreifenden Berührungen liebkost, die mir gezeigt haben, dass er an meiner Seite und sich meiner Anwesenheit nur zu bewusst ist.

Und jetzt stößt er mich weg? Als wir gerade mehr übereinander lernen? Es verletzt mich. »Nein?«

Er sieht die Gekränktheit in meinem Gesicht, und ich höre es in seiner Brust noch heftiger dröhnen. »Georgie«, sagt er mit seiner einzigartig sanften Stimme. Er deutet auf sich selbst, dann schaut er gen Himmel und murmelt etwas, das ich nicht verstehen kann.

»Ist das Spiel jetzt vorbei?«, frage ich. Ich war gerade beim interessanten Teil angekommen. Und okay, ich flirtete vielleicht ein wenig mit ihm. Denn ihn zu berühren und seine wildlederartige Haut unter meinen Fingern zu spüren und zu sehen, wie er reagiert ... Das ist wie Katzenminze für eine Katze. Er ist einfach so warm und hat so eine weiche Haut über den steinharten Muskeln, und er sieht mich an, als sei ich das Größte, und ... das ist echt berauschend.

Ich frage mich, ob er bei seinem Volk als attraktiv gilt. Für mich ist er das, nun, da ich meinen anfänglichen Schock über die Hörner, die blaue Haut und die glühenden Augen überwunden habe. Seine Züge sind stark und wohl definiert, seine Nase ist gerade und aristokratisch, auch wenn darauf Wülste sitzen. Er hat hohe Wangenknochen und einen wunderschön geformten Mund.

Dazu hat er ganz unglaubliche Schultern und einen tollen Bizeps. Am liebsten würde ich mir jedes Mal Luft zufächeln, wenn ich auch nur daran denke. Tatsache ist, es ist einfach eine Wonne, ihn zu berühren. Ich habe es ein ganzes Weilchen genossen, über seine Gliedmaßen zu streicheln, und ich bekomme unser kleines Zwischenspiel im Bach vor ein paar Stunden nicht aus dem Kopf. Seine Hand, die zu meiner Muschi hinabgewandert ist und sie mit einer Berührung erobert hat. Mich hat wissen lassen, dass er mich will, wenn er mich auf den Berg bringen soll.

Und auch ich habe ihn berührt. Habe diesen großen, köstlichen Schwanz gepackt und ihn gedrückt, um Vektal wissen zu lassen, dass ich bereit bin, sein Spiel zu spielen.

»Georgie«, sagt er noch einmal. Erneut schüttelt er stolz den Kopf und reibt sich dann mit einer Hand übers Gesicht, eine sehr menschlich aussehende Geste der Frustration, die mir ein Lächeln entlockt.

»Ja?«, schnurre ich und rücke erneut ganz nah an ihn heran. Jetzt, da die Höhle warm ist, habe ich die meisten Felle, in die ich eingehüllt war, abgestreift und trage nur noch meinen Overall. Ich bin ihm so nah, dass ich mit meinen Brüsten praktisch über seinen Arm streichen kann.

Und er will mich nicht ansehen. Stattdessen schüttelt er den Kopf und sagt etwas völlig Unverständliches.

»Kann ja sein, aber ich habe keine Ahnung, was das bedeuten soll«, erwidere ich und lasse einen Finger durch seine volle Mähne gleiten. Ansonsten ist sein Körper völlig unbehaart, was ich interessant finde.

Er schiebt meine Hand weg, aber ich höre, wie das seltsame Schnurren in seiner Brust richtig wild wird. Ich weiß, dass er meine Berührung genießt. Ich will einfach verstehen, warum er mich nicht ansehen möchte oder warum er mich wegstößt.

»Vektal?«, frage ich. »Ich verstehe es nicht.«

In seinen Augen lodert es auf, und er packt meinen Unterarm und führt meine Hand zu der Erektion, die sich gegen seine weiche knielange Hose drückt. Dann wirft er mir einen Blick zu, als wolle er sagen: *Verstehst du es jetzt?*

Ah. Nun kapiere ich es. Ich muss grinsen und fühle mich in diesem Moment ziemlich mächtig. Er will mich nicht berühren – will mich nicht ansehen –, weil es ihn erregt und er mich zu nichts drängen möchte.

Wirklich, für einen großen Barbaren benimmt er sich wie der vollendete Gentleman.

Eine Ironie des Schicksals, denn jetzt bin ich diejenige,

die mehr will. Vielleicht ist es das Bedürfnis nach Trost oder die Tatsache, dass ich ihn seltsam attraktiv finde. Oder es liegt daran, dass ich einen vollen Bauch habe und mich zum ersten Mal seit einer gefühlten Ewigkeit sicher fühle, aber es törnt mich an. Je mehr er versucht, die Sache ritterlich zu handhaben, desto mehr komme ich auf Touren.

»Ich schätze, ich brauche gar nicht erst danach zu fragen, wie wir verhüten, was?«, sage ich und lege ihm eine Hand auf die Schulter. O Gott, ich liebe es, ihn zu berühren. Es fühlt sich durch und durch verrucht an. »Ich nehme nicht die Pille, nicht dass das jetzt eine Rolle spielen würde. Und ich bin mir ziemlich sicher, dass du mich nicht schwängern kannst, da wir verschiedenen Spezies angehören.«

Er beobachtet mich etwas misstrauisch, als warte er ab, was ich tue.

»Ich erlaube mir mal, den ersten Schritt zu machen«, sage ich leise und beginne, die obersten Schnüre seiner ungewöhnlichen Weste zu lösen.

In Vektals seltsamen Augen flackert es, dann schnurrt er noch heftiger als zuvor, und seine Brust vibriert geradezu von dem lauten Geräusch.

»Ich weiß es wirklich zu schätzen, dass du mich vorhin gerettet hast«, füge ich hinzu und ziehe an den Bändern. Das Material, eine weiche Tierhaut von unnatürlicher Farbe, öffnet sich bei meiner Berührung. Ich schiebe die Messer und Beutel beiseite, die daran festgebunden sind, und entblöße Vektals breite Brust und die Wülste, die sich zwischen zwei gewaltigen, harten Muskelsträngen über sein Brustbein ziehen. »Lass mich dir zeigen, wie dankbar ich bin.«

Ich beuge mich vor, um ihn zu küssen …

Automatisch lehnt er sich zurück und sieht mich überrascht an.

»Kuss«, sage ich und unterdrücke ein Kichern. Ich wäre gekränkt über seine überraschte Miene, wenn ich nicht wüsste, dass Küsse Vektal unbekannt sind. Vielleicht macht seine Spezies auch anders Liebe als die Menschen. Der Gedanke fasziniert mich.

»Kuss«, stimmt er mir zu, und als ich mich diesmal vorbeuge, weicht er nicht zurück.

Ich lasse meine Lippen über seinen festen Mund gleiten. Seine Lippen teilen sich nicht unter meinen. Vielmehr bleibt er steif und regungslos, während ich ihn küsse. Ich beschließe, ein wenig mehr aus ihm herauszukitzeln, und presse meine Lippen immer wieder auf seine, dann knabbere ich an seiner Unterlippe. Er öffnet den Mund immer noch nicht, ganz gleich, wie sehr ich ihn dazu zu bringen versuche, daher streiche ich sanft mit der Zunge zwischen seinen Lippen entlang.

Überrascht zuckt er zurück und mustert mich mit zusammengekniffenen Augen.

»Das ist immer noch ein Kuss«, erkläre ich ihm. Ich lege ihm die Arme um den Hals. »Das nennt man einen Zungenkuss, denn dabei kommen die Zungen zusammen. Ich glaube, es wird dir gefallen, wenn du mir eine Chance gibst.«

Vektals Blick ruht weiter auf meinem Mund, während ich spreche. Er beugt sich vor und drückt seinen Mund schnell auf meinen, dann sieht er mich unsicher an, als warte er ab, ob ich ihn korrigieren werde.

»Kuss«, bestätige ich ihm und drücke erneut meinen Mund sanft auf seinen.

Als ich spüre, wie seine Zunge meine Lippen streift, fange ich die Spitze ein und sauge sachte daran.

Er stöhnt, und ich tue es ebenfalls. Die Wülste auf seiner Stirn, seiner Brust und seinem Schwanz ... sie finden sich auch auf seiner Zunge. Das hatte ich ganz vergessen, und ich stöhne, als ich mich daran erinnere, wie es sich angefühlt hat, als er meine Muschi geleckt hat.

Vektal schiebt heftig seine Hände in mein ungekämmtes Haar und drückt mich an sich. »Kuss«, verlangt er wieder. Es ist unverkennbar, dass er mehr will.

Also gebe ich ihm mehr. Ich presse meinen Mund auf seinen, lasse meine Zunge über die Wülste seiner Zunge gleiten, und als er sie an mir reibt, stöhne ich erneut. Danach wird er plötzlich ganz still in meinen Armen, als bilde er sich ein Urteil über meine Bewegungen. Als würde er sich mit ihnen vertraut machen. Also streiche ich mit der Zunge über einen seiner langen Reißzähne, erfreut zu spüren, wie das Schnurren in seiner Brust lauter wird. Als ich vom Küssen ganz atemlos bin, löse ich mich von ihm und sehe ihn zufrieden an. »Wie war das?«

»Kuss«, sagt er abermals und übernimmt anschließend das Kommando. Vektal zieht mich an sich und startet einen regelrechten Kussangriff, der mich völlig benommen macht. Er knabbert und saugt an meiner Zunge, dann stößt er mit langsamen, trägen Bewegungen, die mich an Sex erinnern, mit seiner Zunge in meinen Mund, was in mir ein fast schmerzhaftes Verlangen weckt.

Als ich nach Luft schnappe, liegen wir zusammen in den Fellen, und ich drücke mich an seine nackte Brust. Zwischen meinen Schenkeln pocht es in einem schnellen Rhythmus, und mein Verlangen wird zur Qual.

»Das machst du ziemlich gut.« Das macht er wirklich.

Er wird mich noch umbringen, wenn er sich weiter steigert.

»Georgie«, murmelt er dicht an meinem Mund. »Kuss.« Und seine Hand wandert zum Kragen meines schmutzigen Overalls. Er drückt seinen Mund auf meine Unterlippe. Dann auf meine Wange. Und zuletzt auf mein Kinn. »Kuss«, wiederholt er leise.

»Ja«, sage ich und zerre an den Verschlüssen meines Overalls. Als ich sie herunterziehe, kommen meine Brüste zum Vorschein.

Staunend betrachtet er meine nackte Haut. Danach hebt er seine große, dreifingrige Hand und drückt sie nicht auf meinen Busen, wie ich es erwartet hätte, sondern auf das glatte Tal dazwischen. Er streichelt meine Haut, dann streicht er mit den Knöcheln fasziniert über mein Brustbein.

Als Nächstes richtet Vektal seine Aufmerksamkeit auf meine Brüste und lässt die Knöchel nun über meine Brustwarze wandern. Ich keuche auf, und Erregung schießt durch mich hindurch. Und er scheint gleichermaßen überrascht über die Beschaffenheit meiner Haut dort zu sein. Ganz behutsam berührt er mit einer Fingerspitze meine Brustwarze, und sie wird hart und runzelt sich.

»Sem«, murmelt er mit leiser, ehrfürchtiger Stimme. Dann berührt er die Haut zwischen meinen Brüsten erneut. »Sem.«

»Weich?«, frage ich. Ich berühre seine Brust, die Wülste dort, und schüttele danach den Kopf. »Sem?«

»Georgie sem«, sagt er mit rauer Stimme. Es sieht aus, als quälte ihn der Gedanke.

»Ja, ich bin wohl ziemlich weich«, pflichte ich ihm lächelnd bei. »Aber es macht Spaß, mich anzufassen, oder?«

Und ich greife nach seiner Hand und lege sie wieder auf meine Brust. Er reagiert mit einem weiteren Kuss, und ich dränge mich seiner Liebkosung entgegen. Er hat etwas an sich, das absolut köstlich ist. Seine Küsse werden begieriger, und ich stöhne, als er mit einer Hand meine Brust umfasst. Dann drücke ich mich noch stärker an ihn, weil ich mehr von seiner Berührung will.

Vektal lässt seine große Hand über meinen Körper wandern und erkundet mich. Er zerrt am offenen Oberteil meines Overalls, und ich versuche, es abzustreifen, weil ich will, dass er mich überall berührt. Seine Haut auf meiner ist wärmer als jedes Kleidungsstück. Ich will mich nackt an ihn schmiegen, und der Gedanke an seinen kräftigen Körper auf meinem lässt ein erwartungsvolles Beben durch mich hindurchlaufen. Ich winde meinen Oberkörper aus dem Overall, und auch wenn die Ärmel sich wegen meines verletzten Handgelenks und des Verbands ein bisschen gegen meine Bemühungen wehren, bin ich schon bald oben ohne.

Ich zerre an seiner Weste, denn gleiches Recht für alle, und er legt sie ab. Jetzt sind wir beide halb nackt und betrachten einander, erkunden die Unterschiede unserer Körper. Er hat an den Armen und an der Brust diese erhabenen, rüstungsähnlichen Stellen, während ich ganz weich bin. Er hat Haut, die sich wie Wildleder anfühlt und auf meiner Haut einfach himmlisch ist. Wie ich hat er einen Bauchnabel, und wir haben beide Brustwarzen. Ich streiche über seine, und sie fühlen sich wie Stahl an. Vielleicht fasziniert ihn die Weichheit meines Körpers deshalb so.

Ich drücke meine Brüste an ihn und schmiege meine Wange an seine feste Schulter. So kann ich mit den Händen an seinem Rücken hinabstreichen, und dabei stöhne ich vor Wonne. Er schnurrt so heftig, dass seine ganze Brust vibriert, und das fühlt sich gut an. Seine Schultern sind gewaltig, und ihre Stärke törnt mich an. Auf seinem Rücken finden sich noch mehr dieser reliefartigen Wölbungen, die sich an seiner Wirbelsäule hinabziehen und direkt zu seiner Rute führen. Ich muss zugeben, dass die mir ein Lächeln entlockt. Sie fühlt sich an wie ein langes Seil mit schwarzen Haarbüscheln, ähnlich dem Haar auf seinem Kopf, und gegenwärtig peitscht sie auf dem Fell hin und her.

»Georgie«, flüstert mir Vektal ins Ohr, dann spüre ich seine Lippen an meinem Hals.

Oooh. Meine Brustwarzen werden hart, und ich klammere mich an ihn, während er die empfindliche Haut an meinem Hals leckt, dann zu meinen Ohren übergeht und mit der Zunge an meinem Ohrläppchen spielt. Als er einige Sekunden später zu meinem Hals zurückkehrt, stöhne ich lustvoll und reibe meine Brüste an seinem breiten Oberkörper.

Seine Hände wandern zu meinem Hintern, und er zieht mich an sich. Im Anschluss lässt er seine Lippen über meine Brust gleiten, und ich schreie auf, als er eine Brustwarze in den Mund nimmt. Ich klammere mich an seine Hörner und halte mich an ihm fest, während er meine Brustwarze mit den Lippen umschmeichelt und neckt.

Grundgütiger, die Zungenwülste sind eine köstliche Folter. Sie reiben über meine empfindlichen Brustwarzen, bis ich praktisch an dem großen Kerl vor mir hochklettere. Ich keuche und presse ihm meine Brust in den Mund, und er drückt immer wieder die Lippen darauf, bis ich vor Verlangen am liebsten schreien würde.

Vektal zerrt am Unterteil meines Overalls, und das

scheint mir eine tolle Idee zu sein. Im Nu schlüpfe ich aus dem Kleidungsstück, erpicht darauf, nackt in seinen Armen zu liegen. »Du auch«, sage ich und presse meinen Mund abermals auf seinen. »Ich will dich auch nackt.«

Ich stehe auf, um mir das enge Unterteil herunterzureißen. Wenn ich die Schenkel zusammenpresse, spüre ich, wie feucht ich bin. Da ich unter dem Overall keinen Slip trage, bin ich somit splitternackt, als ich das Ding endlich los bin – blasse, mit blauen Flecken übersäte Haut in ihrer ganzen Pracht.

Mein großer Außerirdischer schiebt meine Hände beiseite, als ich versuche, mich wieder in seine Arme zu schmiegen. Stattdessen besteht er darauf, all meine blauen Flecken zu untersuchen und, so vermute ich, nach neuen zu fahnden. Ich verdrehe die Augen und erdulde seine Berührungen, während ich eigentlich größeres Interesse daran hätte, ihm an die Wäsche zu gehen, statt ihn meine Blutergüsse unter die Lupe nehmen zu lassen. Als er darauf beharrt, dass ich mich umdrehe, damit er sich meinen Rücken ansehen kann, antworte ich ihm mit einem entnervten Seufzer, lege die Hände an seine knielange Hose und packe zu.

Das sichert mir seine Aufmerksamkeit, und zwar schnell.

Ich schließe die Hände um seine Erektion und ertaste die Unterschiede zwischen ihm und menschlichen Männern. Zum einen ist sein Umfang verdammt beeindruckend. Er fühlt sich glühend heiß an, und zusätzlich zu seinem gewaltigen Schwanz hat er diesen harten Knubbel, eine knöchelförmige Erhebung, die über seinem Schwanz hervorragt. Ich habe keine Ahnung, wofür sie da ist, und wüsste auch nicht, wie ich danach fragen sollte. Außerdem hat er auch hier unten Wülste, obwohl die Haut sich nicht unbedingt rau anfühlt, sondern eher strukturiert wie seine Zunge.

O Gott, ich wette, er fühlt sich für eine Frau unglaublich an. Bei dem Gedanken erbebe ich. Die glücklichen Frauen seiner Rasse. »Davon würde ich gern mehr sehen«, sage ich. Meine Finger wandern unter seinen Schwanz und betasten seinen Sack, und ich frage mich, wie empfindlich er dort wohl ist.

Er schiebt seine Hände in mein Haar und küsst mich von Neuem, wobei er mit seiner wulstigen Zunge gegen meine schnippt. Stöhnend umfasse ich seinen Schwanz noch fester. Ich will ihn nackt, aber er hat immer noch seine Hose an, daher versuche ich, dieses Problem für ihn zu lösen. Bedauerlicherweise komme ich nicht dahinter, wie ich sie aufkriege. Er trägt eine Art Lendenschurz über engen Beinkleidern, der mit komplizierten Bändern ausgestattet ist, zu kompliziert für ein von Verlangen geschütteltes Mädchen. Ich entscheide mich dafür, sie an seinen Hüften herabzuzerren.

Vektal grinst und murmelt etwas dicht an meinem Mund. Er zieht an den Schnüren, und seine Hose fällt von allein herunter. Was soll's, dann weiß ich eben nicht, wie außerirdische Kleidung funktioniert. Es ist mir auch nicht mehr wichtig, denn mein großer, schöner Außerirdischer ist nackt und ich darf in Vektals ganzer Pracht schwelgen. Er richtet sich zu seiner vollen Größe auf, und er ist absolut hinreißend.

Er sieht mich an. Seine blauen Augen glühen hell, und seine Brust vibriert von dem unausgesetzten Schnurren. Als er mir wieder eine Hand zwischen die Brüste legt, frage ich mich, ob er vielleicht nach einem Schnurren bei mir sucht. »Menschen tun das nicht«, sage ich ihm. »Wir werden stattdessen feucht.« Und ich greife nach seiner Hand und führe sie zu meiner Muschi, damit er es selbst fühlen kann.

Mein großer Außerirdischer fällt auf die Knie und stöhnt. Er drückt mir Küsse auf den Bauch und auf meine Muschi, dann hält er mich an den Hüften fest und legt den Mund direkt auf mich.

Ich schnappe nach Luft, und meine Knie werden so schwach, dass ich mich wieder an seine Hörner klammern muss. Daraufhin hebt er mich hoch, lässt mich auf das Fell herunter und legt sich meine Beine über die Schultern. Und dann vergräbt er das Gesicht zwischen meinen Schenkeln. Seine Zunge streichelt über meine Schamlippen, und ich stöhne, als sie meine Klitoris umkreist.

O Gott. Jetzt leckt er mich mit dieser verrückten Zunge, lässt die Wülste über meine empfindliche Haut gleiten und saugt meinen Saft auf. Ich klammere mich weiter wimmernd an seinen Hörnern fest und spreize die Beine noch weiter. Es fühlt sich einfach unglaublich an. Ich hatte bereits früher Sex und auch schon mehrmals Oralverkehr, aber mit dem Schnurren und dieser Zunge mit ihren Erhebungen ... So etwas habe ich noch nie erlebt. Er braucht nur zweimal zu lecken, und ich stöhne. Drei weitere Male, und ich reibe meine Hüften an seinem Gesicht. Danach noch zweimal, und es katapultiert mich geradezu aus den Fellen, keuchend und vor Verlangen schreiend.

Und mein großer, grausamer Außerirdischer ignoriert mein Betteln um einen Orgasmus einfach und leckt mich weiter mit langsamen, stetigen, sinnlichen Zungenschlägen, die mir zeigen, dass er das hier genauso sehr genießt wie ich. Mit jedem Zungenstrich murmelt er leise, unverständliche Worte, und als diese Zunge um den Eingang zu meiner Muschi herumwirbelt, halte ich es nicht mehr aus. »Bitte«, schluchze ich. »O Gott, bitte!«

Aber natürlich versteht er mich nicht. Also jammere ich und bettele um einen Orgasmus, und er leckt einfach weiter drauflos, während ich mich an seinen Hörnern festklammere und denke, dass das hier die unglaublichste, lustvollste Folter ist, die ich je erlebt habe.

»Halt«, stöhne ich. Ich bin so dermaßen bereit zu kommen, dass mir alles wehtut. Ich will ihn tief in mir spüren, will, dass er mich ausfüllt. Das Lecken und Knabbern macht mich einfach wahnsinnig vor Verlangen. »O Gott, halt, Vektal. Ich will dich in mir, jetzt sofort.«

Zur Antwort stößt er mit seiner Zunge in mich hinein.

Tief.

Und reibt.

Ich werde von dem heftigsten Orgasmus zerfetzt, den ich jemals hatte, und meine Beine schließen sich um sein Gesicht. Möglicherweise schreie ich seinen Namen und klammere mich an seine Hörner. Vielleicht strampele ich in den Fellen. Ich bin mir nicht wirklich sicher, denn in dem Moment sehe ich Sterne, und das im Verein mit dem Orgasmus lässt keinen Raum für irgendeinen klaren Gedanken.

Er knurrt und genießt es offensichtlich, dass ich komme, und er leckt mich einfach immer heftiger, was meinen Höhepunkt ins Unendliche zu ziehen scheint. Ich bin fix und fertig, als er endlich den Kopf hebt, mich mit seinen wie Scheinwerfer glühenden Augen ansieht und sich seinen sündigen, feuchten Mund leckt.

Ihn so zu sehen macht mich schwach. Ich bin so heftig und so oft gekommen, dass ich mir ziemlich sicher bin, gerade nicht nur einen einzigen Orgasmus gehabt zu haben, sondern ein ganzes Dutzend, einen mit jeder Berührung seiner so extrem talentierten Zunge. »Großer Gott, eure Frauen müssen ja unglaublich ausdauernd sein«, murmele ich matt, als er wie ein großer blaugrauer Panther auf mich kriecht und die Lippen auf meine Kehle drückt. Ich brauche eine Pause, aber er steht schon in den Startlöchern und presst seinen Mund auf meine Haut, um an all den Stellen zu lecken, die er am weichsten findet.

Und es dauert nicht lange, bis ich erneut stöhne und die Hände über seine wildlederweiche Haut wandern lasse, weil ich ihn wieder tief in mir haben will. »Vektal«, hauche ich und lege ihm ein Bein um die Hüften. Er ist so warm, und das Schnurren in ihm so wild.

Er berührt meine Wange und murmelt leise ein paar süße Worte und dann meinen Namen. Seine Hüften senken sich zwischen meine Beine, und mir wird einmal mehr klar, wie wahnsinnig gut er bestückt ist. Plötzlich nimmt sein Enthusiasmus beim Lecken eine neue Bedeutung an, denn zumindest bin ich jetzt verdammt feucht, was die Sache erleichtern wird.

»Georgie«, murmelt er, »Georgie sa-akh Vektal.«

Mir wird bewusst, dass er etwas sagt, das ich schon einmal gehört habe. Wieder küsst er meine Kehle, und sein Schwanz presst sich gegen meine Muschi. Er fühlt sich riesig an, aber ich stecke auf Gedeih und Verderb in dieser Sache drin und bin bereit, mich von ihm ausfüllen zu lassen. Wirklich bereit.

Eigentlich sogar mehr als bereit.

Erneut drückt er seine Lippen auf meine, dann dringt er langsam in mich ein. Meine Muschi dehnt sich, um Platz für ihn zu schaffen, und ich klammere mich an ihn und streichele und tätschele ihn, während er Zentimeter für Zentimeter weitergeht.

Als er ganz in mir ist, lerne ich etwas Neues. Dieser Knubbel? Die knochige Wulst, von der ich keine Ahnung hatte, wofür sie da ist? Ich habe immer noch keinen verdammten Schimmer, aber als er sich in mir versenkt, fällt mir auf, dass der Knubbel sich durch meine Schamlippen schiebt und über meine Klitoris reibt. Ich versuche, dieses einzigartige Gefühl zu analysieren, als er die Hüften bewegt und behutsam wieder in mich hineinstößt.

Und jedes Nervenende flammt zur Antwort auf den Druck dieses Knubbels auf meiner Klitoris auf.

»Oooooh«, stöhne ich. Das erinnert mich an die Zeit, als ich noch einen Vibrator hatte, der gleichzeitig meine Klitoris und meine Muschi bearbeitet hat. Sex mit Vektal ist genauso wie mit diesem elektrischen Ding, nur besser. Noch intensiver.

Das hier könnte mich an schierer Lust sterben lassen. Ich klammere mich an ihn, während er aufs Neue in mich hineinstößt, und sauge Luft in meine Lungen, als seine Wulst wieder gegen meine Klitoris drängt. Habe ich gedacht, dass es mehr ist, als ich aushalte, wenn er es mir mit dem Mund macht, wegen seines überbordenden Enthusiasmus? Es ist nichts im Vergleich zu dem irrsinnigen Gefühl, als er mich vögelt und diese Wulst bei jedem Stoß meine Klitoris stimuliert, während die Wülste an seinem Schwanz gegen meinen G-Punkt summen. Ich komme noch einmal. Und noch einmal. Ich zerkratze ihm den Rücken und schreie meine Lust heraus, während er immer wieder in mich eindringt und leise Worte flüstert. Mit jedem Stoß seines Schwanzes zerbreche ich in lauter Stücke, bis ich knochenlos und schwach wimmere …

... und immer noch komme.

Meine Beine zittern vor Erschöpfung, als sein Streicheln etwas Wildes bekommt. Vektal entblößt seine Reißzähne, und jetzt verkrampft sich sein eigenes Gesicht, als sich ein Orgasmus in ihm aufbaut. Ich kratze mit den Fingernägeln über die wulstigen Stellen an seiner Brust und seinen Arme entlang, und er stößt ein tiefes Knurren aus und erbebt. Ich kann spüren, dass ihm das gefällt, und ich tue es noch einmal. Komm für mich, Baby!, denke ich, während er mir einen weiteren Orgasmus abringt und ich an der überwältigenden Lust schier ersticke.

Dann pulsiert er in mir. Wie der Rest seines Körpers fühlt sich sein Sperma mehrere Grad heißer an als meine Haut, und ich kann es spüren, als er kommt. Sein lustvolles Knurren wird immer lauter, und das Schnurren in seiner Kehle steigert sich zu einem donnernden Brummen. Er stößt heftig zu und bohrt mir die Finger in die Hüften, als er in mir kommt, immer und immer wieder. Es ist ein völlig neues Gefühl für mich.

O Gott, alles hier ist neu.

Aber als er sich auf mir zusammensacken lässt wie eine große, köstliche Decke und dann seine wulstige Stirn auf meine flache presst und meinen Namen flüstert, da fühle ich mich zufrieden. Knochenlos – natürlich –, aber vollkommen zufrieden. Und ich würde ihn gern fragen, ob er mich morgen auf den Berg bringen wird. Doch es scheint mir der falsche Zeitpunkt für diese Frage zu sein. Er soll nicht denken, dass ich nur mit ihm geschlafen habe, weil er etwas für mich tun soll.

Wenn ich absolut ehrlich zu mir bin, habe ich mit ihm geschlafen, weil ich mich total zu ihm hingezogen fühle. Zu den Hörnern, der blaugrauen Haut, der Rute, seinem seltsamen Schwanz, zu einfach allem. Zu seinem schroffen, von einem starken Beschützerinstinkt geprägten Wesen. Ich stehe total drauf.

Er bewegt sich auf mir und versucht offensichtlich zu verhindern, dass er mit dem ganzen Gewicht auf mir liegt. Doch ich klammere mich an ihn, denn ich liebe das Gefühl seines warmen, großen Körpers auf und in meinem. Ich seufze zufrieden.

Vektal dagegen beginnt von Neuem, mich zu küssen. Ich spüre, wie er die Hüften bewegt und vorsichtig in mich hineinstößt.

Aus meiner Kehle dringt erneut ein leises Stöhnen. »Wirklich gut, dass du mich nicht schwängern kannst, Kumpel!«, sage ich und verschränke im selben Moment schon die Füße hinter seinem Rücken.

Vektal

Die ganze Nacht lang summt mein Khui in meiner Brust vor Zufriedenheit.

Ich habe meine Gefährtin in Besitz genommen. Immer wieder hat sie mich in ihrem kleinen, weichen Körper willkommen geheißen, bis unser beider Lust befriedigt war. Das Zusammensein mit meiner Khui-Gefährtin lässt sich mit keinem anderen Gefühl vergleichen; meine süße Georgie macht mich so glücklich. Ich kann es gar nicht erwarten, mit ihr zu den Stammeshöhlen zurückzukehren. Während sie mir ins Ohr schnarcht und das Sonnenlicht durch den Spalt im Vorhang vor dem Höhleneingang fällt, liebkose ich ihre weiche Haut.

Ich kann es nicht erwarten zu sehen, wie ihr Leib von meinem Kind anschwillt. Unserem Kind. Mein Khui war weise, sie zu wählen, auch wenn sie klein ist. An Herz und Geist ist sie stark und schöpferisch und zudem enthusiastisch in den Fellen. Sie schwingt nicht für mich. Noch nicht. Aber wenn sie einen Khui in sich trägt, wird sie bei meiner Berührung vor Wonne summen, genau wie ich es bei ihrer tue.

Von jetzt an, bis meine Seele diese Dimension verlässt, soll es keine andere für mich mehr geben als sie.

Ehrfürchtig berühre ich ihre schlafende Gestalt und präge mir ihre Züge ein. Sie ist ein seltsames winziges Ding und am ganzen Körper weich, aber ihre Muschi umfasst meinen Schwanz so fest, dass es eine Ekstase ist, die sich nicht beschreiben lässt. Ihr Geschmack ist süß, aber der Gesichtsausdruck, den sie hat, wenn ich sie mit meinem Schwanz ausfülle, ist noch süßer.

Ich freue mich schon auf heute Nacht, wenn ich meine Georgie wieder zu mir aufs Lager zerren werde, bis sie vor Erschöpfung wimmert, aber immer noch mehr will, während ich in sie hineinpumpe.

Ich presse meinen Mund auf ihren, um sie zu wecken. »Georgie?«

Ihre Augen, nach wie vor so stumpf und leblos ohne den Glanz eines Khui, öffnen sich flatternd. Das muss sich ändern, und zwar bald, beschließe ich. Sie sieht müde aus, und die Ringe unter ihren Augen treten auf ihrer blassen Haut hervor.

»Vektal«, murmelt sie glücklich und lässt eine Hand über meine Brust gleiten, woraufhin mein Khui von Neuem zu summen beginnt.

»Berg?«, frage ich sie und ziehe amüsiert die Brauen hoch, als sie versucht, wieder unter die Decke zu kriechen und weiterzuschlafen.

Das weckt sie auf. »Berg?«, wiederholt sie mit großen Augen.

Ich nicke. »Zieh dich an. Ich sehe nach den Fallen, dann gehen wir.«

»Keineahnung wadugesaghas aberlassunsgehn.« Sie wirkt aufgeregt und fuchtelt mit ihren bleichen Armen auf der Suche nach ihren Sachen.

Es kostet mich eine gewisse Überzeugungskraft, sie dazu zu bewegen, in der Höhle zu bleiben, während ich losziehe, um nach den Fallen zu sehen, aber mit Handbewegungen und unseren wenigen Worten gelingt es mir, ihr zu übermitteln, dass ich ohne sie viel schneller bin. Sie küsst mich heftig, bevor ich aufbreche, als wolle sie sicherstellen, dass ich auch wirklich zu ihr zurückkehre.

Als könnte mich jemals wieder irgendetwas von ihr fernhalten.

Ich reibe mir die pulsierende Brust, lächele in mich hinein und kämpfe mich durch den Schnee. Eine weitere Nacht, in der das weiße Pulver stetig gefallen ist, und die Pfade sind fast vollständig verdeckt. Doch ich bin bereits oft in diesem Gebiet unterwegs gewesen und weiß genau, wo ich meine Fallen für eine reiche Beute aufstellen muss. Da Georgie und ich allein sind, sind meine Fallen klein und der Fang noch kleiner. Wenn ich für mein Volk auf der Jagd wäre, würde ich Dvisti erlegen, sie im Schnee vergraben und die Stelle markieren, damit eine Gruppe die Kostbarkeit später abholen könnte. Doch heute Morgen habe ich zwei Stacheltiere und einen kleinen Langohr gefangen, die ich meiner Georgie zu essen geben kann. Es befindet sich kein fließendes Gewässer in der Nähe, daher sammle ich reinen, süßen Schnee in meinem Wasserschlauch, den ich mir an die Brust drücke, damit er schmilzt.

Ich überprüfe all meine Fallen, und erst als ich von der letzten zurückkehre, bemerke ich einen seltsam geformten Klumpen im frisch gefallenen Schnee. Die Neugier gewinnt die Oberhand über mich, und ich nähere mich dem Klumpen und stupse mit einem Stiefel dagegen, um zu sehen, was da liegt.

Es ist ein Fuß. Klein, nackt und mit fünf Zehen – wie bei meiner Georgie.

Die Gestalt ist steif gefroren.

Als ich darauf starre, wird mir klar, dass meine Georgie

nicht allein hier ist. Das ist der Grund, warum sie unbedingt hoch auf den Berg will. Es gibt noch andere wie sie.

Oder … zumindest *gab* es noch andere.

TEIL 4

Georgie

Vektal ist losgezogen, um seine Fallen zu überprüfen und mir ein Not-Hoth-Frühstück zu besorgen. Da ich schon mal in der Höhle festsitze, beschließe ich, dass ich die Felldecken mitnehmen werde, statt sie hier in der Höhle zurückzulassen wie beim letzten Mal. Vektal hat bereits angedeutet, dass ich mich dick einpacken soll, wenn wir aufbrechen, und da wir den Berg hinaufgehen, will ich auch Decken für die anderen Mädchen mitbringen. Das kann nur funktionieren, wenn ich sie am Leib trage.

Also vertreibe ich mir die Zeit damit, improvisierte Bänder aus dem Futter meiner Jacke zu schneiden und mit meinem Messer Löcher in den Rand eines der Felle zu stechen, sodass daraus ein Umhang wird. Ich kann nicht besonders gut nähen, schon gar nicht mit so einem miserablen Werkzeug, aber zumindest bin ich beschäftigt, während ich auf Vektals Rückkehr warte. Gerade als ich meinen zweiten »Mantel« anprobiere, kommt Vektal völlig aufgewühlt in die Höhle zurückgeeilt.

Ich stehe erschrocken auf. »Was ist passiert?«

Er packt mich, zieht mich an seine Brust und streichelt mir über das Haar. Seine Atmung geht schwer, und es ist vielleicht das erste Mal, dass er in meiner Gegenwart Atemnot hat. Normalerweise bringt ihn nichts aus der Ruhe.

Aber jetzt ist er erschüttert. Und das macht mir Angst.

»Vektal?«

Er legt eine Hand an meine Wange und sieht mir ins Gesicht. Danach späht er mir in die Augen. Legt mir eine Hand auf die Stirn, dann auf eine Brust. Stellt eine Frage, die ich nicht verstehe.

Stirnrunzelnd schüttele ich den Kopf. »Ob es mir gut geht? Was ist los?«

»Georgie«, hebt er an und sagt dann noch etwas, von dem ich mir ziemlich sicher bin, dass es »komm mit« bedeutet.

Ich werfe mir die schweren Felle über, und er nickt und hilft mir, mich einzumummeln. Als mein ganzer Körper mit zotteligem Tierfell bedeckt ist und ich schon fast schwitze, nimmt er mich auf seinen Rücken, und wir gehen hinaus in den Schnee.

Auf diese Weise ist es erheblich wärmer, und ich genieße die verschneite Landschaft sogar, während Vektal arbeiten muss und sich durch den tiefen Schnee kämpft. Die Doppelsonnen stehen am Himmel und scheinen blass, und im Moment sieht die Welt wirklich schön aus. Ein Schneeparadies.

Da ich so damit beschäftigt bin, meine Umgebung zu bewundern, bemerke ich erst, dass Vektal stehen geblieben ist, als er meinen Arm berührt und dann auf den Schnee zeigt.

Da ist etwas in den Verwehungen.

Irgendwie glaube ich nicht, dass es sich um Jagdbeute handelt. Mein Magen verkrampft sich und mir ist schlecht, während ich mich von seinem Rücken gleiten lasse. Meine Felle fest um mich gezogen, trete ich vor und schiebe etwas von dem Schnee beiseite.

Es ist ein Gesicht. Das eines Menschen. Rotes Haar, die gefrorenen Augen offen.

Ich keuche auf. Dominique. Ihre Kleidung ist zerlumpt und schmutzig, und die Verfärbung ihrer Haut macht klar, dass sie schon eine ganze Weile hier draußen liegt. Sie ist steif gefroren. Ein Schluchzen bricht aus mir heraus, und ich sehe Vektal an.

Er zeigt auf das Mädchen, seine Augen blass, als stehe auch er unter Schock. »Georgie?«

»Nein, ich bin Georgie«, sage ich und zeige dann auf sie. »Das ist Dominique.« Dann versuche ich, ihm das Wort »Mensch« beizubringen, indem ich fünf Finger spreize. Ich kann nicht aufhören, leise vor mich hin zu schluchzen. Was hat sie hier gemacht? Haben sie sie hinter mir hergeschickt? Ein weiteres Schluchzen will sich aus meiner Kehle lösen. »Vektal, wir müssen auf den Berg. Bitte.«

»Berg. Mensch?«, fragt er mit leiser Stimme.

»Ja«, sage ich, und Panik überkommt mich. Während ich mit einem Außerirdischen rumgevögelt, gegessen und mich in warme Felle gehüllt habe, haben die anderen an Hunger und Kälte gelitten. Ich zeige auf den Berg. »Bitte. Bitte, lass uns auf den Berg gehen. Mehr Menschen.«

Er nickt, und ein ganzer Strom von Silben ergießt sich aus ihm. Ich verstehe sie nicht, aber als ich ihm mit Gesten bedeute, dass ich wieder auf seinen Rücken klettern will, nimmt er mich Huckepack und läuft in schnellem Tempo die verschneiten Hügel hinauf, vorbei an der Felswand, in der wir die Nacht verbracht haben.

Diesmal gehen wir den Berg ganz hinauf. Am liebsten würde ich vor Erleichterung schluchzen. Stattdessen muss ich immer wieder an Dominiques gefrorenes Gesicht denken. Arme Dominique. Was ist passiert? Warum haben sie

sie ohne warme Kleidung hinausgeschickt? Es war ihr Todesurteil. Waren sie so verzweifelt, dass sie keine andere Wahl hatten?

»Beeil dich, bitte«, sage ich zu ihm. Er versteht das letzte Wort nicht, aber vielleicht hört er den drängenden Unterton in meiner Stimme. Sein Tempo beschleunigt sich.

Wir brauchen mindestens zwei Stunden, in denen Vektal mit gleichmäßigen Schritten bergauf wandert, bevor ich den schwarzen Rumpf des Raumschiffes entdecke. Es ist inzwischen ganz mit Schnee bedeckt, und als wir näher kommen, schnappe ich nach Luft. Darin kann es nicht warm sein, ganz gleich, wie gut es isoliert ist. So hoch oben gibt es nicht viele Bäume und auch keine Tiere. Die Luft fühlt sich dünner an, und ich frage mich, ob die Außerirdischen uns absichtlich an diesem unwirtlichen Ort hatten stranden lassen, damit wir nicht weglaufen.

Scheiß drauf. Wir hauen heute hier ab, und meine Mädels nehme ich mit.

Ich bete nur, dass sie noch leben.

Vektal zeigt auf die rechteckige schwarze Brücke, die von dem Schiff abgebrochen ist. »Da?«

»Ja«, bestätige ich. »Da!«

Wir brauchen eine Weile, um zu dem abgetrennten Teil des Raumschiffes hinaufzugelangen. Der Berg ist steinig und steil, und dort hochzukommen, entpuppt sich als Herausforderung, anders als vorher bei meinem Weg bergab. Als wir das Raumschiff erreichen, entdecke ich eine Schneeverwehung auf der anderen Seite, die so hoch ist, dass sie als Rampe fungieren kann. Es muss hier stark geschneit haben. Puh.

Ich lasse mich von Vektals Rücken gleiten und übernehme die Führung. Der Wind frischt auf, daher ziehe ich die Felle dichter um mein Gesicht, bevor ich die Rampe hinaufklettere. Dann ziehe ich die Plane hoch, mit der das Loch abgedeckt ist.

Sofort trifft mich ein Schneeball im Gesicht.

Prustend taumele ich zurück. Der Schneeball hat mich direkt auf die Nase getroffen, was mein Gesicht schmerzhaft pochen und meine Augen brennen lässt.

»Scheiße, verpiss dich!«, brüllt jemand. Ein weiterer Schneeball fliegt in meine Richtung, und ich weiche ihm aus.

Vektal stößt einen zornigen Schrei aus und zieht mich hinter sich. Wut leuchtet in seinen Augen auf. Er zieht zwei gebogene Kurzschwerter aus seiner Weste.

»Warte!«, schreie ich. Dann rufe ich: »Leute, ich bin's! Georgie!«

Stille.

»Georgie?«, ruft jemand. Das klingt nach Liz. »Du lebst noch?«

»Ja«, brülle ich zurück. »Hört auf mit den Scheißschneebällen!«

»Was ist mit dem Löwen, Georgie?«, schreit jemand anders nach oben. »Ruf ihn zurück!«

»Das ist kein Löwe. Es ist ein Einheimischer, und er ist mein Freund. Sein Name ist Vektal.« Ich tätschele Vektals Arm und versuche, ihn zu besänftigen, da er immer noch so aussieht, als wolle er in das Raumschiff kriechen und alle darin ermorden. »Schon in Ordnung, wirklich.« Ich bin so erleichtert darüber, dass die anderen noch leben, dass ich am liebsten vor Freude geweint hätte.

Ich will einen Schritt nach vorn machen, aber Vektal versperrt mir erneut den Weg. Ich sehe ihn ungeduldig an.

»Du kannst mir glauben, alles gut. Das sind meine Leute. Menschen.«

»Menschen«, wiederholt er und zeigt auf seine Finger.

»Genau.«

Widerstrebend tritt er beiseite, und ich ziehe die Plane weg und ducke mich sofort, nur für den Fall, dass wieder ein Schneeball in meine Richtung geflogen kommt. Als nichts Derartiges geschieht, spähe ich hinein.

Fünf Mädchen in zerlumpten Kleidern starren mit schmutzigen Gesichtern zu mir hoch. Liz, Kira, Megan, Tiffany und Josie sind noch am Leben, obwohl sie wirklich furchtbar aussehen. Ihre Augen liegen tief in ihren Höhlen, ihr Haar ist strähnig, und sie zittern, als sie zu mir nach oben schauen.

Ich finde, dass sie alle wunderschön sind. Ich bin so glücklich darüber, sie zu sehen, dass ich in Tränen ausbreche. »Hey«, schluchze ich.

»Georgie?«, fragt Vektal. Er legt mir in einer besitzergreifenden Geste die Hände auf den Rücken.

Ich drehe mich um und tätschele ihn, und ich versuche, nicht zu flennen, wobei ich kläglich scheitere. »Hilfst du mir, nach unten zu kommen?«

Mein Handgelenk ist immer noch nicht zu gebrauchen, aber Vektal ist stark. Er lässt mich weit genug in den Frachtraum hinunter, dass ich mich am Wrack festhalten kann. Ich klettere unbeholfen nach unten und falle nach vorn, als ich fast am Boden bin. Dann werde ich von den fünf Mädchen gepackt und in eine übel riechende Gruppenumarmung gezogen.

»Ihr riecht schlimm«, sage ich schluchzend und umarme jedes Mädchen einzeln. Liz grinst breit, doch Josie wirkt teilnahmslos, und ihre zarte Gestalt ist mittlerweile so dürr wie ein Skelett. Tiffany flennt genauso sehr wie ich, und Megan und Kira sind beide still. »Hier«, sage ich und binde die Felle von meinem Körper los. »Bitte. Nehmt die hier. Ihr seid doch bestimmt völlig durchgefroren.«

Mit gierigen Händen greifen sie nach den Fellen, was mir überhaupt nichts ausmacht. Ich lege sie ab, glücklich darüber, das dankbare Stöhnen der Mädchen zu hören, als sie zum ersten Mal seit Tagen warme Sachen haben.

»Wir dachten, du wärst tot«, sagt Tiffany. »Weil du nicht zurückgekommen bist.«

»Ich wurde aufgehalten. Geht es euch gut?«, frage ich, während sie sich in die Felle kuscheln. Kira trägt Vektals Reisemantel, und Liz und Megan kauern sich unter einer Decke zusammen, Josie und Tiffany unter der anderen. Sie können aufrecht stehen und sind wach, das ist schon mal gut.

Megan zieht die Nase hoch und niest. Die anderen verziehen das Gesicht. Liz reibt sich die Stirn, und es ist deutlich zu sehen, wie erschöpft sie ist. »Wir haben bis jetzt durchgehalten«, sagt Liz. »Zu essen ist fast nichts mehr da. Auch nur noch wenig Wasser. Aber ...«

Etwas Großes und Schweres kommt hinter mir auf dem Boden auf und lässt den ganzen Frachtraum erzittern. Die Mädchen reißen die Augen auf und springen auseinander, weichen zurück.

Als ich mich umdrehe, sehe ich Vektal den Schnee von seinen Lederstiefeln herunterstampfen. Seine Nasenflügel beben wegen des Gestanks ungewaschener Leiber und menschlicher Hinterlassenschaften. Er richtet den Blick auf mich. Als er erkennt, dass ich all meine Felle weggegeben habe, runzelt er die Stirn.

»Ist schon in Ordnung«, sage ich und trete neben ihn.

Danach tätschele ich seine breite Brust und versuche, ihn mit kleinen Berührungen zu besänftigen. »Vektal, das sind meine Leute.«

»Er versteht dich?«, fragt Liz zaghaft.

»Na ja, nur einige Brocken«, antworte ich und lasse ihn nicht aus den Augen. Ich gehe nicht davon aus, dass er auch die anderen mit Oralsex begrüßen wird, aber man weiß ja nie.

Er betrachtet die übrigen Mädchen, dann legt er mir eine Hand in den Nacken und zieht mich besitzergreifend an sich.

Ja, ich bin wohl die Einzige, die für diese Art der Begrüßung besonders genug ist. Seltsamerweise freut mich der Gedanke. Ich bin gern jemand Besonderes für ihn. »Ladys«, sage ich und deute auf meinen großen blaugrauen Freund, »das ist Vektal. Er kommt aus der Gegend hier.«

Sie mustern ihn argwöhnisch.

»Er sieht aus wie ein Dämon«, sagt Liz, die wie immer kein Blatt vor den Mund nimmt.

»Er ist nett, versprochen«, antworte ich und tätschele ihm noch einmal die Brust. »In den letzten Tagen hat er dafür gesorgt, dass ich am Leben bleibe.«

»Mir ist es egal, ob er aussieht wie ein Dämon«, sagt Josie leise, und ihre Stimme zittert. »Ist das ein totes Tier, das da an seinem Gürtel hängt? Können wir es essen?«

Ich drehe mich um. Und tatsächlich, Vektal hat sich seine Beute an die Seite gebunden. Die Tiere sehen aus wie riesige nackte Ratten oder Kaninchen ohne Fell und Ohren. Stimmt, er hat heute Morgen seine Fallen überprüft. »Ich bin mir sicher, dass er das Fleisch mit euch teilen wird«, erkläre ich und deute auf seinen Gürtel. »Kann ich das haben, Vektal?«

Als ich nach seinem Gürtel greifen will, umfasst er meine Hand und wirft mir einen ungläubigen Blick zu, dann stößt er eine Abfolge von Silben aus.

»Hat er dich gerade gefragt, ob du dich mit ihm paaren willst?«, fragt Kira mit ungläubiger Stimme.

»Ach du Scheiße«, sagt Liz. »Das ist es, was sie aufgehalten hat. Sex mit einem Alien.«

Mein Gesicht fühlt sich kochend heiß an. Ich reiße die Hand zurück.

Alle starren mich an. Megan wirkt belustigt, Tiffany dagegen eher entsetzt.

»Ich kann euch alles erklären«, beginne ich.

»Ach nein«, sagt Liz. »Lass uns einfach noch für ein Weilchen unsere Fantasien. Und gib uns etwas zu essen. Es ist mir egal, ob du ein ganzes Stadion voller Außerirdischer gevögelt hast, solange du mir etwas Warmes zu essen gibst.«

»Was warmes Essen angeht, ist er nicht besonders begeistert«, sage ich, dann drehe ich mich zu Vektal um und deute auf die an Kaninchen erinnernden Tiere an seinem Gürtel. »Essen? Essen für Menschen?«

»Menschen«, pflichtet er mir bei und hakt das Fleisch von seinem Gürtel. Als ich es entgegennehme, bietet er mir sein Messer an.

»Wir brauchen Feuer«, sage ich zu ihm und mache die entsprechenden Handbewegungen. »Feuer.«

»Ach du Scheiße«, sagt Josie. »Ich würde ihm sogar einen Blowjob geben, wenn er Feuer für uns machen würde.«

»Ja, nicht wahr?«, stimmt Liz ihr zu.

Ärger auf die Mädchen steigt in mir auf. Sie frieren. Es gibt keinen Grund, warum ich eifersüchtig sein sollte. Immerhin habe ich in den letzten zwei Tagen mit einem großen, sexy Außerirdischen im Schnee herumgetollt, während sie sich den Arsch abgefroren und gehungert haben. Aber der Gedanke, dass sie ihn berühren könnten, macht mich … überhaupt nicht glücklich.

Sondern eifersüchtig.

Mist. Ich darf mich nicht in einen großen blauen Außerirdischen verlieben. Ganz gleich, wie gut er im Bett ist.

»Feuer?«, fragt Vektal. Er sieht sich in der Ladebucht um und runzelt die Stirn, dann zeigt er auf die Decke und entlässt einen weiteren Strom von Silben.

»Er sagt, so hoch oben auf dem Berg gebe es kein Holz. Er müsse erst welches aus der Höhle holen und wieder herkommen«, sagt Kira.

Ich nicke Kira zu und wende mich schließlich an Vektal. »Bitte, tu das.«

Er verzieht seine wulstige Stirn, dann deutet er auf Kira und sagt noch etwas.

»Er will wissen, ob ich ihn verstehe«, flüstert Kira. Sie rückt näher an die anderen heran. »Was soll ich sagen?«

Ich fasse Vektals hartes Kinn und drehe sein verwundertes Gesicht zu mir. Es lässt sich unmöglich feststellen, was er in diesem Moment denkt. »Vektal?« Als ich seine ungeteilte Aufmerksamkeit habe, deute ich auf mein Ohr, danach sehe ich zu Kira und ziehe sie zu ihm. »Du sprichst, und sie hört es. Versteht es.« Ich füge eine Menge Pantomime und Lippenbewegungen hinzu, in der Hoffnung, dass er es begreift.

Sein Gesicht leuchtet auf, und seine blauen Augen glühen. Eine weitere Reihe von Worten, und er deutet auf Kiras Ohr.

Kira verzieht das Gesicht. »Er sagt, ich hätte einen Clip,

der es mir möglich macht, ihn zu verstehen. Ich weiß aber nicht, wie gut die Übersetzung ist.«

»Ja, so etwas Ähnliches«, sage ich zu Vektal und nicke.

Er dreht sich zu Kira um und sagt etwas.

»Er will wissen, ob mein Parasit mich seine Sprache lehrt.« Sie schüttelt den Kopf. »Er übersetzt nur.« Sie klopft sich auf ihr Ohr, dann auf ihren Mund. »Hören, nicht sprechen.«

Vektal mustert Kira lange, bevor er wieder etwas sagt. Danach dreht er sich um, fasst mich um die Taille, reißt mich an sich und drückt mir vor allen anderen im Raum fest die Lippen auf den Mund.

»Er sagt, er wird jagen und Feuerholz holen gehen und dass wir ein Auge auf seine Gefährtin halten sollen«, berichtet Kira mit unüberhörbarer Belustigung in der Stimme. »Gefährtin? Ernsthaft?«

Diesmal ist es an mir, schockiert zu sein. »Gefährtin? Was? Er denkt, wir wären zusammen?«

Aber Vektal klettert bereits an der Wand des Rumpfs nach oben und stemmt sich wieder nach draußen in den Schnee.

Vektal

Es gibt fünf weitere Menschen und zusätzlich die Tote im Schnee. Alles Frauen. Mein Verstand kann es nicht fassen. Alles Frauen. Ich denke an meinen eigenen Stamm, zu dem über zwanzig unverpaarte Männer gehören. In unserem Stamm gibt es nur fünf Frauen. Es hat nie viele gegeben. Maylak war die einzige Gleichaltrige, die allein war, und wir waren eine Zeit lang ein Paar, bis sie in Kashrem ihren Gefährten gefunden hat. Jetzt haben sie den winzigen Spross Esha, was die Zahl weiblicher Wesen in unserem Stamm auf sechs erhöht. Die meisten unserer Krieger können von einer Gefährtin, die ihren Khui in Schwingungen versetzt, nur träumen.

Doch ich habe eine gefunden. Und hier sind fünf weitere, durch die der Khui eines Mannes aus meinem Stamm zum Schwingen gebracht werden könnte. Fünf weitere Frauen, die imstande wären, unser kleines, sterbendes Volk wieder zum Leben zu erwecken. Dank unserer Khui werden wir sehr alt, aber es ist ein langes, einsames Leben, und ich habe einen Großteil von meinem damit verbracht, eifersüchtig auf andere zu sein, die eine Gefährtin haben.

Jetzt gibt es Georgie. Und Georgie bringt uns Hoffnung.

Ich weiß nicht, wie sie und ihr Stamm hierhergelangt sind oder warum sie so schlecht für das Überleben bei uns ausgestattet sind. Um mir das zu berichten, können wir uns einfach nicht gut genug verständigen. Mit der Zeit werde ich Antworten auf meine Fragen bekommen. Doch erst einmal muss ich jagen und meinen kleinen, zerbrechlichen Menschen Nahrung verschaffen. Ich habe die Befürchtung, dass sie zu schwach sind, um es bis zu den Stammeshöhlen zu schaffen.

Keine von ihnen hat einen Khui.

Es wird nicht lange dauern, bis sie krank werden und sterben. Es ist zu früh, um schon Schwäche in meiner Georgie zu erkennen, aber ihr habe ich immerhin etwas zu essen gegeben und sie gewärmt. Den anderen fehlt der Funke in den Augen. Sie sehen müde aus. Zerbrechlich. Eine hat ein Rasseln in den Lungen, das auf Krankheit schließen lässt.

Ich denke an die tote Menschenfrau im Schnee, deren Leiche gefroren war. Das wird meiner Georgie nicht passieren.

Ich laufe so schnell ich kann durch den immer tieferen Schnee. Als Erstes werde ich mir alles aus der Höhle nehmen, in der wir geschlafen haben. Dann laufe ich den Berg noch weiter hinunter und plündere das Lager einer weiteren Höhle. Mit ein wenig Glück finde ich vielleicht etwas, das ich jagen kann. Doch ich habe nur einen einzigen Wasserschlauch, und es gibt so viele menschliche Münder. Die Menschen brauchen alles. Sie sind zum Überleben hier nicht ausgerüstet, nicht einmal ansatzweise. Bei dem Gedanken renne ich noch schneller durch den Schnee. Raahosh ist auf einem seiner Jagdausflüge, und sein Jagdgebiet ist nicht weit von meinem entfernt. Ich könnte nach Süden laufen und ihn um Hilfe bitten, und gemeinsam könnten wir den kränklichen Menschen zu essen geben.

Aber es könnte Tage dauern, bis ich ihn finde, und so lange werde ich meine Georgie nicht allein lassen. Nicht wenn sie nicht für sich selbst sorgen kann. Nicht wenn sie bereits unser Kleines in sich tragen könnte. Nicht angesichts der Metlaks in der Gegend und der Tatsache, dass Georgies Stamm keine anderen Waffen hat als Schnee.

Ich habe keine Ahnung, warum sie hergekommen sind und wie, aber mein Beschützerinstinkt erwacht bei dem Gedanken, dass meine Georgie es noch einmal mit tollwütigen, unberechenbaren Metlaks zu tun bekäme. Ich muss ihr beibringen, wie sie sich selbst verteidigen kann. Doch immer einen Schritt nach dem anderen, rufe ich mir ins Gedächtnis. Zuerst brauchen die Menschen etwas zu essen und einen Unterschlupf.

Als ich endlich die Vorräte eingesammelt habe, verschwinden die Doppelsonnen hinter dem Horizont, und der größere der beiden Monde steht bereits am Himmel. Es hat wieder zu schneien begonnen, und ich kehre zu der seltsamen schwarzen Höhle zurück, in der Georgies Frauen sich zusammenkauern. Die Sachen aus den Höhlen habe ich mir auf den Rücken gebunden, und sie sind schwer. Neben dem Feuerholz und den Fellen habe ich auch ein kleines Dvisti erlegt, das all die hungrigen Münder zumindest für einige Tage zufriedenstellen wird, wenn sie das Fleisch vernünftig gefrieren lassen. Der lange Tagesmarsch hat mich erschöpft, und ich bin müde, als ich mich von oben in die Höhle fallen lasse.

Angstschreie werden laut, als ich auf dem Boden aufkomme.

»Beruhigteuch«, höre ich Georgie sagen. »Esis Vektal.«

Ich lasse meine Last auf den harten, kalten Boden fallen

und strecke mich. Mein Rücken knackt, und meine Muskeln schmerzen.

»Verdammwiegroßiser?«

»Ichglaub übazweimeta«, sagt Georgie, und ich höre einen Anflug von Stolz in ihrer Stimme. Sie kommt auf mich zu, und ich sehe Besorgnis in ihren Zügen, als sie mich anschaut. »Duwastabalangeweg.«

»Es geht mir gut, meine süße Khui-Gefährtin«, beruhige ich sie. Dann streichele ich ihr über die Wange. »Hast du etwas gegessen? Du bist genauso klein und schwach wie die übrigen Menschen.« Ich betrachte die anderen Fünffinger. Sie haben ihr alle Felle weggenommen und kauern sich zusammen an die Wand. Sie riechen schrecklich, aber sie sind auch in dieser Höhle gefangen, daher mache ich ihnen keinen Vorwurf.

»Erfragt obduwagessnhast«, sagt die mit dem Clip im Ohr. »Sagtdubisschwach.«

Georgie macht ein ganz komisches Gesicht und rümpft ihre winzige, glatte Nase. »Issokalthier.« Sie sieht mich hoffnungsvoll an und fragt in meiner Sprache: »Feuer?«

Ich nicke und ziehe sie fest an mich. Gleich werde ich ein Feuer für sie machen. Doch jetzt habe ich das schmerzhafte Verlangen, sie bei mir zu haben. Mein Khui brummt und beginnt angesichts ihrer Gegenwart in meiner Brust zu vibrieren. Die Angst, die ich verspürte, als ich sie zurückließ, verschwindet, wenn sie ihre süße Wange an meine Brust drückt.

Eine der anderen Frauen macht bei unserem Anblick seltsame Geräusche mit den Lippen, und Georgies blasse Wangen röten sich. »Dukannstmichmal«, sagt sie, aber dabei lacht sie. »Ichmagihn.«

Ich atme noch einen Moment den Duft meiner Gefährtin ein, dann lasse ich meine Georgie los und gehe zu den Sachen, die ich mitgebracht habe. Ich schichte Holz und Dungbrocken auf und füge etwas von dem Flausch, der meine Stiefel warm hält, als Zunder hinzu. Die Frauen beobachten mich wortlos, wie ich mich daranmache, ein Feuer zu entzünden. Ein Funke lässt das Holz aufflackern, und ich blase darauf, um die Flamme zu vergrößern. Als ich mich aufrichte, sehe ich sechs seltsam glatte Gesichter voller Freude zu mir herüberspähen.

»Scheißeichmagihnauch«, sagt eine der Frauen.

Sie drängen sich Wärme suchend am Feuer zusammen, während ich eins meiner Beutetiere an einem Spieß zum Rösten über die Flammen halte. Ich verstehe ihr Bedürfnis nicht, das Aroma aus dem Fleisch zu brennen, aber Georgie hat mich gelehrt, dass sie es anders nicht essen wird, also verbrenne ich es eben, wenn es sein muss. Auf meiner Seite beginnt eine der Frauen mit langem hellgelben Haar wieder zu husten, ein schlimmer Husten, der ihren kleinen Körper schüttelt.

Georgie verzieht das Gesicht und sieht mich an. »Medizn?«

Ich weiß nicht, was sie will, aber ich schüttele den Kopf. »Nichts, was ich habe, kann ihr helfen. Es ist die Khui-Krankheit.«

Georgie

»Was bedeutet dieses Wort?«, frage ich Kira. »Qui?«

»Das weiß ich nicht«, sagt sie und zieht ihre mit Fellen bedeckten Schultern hoch. Die anderen stecken ebenfalls bis zum Hals in Fellen, und nur ihre Köpfe lugen daraus hervor. Mir ist ein wenig kalt, weil ich jetzt nicht mehr so warm eingepackt bin, aber ich beschwere mich nicht. Wie könnte ich auch? Das ist das erste Mal seit Tagen, dass die anderen nicht frieren müssen. Ich bin überglücklich, dass ich zumindest das für sie tun kann.

Oder vielmehr, dass Vektal es kann. Ich stehe eigentlich hauptsächlich in der Gegend herum und tue ganz stolz, weil ich ihn mitgebracht habe.

Die Mädchen machen mir seit Stunden die Hölle heiß. Doch ich nehme es ihnen nicht übel, denn wirklich, ich habe es verdient. Nachdem wir von Außerirdischen gefangen genommen worden sind, tauche ich mit einem neuen auf, der mich seine Gefährtin nennt? Der mich küsst und mich bei jeder sich bietenden Gelegenheit an sich zieht?

Der mich in der vergangenen Nacht stundenlang bis zur Besinnungslosigkeit gevögelt hat, bis ich vor lauter Orgasmen fast ohnmächtig geworden bin?

Also ja, ich verdiene all das, was sie mir an den Kopf werfen.

Ich bin einfach im Moment so verdammt glücklich. Vektal sorgt für Feuer und Essen, und die Mädchen leben noch. In den letzten Stunden habe ich mich um sie gekümmert, habe dafür gesorgt, dass ihnen warm ist, und ihnen Schnee geholt, um ihn in einer Behelfswanne zu schmelzen, damit sie sich ein wenig waschen können. Sie sind schwach vor Hunger, und Tiffanys Zehen und Finger sehen aus, als wären sie erfroren. Josie ist teilnahmslos und schwach, und Megan hat einen schlimmen Husten, der ihren ganzen Körper erbeben lässt. Aber sie sind am Leben. Alles andere können wir irgendwie in Ordnung bringen. Etwas zu essen wird viel dazu beitragen, dass sie sich besser fühlen. Neben den unbehaarten, rattenartigen Viechern (die eine dicke Fettschicht haben und die wir, wenn es nach Vektal geht, unbedingt essen müssen, die sich aber bisher noch niemand zu probieren getraut hat), haben wir etwas, das aussieht wie eine Kreuzung zwischen einem Wildschwein und einem Pony, das er Dvisti nennt. Das Fleisch brutzelt gerade über dem Feuer, und selbst mir läuft das Wasser im Mund zusammen, daher kann ich mir gar nicht vorstellen, wie hungrig die anderen sein müssen.

»Qui, ist das eine Krankheit?«, fragt Megan mit einem besorgten Gesichtsausdruck.

»Das weiß ich nicht«, sage ich und schüttele kaum merklich den Kopf. Als ich Vektal frage, drückt er sich nur eine Hand auf die Brust und zeigt dann auf meine.

»Hier lebt der Khui«, übersetzt Kira achselzuckend. »Keine Ahnung, was das bedeuten soll.«

»Du brauchst nur etwas zu essen und einen warmen Ort«, versuche ich Megan zu beruhigen. »Wir werden uns um ein Problem nach dem anderen kümmern.«

Sie nickt. Ich habe Angst, dass sie weitere Fragen stellt, aber Vektal reißt ein Bein von der unbehaarten Ratte, und jetzt sieht es genauso aus wie eine Hühnerkeule. Automatisch reicht er mir das Fleisch.

»Oje«, murmele ich verlegen. »Gib das nicht mir, Vektal. Ich werde als Letzte essen.« Ich reiche das Fleisch sofort an Megan weiter.

Sie schlingt es herunter, bevor jemand es ihr wegnehmen kann, und Liz wirft mir einen spöttischen Blick zu und macht wieder Knutsch-Geräusche. »Er gibt seiner Frau zu essen, Georgie. Das musst du doch verstehen.«

Meine Wangen werden wieder heiß. Ich habe das Gefühl, sie tun schon den ganzen Nachmittag nichts anderes.

Er reißt dem Tier noch ein Bein ab und sieht mich mit hochgezogenen Brauen an. Ich schüttele den Kopf, woraufhin er es stattdessen Kira anbietet, die das Fleisch dankbar entgegennimmt. Eine nach der anderen bekommen die Frauen etwas zu essen. Ich nehme nur kleine Bissen von dem Dvisti, das über dem Feuer brät, und überlasse das meiste den anderen.

Das missfällt Vektal, der nicht aufhört, mir mehr zu essen zu geben. Ich werfe den anderen jedes Mal einen unglücklichen Blick zu, wenn er mir ein weiteres Stück von dem gebratenen Fleisch in die Hand drückt.

»Mach ihn bloß nicht sauer«, rät Tiffany mir und leckt sich die schmutzigen Finger ab, um den letzten Rest Fett zu erwischen. »Wenn es ihn glücklich macht, dir etwas zu essen zu geben, dann iss.«

Also esse ich. Als alle satt sind, hockt Vektal sich neben mich und zieht mich wieder an seine Brust, und er beginnt zu schnurren. Er streichelt mein Haar und berührt mein Gesicht, während wir anderen uns leise unterhalten. Wir reden über unsere Entführer, die nicht zurückgekehrt sind, den Planeten, auf dem von Tag zu Tag mehr Schnee zu fallen scheint, und unsere Situation.

Die finster aussieht.

Das trübt die Stimmung, und alle sind plötzlich sehr still. Liz tauscht den Platz mit Megan, die sich noch etwas zu essen nimmt. Sie setzt sich im Schneidersitz neben mich, das Fell um ihre magere Gestalt gelegt, und sie mustert mich, während Vektal mit den Fingern durch mein verfilztes Haar fährt.

»Also, du und der Große, was? Man kann dich keine Minute allein lassen, ohne dass du etwas mit dem nächstbesten Außerirdischen anfängst.«

Ich zucke peinlich berührt die Achseln. »Scheint so, als würde es die Überlebenschancen verbessern.« Noch während ich es ausspreche, kommt es mir falsch vor, meine Beziehung zu Vektal so klingen zu lassen, als gehe es nur ums Überleben.

Es gibt da auch eine Anziehung zwischen uns, aber ich habe das Gefühl, meine Mitgefangenen zu verraten, wenn ich es zugebe.

Liz nickt und betrachtet ein Weilchen Vektals Hörner. Dann sieht sie wieder mich an. »Er macht ziemlich deutlich, dass er meint, du gehörst ihm.«

»Stimmt.« Das tut er, und ich habe gar nichts dagegen. Tatsächlich gefällt es mir irgendwie.

»Wie wird er sich erst aufführen, wenn er herausfindet, dass wir nicht auf Not-Hoth bleiben wollen?«

Ich antworte nicht. Darüber habe ich noch gar nicht nachgedacht. Ich versuche nach wie vor, über die Tatsache hinwegzukommen, dass Vektal mich für seine Gefährtin hält. Ich will lieber nicht darüber nachdenken, was er tut, wenn ich den ersten Bus nach Hause nehme. Oder über die niederschmetternde Möglichkeit, dass es vielleicht gar keinen Bus nach Hause geben wird.

Liz sieht mich immer noch an und wartet auf eine Antwort.

Ich zucke die Achseln und sage: »Bei ihm fühle ich mich wohler als in meinen früheren Beziehungen mit Männern. Ich versuche mein Glück mit ihm.«

»Wenn du meinst.« Sie schaut ins Feuer. »Du hast gar nicht nach Dominique gefragt.«

Ich habe einen Kloß im Hals. Das Thema habe ich absichtlich nicht angesprochen, da ich mir nicht sicher war, wie die anderen reagieren würden. Sie wirken so zerbrechlich. »Ich ... habe ihre Leiche gesehen. Draußen im Schnee.«

Liz nickt. Sie rückt ein wenig näher zu mir. »In unserer ersten Nacht hier haben wir irgendwelche Wesen gehört. Sie haben gerufen wie Eulen, aber ausgesehen haben sie wie magere Katzen oder so etwas.«

»Die habe ich auch gesehen«, erwidere ich. »Sie sind ziemlich abscheulich. Vektal ist kein Fan von ihnen.«

»Ja, ich bin es auch nicht«, sagt sie und verzieht das Gesicht. »Sie waren nicht schlau genug, um herauszufinden, wie sie in das Raumschiff kommen, aber sie haben uns trotzdem eine Scheißangst eingejagt. Haben uns die ganze Nacht wach gehalten. Dominique hat unaufhörlich geweint.«

»Das tut mir leid.«

Sie gibt mir einen Klaps auf den Arm. »Ich erzähle dir das nicht, um dein Mitleid zu erregen. Ich berichte dir nur, was passiert ist. Wie dem auch sei: Wir haben beschlossen, dass wir irgendeine Art von Verteidigung brauchen, daher sind Tiffany, Dominique und ich am nächsten Tag nach oben gegangen und haben Schneebälle gemacht. Tiffany und ich haben Dominique nur für eine Minute den Rücken zugekehrt, da ist sie einfach wie eine Verrückte in den Schnee gerannt. Wir haben versucht, ihr zu folgen, aber wir sind alle ziemlich fertig, und es ist zu kalt, um sich lange draußen aufzuhalten.« Sie zuckt die Achseln. »Tiffany hat nach ihr gesucht und musste umkehren. Ich glaube, sie hat sich Erfrierungen an den Füßen zugezogen.«

Ich nicke.

»Danach haben wir sie nicht mehr wiedergesehen. Irgendwie hatten wir die Hoffnung, sie sei auf dich gestoßen. Aber das ist sie anscheinend nicht, hm?«

Ich schüttele den Kopf. »Sie war längst tot, als ich sie gefunden habe.«

»Ich kann nicht einmal traurig sein«, flüstert Liz und seufzt. Sie zieht ihr unverletztes Bein näher zu sich. »Sie wollte nicht weiterleben. Nicht nach dem, was sie ihr angetan hatten.« Sie sieht mich an, ihre Augen riesig in ihrem viel zu schmalen Gesicht. »Wir müssen hier weg, Georgie. Wir dürfen nicht hier sein, wenn sie zurückkommen, um uns abzuholen.«

»Ich weiß«, pflichte ich ihr leise bei. Ich habe noch keine konkreten Ideen, aber ich werde uns von hier wegbringen. Ich brauche nur noch einen Plan.

Vektal

Die anderen lassen Georgie und mich die ganze Nacht nicht aus den Augen. Wann immer ich ihr übers Haar streichele oder ihre Wange liebkose, mustern sie uns mit sichtlichem Unbehagen. Liegt es daran, dass ich ihr vor den anderen meine Zuneigung zeige? Mein Volk ist nicht so zurückhaltend, was solche Dinge betrifft. Georgie scheinen meine Berührungen nichts auszumachen, und durch ihre Nähe summt mein Khui wohlig vor sich hin.

Als die menschlichen Frauen zu gähnen beginnen, ziehen sie mit Georgies Decken davon, um sich schlafen zu legen, was mich zornig macht. Sie frieren, aber das tut meine Gefährtin auch. Sie ist genauso klein und zerbrechlich wie die anderen. Als ich vorschlage, dass sie sich eins der Felle für sich selbst nimmt, schüttelt sie den Kopf.

Ich sorge dafür, dass die mit dem ernsten Gesicht und dem Clip im Ohr meine Einwände hört. Einen Moment später reicht sie Georgie ihr Fell, und als meine süße Gefährtin protestiert, beharrt das Mädchen darauf und geht zu einem der anderen Mädchen, um sich an sie zu schmiegen. Sie werden es warm haben. Die seltsame Höhle ist gut geschützt gegen den bitterkalten Wind, und trotz des Gestanks ist es hier warm genug, dass sie nicht erfrieren werden. Mithilfe des Feuers und ihrer Körperwärme ist die Temperatur in der Höhle angenehm.

Wir stellen jedoch keine Wache auf. Die Frauen sind entweder zu vertrauensvoll und gehen davon aus, dass ihnen schon nichts zustoßen wird, oder sie sind so krank und erschöpft, dass sie nicht wach bleiben können. Ich vermute, das Letzteres zutrifft. Dann werde ich eben ihre Wache sein.

Aber zuerst werde ich ein wenig Zeit mit meiner Gefährtin verbringen. Mein Khui verlangt danach.

Georgie gähnt, wickelt sich in ihr Fell und will sich gerade neben den anderen Frauen zusammenrollen. Ich lege einen großen Holzscheit so auf das Feuer, dass es viele Stunden Wärme spendet, dann gehe ich zu ihr, hebe sie hoch und trage sie ans andere Ende der Höhle, wo wir ein wenig ungestörter sind.

Eins der Mädchen lacht und ruft: »Vielspaß.«

Eine andere sagt: »Ruhe wirvrsuchn zuschlafn!«

Georgie vergräbt nur das Gesicht an meiner Brust.

Ich bringe sie so weit weg von den anderen wie möglich. Hier werden sie nicht viel sehen können, abseits des Feuerscheins. Ich lege Georgie ganz nah an die Wand, und mein Körper schützt sie vollständig vor Blicken. Dann decke ich uns beide mit dem Fell zu und ziehe meine Gefährtin an mich.

Mein Khui singt und summt. Er will mehr, will, dass unsere Körper sich vereinen, und auch ich will nichts lieber als das.

Sie drückt ihren kleineren Leib an mich und schiebt ihre kleinen Hände unter meine Kleidung, um sie auf meine nackte Haut zu drücken. »Schönwam«, murmelt sie. »Soschön.«

Mein Khui brummt in meiner Brust, als sie sich an mir reibt. Ihre Augen sind geschlossen, und ich bin mir nicht sicher, ob ihr klar ist, wie sehr sie mich in Versuchung führt. Mein Schwanz erhebt sich in Reaktion auf ihre schläfrigen Berührungen, aber mehr gibt sie mir nicht. Dann muss ich ihr wohl deutlich machen, was ich brauche.

Also liebkose ich ihren Hals, drücke ihren Kopf zurück und presse schließlich meinen Mund auf ihren, um ihre Zunge mit meiner zu erobern.

Georgie gibt ein leises Stöhnen von sich und leckt mich ebenfalls. Ich genieße die menschliche Sitte der Vereinigung von Mündern und liebkose meine Gefährtin mit der Zunge. Es ist etwas, das mir nie in den Sinn gekommen wäre, aber jetzt, da ich es mit Georgie getan habe, erscheint es mir so offensichtlich. Ich liebe es, sie zu schmecken. Warum nicht auch ihren Mund? Meine Hand wandert zwischen ihre Beine, doch sie steckt in ihrer seltsamen Lederkleidung. Ich suche den Bund ihrer Hose, schiebe die Hand hinein und taste nach ihrer süßen Wärme.

Sie stöhnt an meiner Brust und drückt mit der Hand gegen meinen Arm. »Vektal.«

Ich liebe es, wenn sie meinen Namen sagt. Ich knurre meine Lust heraus, und mein Khui summt eine Antwort. Dann drücke ich die Finger in ihre weiche Muschi und suche nach dem seltsamen dritten Knubbel. Als ich ihn finde, schnappt sie sofort nach Luft und drückt das Gesicht fest an meinen Arm.

»Ichglaubsietuns«, flüstert jemand am anderen Ende des Raumes.

»Schaunichhin«, sagt eine zweite Stimme. »Schlafweiter.«

»Ichwetterhatnmonsterschwanz.«

Diesmal vergräbt Georgie das Gesicht an meiner Brust

und schiebt meine Hand weg. »Nein«, murmelt sie, während sie weiter das Gesicht an meiner Brust verbirgt.

Nein? Nein, wenn mein Khui fast schmerzhaft in meiner Brust pocht vor Verlangen, dass wir uns paaren? Ich bin schockiert. Liegt es daran, dass die anderen wach sind und möglicherweise zuhören? Warum spielt das eine Rolle? Ich habe schon oft anderen Sa-Khui bei der Paarung zugesehen und -gehört. Wir sind kein besonders zurückhaltendes Volk. Anscheinend gilt das jedoch nicht für Menschen. Georgie will nicht, dass ich sie berühre, während die anderen dabei sind.

Ich knurre erneut, ziehe aber die Hand zurück.

Sie gibt einen niedergeschlagenen kleinen Seufzer von sich und drückt sich fester an mich.

Und dieser leise, enttäuscht klingende Seufzer ist der einzige Grund, warum ich nicht aufstehe und die anderen Menschen aus der Höhle werfe.

Am nächsten Morgen fache ich das Feuer für die Frauen an, und wir legen uns einen Plan zurecht. Die Menschen wollen hier nicht bleiben. Es ist offensichtlich, dass sie Angst haben und wegwollen. Ich kann auch nicht zulassen, dass sie hierbleiben, aber genauso wenig bin ich imstande, sie in Sicherheit zu bringen. Der Weg zu meinen Stammeshöhlen würde mindestens einen tüchtigen Tagesmarsch bedeuten, und diese zerbrechlichen Wesen sind dazu nicht in der Lage.

Nachdem sie gegessen haben, sehen sie mich mit hoffnungsvollen Augen an, als könnte ich irgendwie Kleidung und Stiefel für alle Frauen hervorzaubern. Ich weiß, was sie mit ihren traurigen Gesichtern fragen. Es bekümmert mich, meine Georgie zu enttäuschen, aber ein auf sich allein gestellter Jäger muss praktisch denken. »Ich kann euch nicht mitnehmen«, sage ich zu der mit dem Clip im Ohr.

»Ersagterkannunsnichmitnehmn.«

Eins der Mädchen beginnt laut zu schluchzen. Die lauteste von ihnen – Leezh – funkelt mich an, als sei ich das Problem.

Ich zeige auf meine Schuhe. »Ihr habt keine Fußbedeckung. Keine Kleider. Da ihr zu sechst seid, kann ich unmöglich genug Beute erjagen und euch versorgen. Meine Stammeshöhlen liegen einen Marsch von vielen Stunden von hier entfernt. Mit Georgie werde ich zwei Tage brauchen, um dorthin zu gelangen. Ich hole meine Stammesgenossen, und wir bringen euch warme Kleider und Proviant mit. Dann nehmen wir euch mit zu uns nach Hause. Dort seid ihr sicher.«

Das Mädchen mit dem Clip im Ohr überlegt kurz, bevor sie alles übersetzt.

»Esgibteinnstamm?«, fragt Georgie und schlägt sich dann gegen die Stirn. »Natürlichgibtesden.« Sie sieht mich an. »Duhasteinnstammhier?« Sie zeigt auf die anderen, dann auf sich selbst. »Menschnstamm. Vektal-Stamm?«

Ah. »Ob ich einen Stamm habe? Ja. Es gibt vier mal acht von uns und noch zwei Kleine. Ich bin das Stammesoberhaupt.«

Die eine Frau übersetzt, und Georgie nickt wieder. »Hättichwissnmüssn. Herrischwieris.«

Leezh kichert.

»Wirsinzwölf«, sagt Georgie und zählt an den Fingern etwas ab, bevor sie auf die Wand hinter sich deutet. »Sechsinddadrin.« Sie zählt jede Frau vor sich, dann zeigt sie auf die Wand und zählt weiter.

Ich schüttele den Kopf. »Verstehe ich nicht.«

Georgie wirft die Hände in die Luft. »Egal. Netteüberraschungfürspäta.«

»Ha«, sagt Leezh.

Alle reden durcheinander, und eine von ihnen deutet auf die Wand. Ratlos sehe ich die Frauen an. Ich kann die Faszination nicht nachvollziehen, die für sie von der hinteren Wand mit den blinkenden Lichtern ausgeht, und unser einseitiges Gespräch bringt uns nicht weiter. »Ich werde mit Georgie zu meinem Stamm zurückkehren, und wir werden ihr einen Khui beschaffen. Dann komme ich mit meinen Jägern zurück und hole euch. Versprochen.«

»Abavergissesnicht«, sagt Leezh und tippt auf eine Beule an ihrem Arm.

»Daswirdernich«, antwortet Georgie ihr. Auf dem Gesicht meiner Gefährtin erscheint ein entschlossener Ausdruck, und ich frage mich, wovon sie sprechen, dass ihre zarten Züge sich zu so einer grimmigen Miene verziehen.

Da Georgie darauf besteht, behalten die Frauen alle Winterfelle und zwei meiner Klingen. Wir lassen ihnen auch alles Essbare da. Das macht mich unglücklich, weil meine Gefährtin darunter leiden wird, aber sie versichert mir mit sanften Berührungen und lächelnden Blicken, dass es ihr gut gehe. Ich denke, es freut sie, in der Lage zu sein, für ihre Leute zu sorgen, daher erhebe ich keine Einwände. Entlang der Pfade gibt es weitere Jagdhöhlen, und ich werde sie alle plündern, um meine Georgie einzukleiden, wenn es sein muss. Sie lassen sich ja im Frühling wieder auffüllen, wenn der meiste Schnee geschmolzen ist und die Jäger es wieder leichter haben.

Wir winken den Frauen zum Abschied, und Georgie

wischt sich mehrmals über die Augen. Ich weiß, dass sie sich Sorgen um die anderen macht. Trotz des Essens kommen mir die Menschen an diesem Morgen noch müder und noch blasser vor.

Das liegt am fehlenden Khui, und deshalb ist es so wichtig, dass ich Georgie so schnell wie möglich zu meinem Volk bringe. Ich kann allein kein Sa-Kohtsk erlegen, das ist eine Aufgabe, die viele Jäger mit starken Speeren erfordert.

Ich trage die kleine Georgie auf dem Rücken und nehme einen anderen Weg den Berg hinab. Diesmal gehe ich nicht über die gewundenen Wildpfade, sondern querfeldein, so wie der Vogel auf seinen Schwingen fliegt. Auf diese Weise gibt es anstelle vieler Jägerhöhlen entlang des Heimwegs nur eine einzige: Die Höhle der Ahnen mit ihren seltsamen glatten Wänden, die Georgies Höhle nicht unähnlich ist.

Meine Gefährtin scheint mein Gefühl von Dringlichkeit zu verstehen. Wir machen nur kurze Pausen, um den Wasserschlauch aufzufüllen oder uns zu erleichtern. Als die beiden Sonnen hoch am Himmel stehen, finde ich einen Baumstachler, und Georgie protestiert nicht, als ich ihr den rohen Leckerbissen hinhalte. Es würde zu viel Zeit kosten, Holz für ein Feuer zu sammeln. Wir essen, und dann machen wir uns auch schon wieder auf den Weg.

Der Tag ist eine endlose Abfolge von Rennen und Gehen, und selbst Georgies geringes Gewicht zu tragen wird im Laufe der Stunden schwerer. Dennoch setze ich sie nicht ab. Für einen solchen Marsch reicht ihre Kraft nicht aus, im Gegensatz zu meiner. Auch sie ist erschöpft. Der Griff, mit dem sie sich an mir festhält, wird immer schwächer, und ich mache mir schon Sorgen, dass wir nicht schnell genug vorankommen, als in der Ferne ein vertrauter schneebedeckter Hügel auftaucht. Ich stoße einen Seufzer der Erleichterung aus und mache Georgie darauf aufmerksam.

»Siehtseltsamaus«, sagt sie und gähnt. »Gehnwirdarein?«

»Das ist unser einziger Halt für heute«, eröffne ich ihr. »Wir werden uns ausruhen und schlafen, und morgen kehren wir zu meinem Volk zurück.« Im Geiste gehe ich die Jäger durch, die mir helfen könnten, die kranken Menschen heimzuholen. Maylak wird als Stammesheilerin mitkommen wollen, aber sie hat ein Kleines. Dann Kashrem, ihr Gefährte. Raahosh, falls er schon von seiner Jagd zurückgekehrt ist. Rokan. Salukh. Zennek. Haeden. Dagesh.

Bis auf Kashrem sind das alles Jäger ohne Gefährtinnen. Es wäre vielleicht klüger, die Männer mitzunehmen, die Gefährtinnen haben, damit es keinen Streit um die kleinen Frauen gibt, aber ich will keinen Groll in meinem Stamm säen. Ich weiß, dass die Männer darauf brennen werden, die Menschenweibchen zu sehen, vor allem wenn ich mit meiner entzückenden Georgie zurückkomme.

Nachdenklich streichele ich ihren Arm. Ich will meinen Männern nicht die Chance verwehren zu sehen, ob ihr Khui bei einem der Menschen anschlägt. Nicht nachdem ich die Freude gespürt habe, als mein Khui erwacht ist.

Als wir die Höhle betreten, schreit Georgie beim Anblick der seltsamen Wände auf. Ich kann es ihr nicht verdenken, dass sie überrascht ist. Die Wände sind mit einer dünnen Eisschicht bedeckt, aber es lässt sich nicht leugnen, dass sie von einer beunruhigenden Gleichförmigkeit sind. Es sieht aus, als hätte eine riesige Hand den Berg an einer Seite ausgehöhlt und die Wände geglättet. Aber es gibt Felle, Holz und eine gespannte Tierhaut, die wir vor dem Eingang aufhängen können. Ich stelle Georgie auf die Füße und bereite die Höhle vor.

Zu meiner Überraschung fängt sie sofort an, mit dem was vorhanden ist, ein Lagerfeuer aufzuschichten, während ich den Eingang mit dem Behang verschließe. Sie schenkt mir ein schüchternes Lächeln. »Ichwillernnwiedasgeht.«

Mein Herz klopft vor Stolz. Ich gehe zu ihr und nehme ihr kleines Gesicht in die Hände. Sie ist wunderschön mit der flachen Nase und allem, und ich kann nicht aufhören, sie anzufassen.

Lächelnd sieht sie zu mir auf, und mein Khui beginnt gleichmäßig in meiner Brust zu dröhnen. Das Feuer kann warten. Mein Khui und mein Körper verzehren sich schon seit dem Morgen nach ihr. Wenn es noch länger dauert, könnte mein Verlangen schmerzhaft werden. Ich zupfe am Kragen ihrer Lederkleidung.

Georgie kichert, was wirklich süß klingt. Sie drückt ihre kleine kalte Hand auf meine Brust, genau dorthin, wo mein Khui unter meiner Haut vibriert. »Ichliebeswenndu-schnurrst«, sagt sie leise. Dann schaut sie mich mit ihren seltsamen weißen Augen an und legt den Kopf in den Nacken, damit ich sie küssen kann.

Ich packe sie und ziehe sie an mich, wobei ich auf ihr verletztes Handgelenk achtgebe. Ich will sie überall berühren. Sie überall kosten. Der Khui in mir verlangt, dass wir uns paaren, und es ist ein Ruf, dem ich folgen werde. Also küsse ich sie, wie sie es will, und meine Lippen bewegen sich über ihre, bevor ich meine Zunge in ihren Mund gleiten lasse, um sie zu kosten. Dieser Kuss fühlt sich anders an als alles, was ich je erlebt habe, und ich bekomme nicht genug davon, Georgie zu küssen. Ich liebe es, wenn ihre glatte Zunge über meine streicht.

Und sie hungert genauso nach meiner Berührung. Ihre Finger reißen an ihrer Kleidung, um ihre Brüste für mich zu befreien. Bei dem Anblick entweicht mir ein Stöhnen, und ich lasse mich auf die Knie fallen, um eine ihrer weichen Brustwarzen in den Mund zu saugen. Ich liebe ihre Brüste, die zugleich ähnlich und anders sind als die der Frauen meines Volkes. Ihre rosige Brustwarze verhärtet sich, als ich sie berühre, aber es fühlt sich immer noch so an, als würde ich mit den Fingern über glattes Leder streichen. Ich frage mich, wie wohl menschliche Sprösslinge aussehen und ob ihre Mütter auch solch weiche, zarte Wölbungen aufweisen. Ich stelle mir meinen Spross in ihr vor und drücke sie fest an mich.

Unser Kleines. Teils Sa-Khui, teils Mensch.

»Mmm«, sagt sie leise, und ich weiß nicht, ob sie summt oder ob das eins ihrer seltsamen Menschenworte ist. Ich lecke an ihrer Brust, um sie abzulenken, und sie stöhnt. Dann umfasst sie mit einer Hand meinen Schwanz und streichelt mich durch das Leder meiner engen Hose.

Bei dieser Berührung verliere ich fast die Kontrolle. Mit einem Zischen ziehe ich die Knoten auf, die meine Kleidung an meinen Hüften halten, und befreie meinen Schwanz. Die Paarung wird diesmal schnell vorbei sein und nicht besonders elegant werden. Aber das kümmert mich nicht. Nach den Lauten zu schließen, die Georgie von sich gibt, und der Art, wie sie meinen Schwanz drückt, gehe ich davon aus, dass es sie auch nicht schert.

»Du bist mein Ein und Alles«, sage ich zu ihr, während ich ihre Brüste liebkose. Ich koste zuerst die eine, dann die andere und genieße die leisen Geräusche, die sie von sich gibt. Ihre Haut zieht sich bei meiner Berührung zusammen, und der Duft ihrer Erregung liegt in der Luft. Bei dem Gedanken daran, sie zu kosten, läuft mir das Wasser im Mund zusammen, und ich küsse ihren flachen Bauch, der im nächsten Sommer über unserem Spross gerundet sein wird.

Doch an den Nachwuchs kann ich auch später denken, denn ich will Georgie jetzt. Ich ziehe an ihren ledernen Beinkleidern, bis die dunklen Locken zwischen ihren Schenkeln erscheinen. Sie streift ihre Hose ganz herunter, schüttelt sie ab und zerrt dann an meiner, um das Gleiche für mich zu tun. Auf diese Weise entkleiden wir uns gegenseitig.

Georgie zittert ein wenig und tritt dicht an mich heran, damit ich meine Wärme mit ihr teile. Dann drücke ich meine Gefährtin an mich, hebe sie hoch und suche als Nächstes nach den Fellen in der Höhle. Unterdessen drückt sie mir Küsse aufs Gesicht, streift mit den Fingern über meine Hörner und murmelt leise Worte.

Danach lege ich sie auf das Fell nieder, und sie sieht wunderschön und verführerisch aus, meine seltsame Menschenfrau. Ich bedecke ihren kleinen Körper mit meinem größeren, und sie schlingt ihre Beine um meine Taille, während ihre Füße über meine zuckende Rute streichen.

Mit beiden Händen liebkost sie meine Hörner, so wie sie meinen Schwanz liebkost hat, streichelt zuerst das eine, dann das andere, und das Gefühl entlockt mir ein Stöhnen. Ich fasse zwischen ihre Beine, und es ist dort feucht und glitschig, ihr Körper so hungrig nach mir, wie ich Lust auf sie habe. Ich will sie schmecken, also drücke ich den Kopf zwischen ihre Schenkel.

Sie macht ein leises Geräusch und öffnet mir die Beine

noch weiter, heißt mich willkommen. Anschließend fahre ich mit der Zunge über ihre süße Muschi und genieße ihre leisen Schreie. Ihr Aroma ist berauschend und steigt mir zu Kopf, und ich verliere mich in der Liebkosung ihres Körpers. Ich lecke und sauge an jedem Stückchen Haut, und meine Zunge schmeichelt ihr immer mehr von ihrem Nektar ab. Ein verräterisches Beben durchläuft sie, und mit jedem Streicheln meiner Zunge presst sie die Schenkel fester an meinen Kopf mit den Hörnern. Sie ist kurz davor zu kommen, meine Georgie. Und ich will in ihr sein, wenn sie so weit ist.

Ich verändere meine Stellung, sodass die Spitze meines Schwanzes in sie hineingleitet. Sie fühlt sich unglaublich in meinen Armen an. Feucht und willig und so unbeschreiblich weich. Ich dringe in sie ein, und sie schnappt nach Luft und klammert sich an mich. Ihre Muschi spannt sich eng um meinen Schwanz, umgibt ihn wie ein enges Beinkleid. Das Gefühl ist einfach der Wahnsinn, und ich schließe die Augen und koste es aus. Mein Khui antwortet und summt in mir. Bald werde ich spüren, wie auch ihr Khui auf meinen antwortet.

Und das muss bald geschehen, denn sonst wird Georgie nicht überleben.

Der Gedanke jagt mir einen Angstschauer über den Rücken, und ich presse mich an sie, drücke sie an meine Brust. Nein. Sie gehört mir. Ich muss sie behalten. Mit einem Stöhnen gleite ich wieder in sie hinein und spüre, wie ihr Körper sich meinem ergibt.

Georgie keucht auf. »Vektal. O ja!«

Ich ziehe mich zurück und lasse mich wieder in sie hineingleiten, und ihre Beine zucken und umklammern mich dann noch fester. Ich stoße immer wieder in sie hinein, und das Verlangen beschleunigt meine Bewegungen. Ihre Schreie werden lauter, je schneller ich zustoße, und als ihre heiße Wärme sich um meinen Schwanz krampft, spüre ich, noch bevor sie aufschreit, wie ihr Orgasmus durch sie hindurchrast.

Mein eigener Khui antwortet, ich stoße ein letztes Mal in sie hinein und ergieße mein Sperma in sie. Während ich komme, halte ich sie ganz fest und streichele ihr Haar, mein eigener Körper in seiner Lust gefangen. Sie berührt mich, ihre Hände flattern über meine Haut, und sie stammelt süße, unverständliche Worte.

Als all mein Sperma aus meinem Körper gepresst ist, drücke ich meinen Mund auf ihren, rolle mich dann auf die Seite und ziehe sie an mich, unsere beiden Leiber immer noch miteinander verbunden. In dieser Stellung würde ich am liebsten die ganze Nacht verharren. Während ich meine Gefährtin in den Armen halte, löst sich meine Erschöpfung in Luft auf. Schon jetzt überlege ich, wie ich sie erneut dazu bringe, vor Lust zu schreien.

Als ich sie streichele, spüre ich, wie ihre Muschi erneut um meinen Schwanz herum bebt. Einige wenige Berührungen würden genügen, und sie würde noch einmal aufschreien. Dieser Gedanke bringt mich dazu, sie enger an mich zu ziehen.

Plötzlich stützt sie sich auf einen Ellbogen. »Waswadas?«

Ich berühre sie am Arm. »Wie?« Einmal mehr wünschte ich, ich würde die Sprache der Menschen sprechen.

Georgie klopft mir auf die Hand, um meine Aufmerksamkeit zu erregen, dann zeigt sie auf etwas. »Ichhabeinlichtblinknsehn. Waswadas?«

Sie zeigt wieder auf die gegenüberliegende Wand, und

tatsächlich, unter dem Eis blinkt ein Stern und verblasst dann wieder. Ah. »Dies ist die Höhle der Ahnen. Die Höhle der Sterne. Sie ist voller Magie. Das ist es, was du siehst.«

Aber sie löst sich aus meinem Griff und krabbelt aus den Fellen. Ich verspüre ein Gefühl des Verlusts, als mein Schwanz aus ihrem warmen Körper gleitet, doch sie hat jetzt anderes im Sinn. Also richte ich mich auf und sehe zu, wie sie aufsteht und zu der gegenüberliegenden Wand läuft. Sie drückt das Gesicht gegen das dicke Eis und beobachtet, wie das Licht langsam wieder zu blinken beginnt. Dann sieht sie erneut zu mir.

»Vektal«, flüstert sie, und in ihrer Stimme schwingt Aufregung mit. Neue Aufregung. »Isdaseinraumschiff?«

TEIL 5

Georgie

Ach du Scheiße, es ist ein Raumschiff.

Keine Ahnung, wieso ich das nicht früher bemerkt habe.

Oder vielmehr, ich weiß es ganz genau. Nach unserem Marsch war ich so müde, dass mein Hirn total vernebelt war und ich nur die Rettung der anderen im Kopf hatte. Vektal schien eine ähnliche Dringlichkeit zu empfinden; flinker als eine Bergziege durchquerte er Täler und kletterte steile Felswände hinauf, während ich mich an ihn geklammert habe. Ich habe mich einfach bloß an ihm festgehalten, aber es war trotzdem furchtbar anstrengend. Die Kälte hat nicht nachgelassen, und der Wind fühlte sich an, als würde er mein Gesicht in eine einzige große, kalte Brandwunde verwandeln. Alles in allem hatte ich es jedoch immer noch besser als die anderen, daher habe ich mich nicht beklagt.

Als wir endlich für die Nacht haltmachten, habe ich mir meine Umgebung kaum angesehen. Ja, innen war die Höhle perfekt. Ja, sie befand sich an der Flanke eines Hügels, der anscheinend auch außen eine ovale Form hatte. Ich hatte es zur Kenntnis genommen, war hineingestolpert und zu den warmen Fellen gegangen, von denen ich mittlerweile wusste, dass sie mich drinnen erwarteten.

Erst nach dem Sex, als ich mich entspannt an meinen Außerirdischen schmiegte, sah ich ein Licht aufblitzen.

Ich dachte, meine Augen hätten mich getäuscht, bis es erneut aufblitzte. Dann habe ich mir das Eis endlich richtig angesehen.

Und begriffen, dass die Höhle so perfekt ist, weil es sich dabei um das Innere eines Raumschiffs handelt.

»Es ist ein Raumschiff«, erkläre ich Vektal. Hinter der dicken Eisschicht lässt sich gerade eben irgendeine Art von Kontrollpaneel ausmachen.

Er kneift die Augen zusammen und schüttelt den Kopf. Er versteht mich nicht. »Es Sa-Khui Tokh.«

Das klingt für mich nicht wie »Raumschiff«. Klar, mein großer blauer Barbar würde ein Raumschiff wahrscheinlich gar nicht erkennen, selbst wenn es ihn in seine riesige, von Wülsten überzogene Nase beißen würde. Er trägt Lederklamotten, isst rohes Fleisch und jagt mit Schlingen und Knochenmessern. Wahrscheinlich hat der große Kerl noch nie von einer Raumheizung gehört, geschweige denn von einem Raumschiff.

Ich tätschele seine Brust. »Weißt du was? Ich habe das hier im Griff. Mach dir keine Sorgen.« Ich nehme das Messer, das ich bei mir trage, und fange an, das dicke Eis wegzuhacken, das die Wände bedeckt.

Vektal bremst mich mit einer sanften Handbewegung. Er deutet auf den Stapel mit Holz in der Feuergrube, der immer noch nicht brennt. Oh, er hat recht. Feuer wird das Eis schneller schmelzen lassen. Ich recke mich und gebe ihm rasch einen Schmatzer. »Kluger Mann.«

Er versteht zwar nicht, was ich sage, aber der Kuss gefällt ihm.

Während ich darauf warte, dass das Feuer zu brennen beginnt, betrachte ich die Wände um uns herum und versuche, nicht auszuflippen. Die Eisschicht auf den Wänden ist dick. Vektal ist vertraut mit diesem Ort, der genau wie die anderen Höhlen wie ein Rastplatz ausgestattet ist, was mir verrät, dass das Raumschiff schon sehr lange hier sein muss. Es sieht ganz anders aus als der Frachtraum, in dem die anderen Mädchen gegenwärtig kampieren. Die Chancen, dass die beiden Raumschiffe zu denselben Außerirdischen gehören, sind gering, sage ich mir.

Aber ich mache mir trotzdem Sorgen. Deshalb muss ich mir das Kontrollpaneel selbst ansehen. Ich muss wissen, was wir gefunden haben.

Entweder wir kommen damit vom Regen in die Traufe … oder es ist die Rückfahrkarte nach Hause.

Oder keins von beidem.

Ich brauche Antworten. Ganz gleich, wie müde ich bin, ich werde nicht schlafen können, bevor ich nicht ein paar dieser Fragen beantworten kann.

Als das Feuer endlich lichterloh brennt, greift Vektal nach einem brennenden Stück Holz und reicht mir das ungefährliche Ende. Diese improvisierte Fackel ist miserabel, aber besser als nichts, also trete ich vorsichtig damit vor die Wand. Dann halte ich sie an das Kontrollpaneel und beobachte, wie das Eis erst zu schimmern beginnt und schließlich schmilzt. Es dauert lange, bis die Eisschicht aufgetaut ist, doch nach und nach werden immer mehr Instrumententafeln freigelegt. Ich schaue zu Vektal hinüber, und auch ihn scheint diese Entdeckung zu verunsichern.

Es sieht anders aus als die glatten, nackten Wände des Raumschiffs der Außerirdischen, in dem ich meine Bruchlandung hatte. Nun gut, ich konnte mir nicht viel anschauen, abgesehen von dem, was ich für den Frachtraum halte, aber das hier sieht ganz anders aus. Das Paneel, das ich freigelegt habe, ist erhöht, hat Hunderte von Schaltern und blinkt regelmäßig. Es erinnert mich an elektronische Geräte im Stand-by, und ich frage mich, ob das bedeutet, dass alles noch funktioniert.

Ob das bedeutet, dass wir nach Hause fliegen können.

Ich werfe einen verstohlenen Blick auf Vektal. Seine auf eine primitive Weise schönen Gesichtszüge haben sich zu einem Stirnrunzeln verzogen, als sei er sich nicht sicher, was er von alledem halten soll. Mir gegenüber war er einfach wundervoll. Und der Sex? Okay, also der Sex ist der helle Wahnsinn. Doch dieser Ort ist grässlich. Hier ist es kalt und scheußlich, und ich weiß nicht, ob ich hierbleiben will, wenn es eine Möglichkeit gibt, nach Hause zu gelangen.

Falls es seine solche Möglichkeit gibt, rufe ich mir ins Gedächtnis. *Falls.*

Ich bringe meine flackernde Fackel zum Feuer zurück und untersuche anschließend noch einmal die Paneele. Ich sehe jede Menge Schalter und ein einzelnes blinkendes Licht, aber keine Monitore. Ist es ein Fehler, darauf zu hoffen, dass das Ding funktioniert? Ich beuge mich vor und versuche, mehr zu erkennen. Bei dem blinkenden Licht handelt es sich tatsächlich um einen Knopf mit einem komischen verschnörkelten Schriftzeichen darauf. Ich trete vor, bereit, auf den Knopf zu drücken, doch dann halte ich inne.

Ist es dumm, auf einen seltsamen Knopf in einem noch seltsameren Raumschiff zu drücken?

Ja, allerdings ist es das.

Habe ich viele Optionen? Ich überlege, wofür dieser Knopf gut sein könnte. Er könnte ein Notsignal sein. Er könnte zu einem Sicherheitssystem gehören. Es könnte aber auch zu gar nichts nutze sein. Will ich es riskieren?

Ich schaue noch einmal zu Vektal hinüber.

Tatsächlich wird mir klar, dass ich es nicht riskieren will. Ich würde mich gern umdrehen und mit ihm von hier verschwinden. Ich weiß, dass ich bei ihm in Sicherheit bin. Vielleicht könnte ich sogar glücklich mit ihm sein. Aber diese Option haben die anderen Frauen nicht. Sie haben keinen großen, wunderbaren Außerirdischen, der sie auf Händen trägt und ihnen jeden Wunsch von den Augen abliest.

Also hole ich tief Luft und drücke auf den blinkenden Knopf.

Ich höre ein Klicken.

Nichts passiert.

Also das ist enttäuschend.

Als Nächstes setzt ein Sirren ein, wie das Summen eines Geräts, das online geht. Eine weiche, androgyne Stimme sagt etwas in einer fließenden, mir unbekannten Sprache. Lämpchen leuchten auf und beginnen zu blinken. Es folgt ein Geräusch, dann ein Zischen wie von einer Lüftung, die gerade eingeschaltet worden ist.

Vektal packt mich und zerrt mich hinter sich, anschließend zieht er eine seiner Klingen hervor, um mich zu beschützen.

Ich bin ängstlich genug, mich sekundenlang hinter seinem Rücken zu verstecken. Danach tätschele ich ihm noch einmal den Arm und trete vor.

»Schon gut«, sage ich. »Ich denke, irgendetwas fährt einfach nur, äh … den Betrieb hoch.« Ich nähere mich dem Paneel.

Als ich das tue, erklingt noch einmal die Stimme. Diesmal hebt die Person am anderen Ende die Stimme, sodass es fast wie eine Frage klingt.

Fragt sie uns etwas? »Ich verstehe Sie nicht«, sage ich laut.

Dann sirrt und zirpt es wieder. Ein dreidimensionales Bild von der Erde erscheint vor mir in der Luft. »Abfrage«, sagt die Stimme. »Sprache: Erdenenglisch. Ist das korrekt?«

Ich schnappe nach Luft. »Ja! Ja, das ist korrekt! Sie können Englisch?«

»Die künstliche Intelligenz dieses Raumschiffs ist so programmiert, dass sie über zwanzigtausend gängige Sprachen beherrscht. Möchten Sie die Sprachauswahl verändern? Wenn ja, sagen Sie ...«

»Nein«, rufe ich schnell. »Bleiben Sie bei Englisch!« Ich deute auf das Bild der Erde, die sich in der Luft dreht. »Das ist mein Planet!«

»Eingaben angenommen. Bitte warten Sie, bis das System endgültig online ist, bevor Sie eine Anfrage stellen.«

»Ich ... in Ordnung.« Ich sehe Vektal mit großen Augen an. Er scheint genauso erstaunt zu sein wie ich. Er legt mir einen Arm um die Schulter und zieht mich enger an sich, damit wir für alles gewappnet sind. Es ist seltsam tröstlich.

Der Computer summt noch einen Moment, dann streicht ein warmer Lufthauch über mein Gesicht. »Umgebungskontrollen online. Ideale Wohlfühltemperatur für Menschen liegt bei zweiundzwanzig Grad Celsius oder zweiundsiebzig Grad Fahrenheit. Ideale Temperatur für modifizierten Sakh liegt bei drei Grad Celsius oder siebenunddreißig Grad Fahrenheit. Was soll ich einprogrammieren?«

»Modifizierter Sakh?«, frage ich.

»Der Mann an Ihrer Seite ist eine Sakh-Lebensform, modifiziert für das Leben auf diesem Planeten.«

Oh. »Entstammt er denn nicht diesem Planeten?« Ist Vektal ebenfalls ein Fremder? »Die Sakh kommen ursprünglich von einem Planeten, den sie in ihrer Sprache Kes oder ›Zuhause‹ nennen. Dieser Planet ist fünf Komma acht Millionen Parsec von Ihrem Planeten Erde entfernt.«

Das klingt … ziemlich weit weg. Mir wird schwindelig. Ich habe so viele Fragen, dass ich nicht weiß, welche ich als erste stellen soll. »Ich … was ist das für ein Ort hier?«

»Dieser Planet hat viele Namen, abhängig von der Sprache. Ihre Spezies hat dieses Sonnensystem noch nicht entdeckt. Unser gegenwärtiger Standort ist der zweite Planet in diesem binären Sonnensystem. Diese spezielle Welt braucht dreihundertzweiundsiebzig Komma fünf Tage, um die Sonnen zu umrunden, und dreht sich alle siebenundzwanzig Komma zwei Stunden um die eigene Achse. Die gegenwärtige Temperatur ist …«

»Kalt. Ja. Ich weiß.« Ich wedele mit einer Hand, weil mir keine dieser Informationen irgendwie weiterhilft. »Also, wenn er nicht von hier ist«, sage ich und zeige auf Vektal, »wie ist er dann hierhergelangt?«

»Dieses Raumschiff war ursprünglich ein Vergnügungskreuzer der Sakh«, spricht die melodische Stimme weiter. »Aufgrund eines Solarsturms war die Crew gezwungen, Zuflucht auf dem nächstbesten bewohnbaren Planeten zu suchen, auf dem Sie sich gegenwärtig befinden. Es gab technische Schwierigkeiten.«

»Technische Schwierigkeiten?« Es klingt absurd. »Tatsächlich?«

»Dieses Raumschiff ist auf einen spezifischen Piloten programmiert. Der Pilot hat einen Herzinfarkt erlitten, und ein zweiter war für das Schiff nicht zu bekommen. Ein Notsignal wurde abgegeben, das aber versagt hat. Weitere Signale wurden nicht gesendet.«

Also ist Vektals Volk ebenfalls hier gestrandet? »Wann war das?«, frage ich und fühle mich angesichts dieser neuen Information ein wenig schwach.

»Das fragliche Ereignis liegt zweihundertsiebenundachtzig Jahre zurück. Bitte beachten Sie, dass die in diesem System angegebenen ›Jahre‹ auf der Grundlage der Umlaufbahn dieses Planeten gegenüber der Erde berechnet werden.«

Und das Jahr dauert hier länger. Mein Gott. Ich sehe Vektal mit großen Augen an. Er mustert mich neugierig, und die Ungeduld steht ihm ins Gesicht geschrieben. Ich weiß, dass er Fragen hat, und mein Gespräch mit dem Computer wirft für ihn wahrscheinlich weitere auf.

Aber auch ich habe noch Fragen, daher bleibe ich noch ein Weilchen egoistisch. »Wie viele seines Volkes sind hier abgestürzt?«

»Das Logbuch verzeichnet zweiundsechzig Passagiere und einen Piloten. Viele sind noch gestorben, bevor sie den Symbionten angenommen haben.«

Das lässt mich aufmerken. »Symbiont?«

»Die Definition für ›Symbiont‹ lautet: ein Organismus, der in Symbiose mit einem anderen Organismus lebt.«

Die Sache wird mir immer unheimlicher. »Moment mal … Vektal hat einen … Organismus in sich?«

»Die Atmosphäre dieses Planeten enthält ein Element, das sowohl für Menschen als auch für Sakh toxisch ist. Es handelt sich um ein gasförmiges Element ähnlich dem Stickstoff, welches die Menschen noch nicht entdeckt haben, da es auf der Erde in keiner Form vorkommt. Ihr Körper ist nicht dazu in der Lage, es aus der Luft zu filtern. Sobald Sie toxische Werte des Elements erreichen, wird Ihr Körper nach und nach abschalten. Der Sakh an Ihrer Seite existiert in Symbiose mit einer Kreatur, die sie als Khui bezeichnen.«

»Khui«, macht Vektal sich plötzlich bemerkbar. Er stellt dem Computer eine Frage, und dieser antwortet ihm sofort. Dann nickt er und sieht mich an.

»Ich habe ihm mitgeteilt, dass ich Ihnen erklären werde, wie der Khui in der Atmosphäre funktioniert«, wendet der Computer sich wieder an mich.

Ich reibe mir die Stirn. »Ich verstehe das nicht. Also muss man dieses Khui-Dings in sich haben, oder ... man stirbt?«

»Der Khui stärkt den Körper seines Wirts und nimmt subtile Modifikationen vor, um es ihm zu ermöglichen, in einer feindlichen Umgebung zu existieren. Die ursprünglich auf diesem Planeten Gestrandeten haben acht Tage ohne die symbiotische Beziehung überlebt.«

Acht Tage? Alles, was ich habe, sind acht verdammte Tage? »M... Modifikationen?«, wiederhole ich schwach. Mir ist übel. Also habe ich entweder einen Parasiten in mir oder ich sterbe?

»Der Khui modifiziert seinen Wirt. Genetisch modifizierte Khui-Symbionten sind dann in der Lage, bei niedrigeren Temperaturen zu überleben und die für den Körper unverträglichen Chemikalien aus der Luft herauszufiltern. Der Khui verbessert die Fähigkeit des Wirts, sich von Verletzungen und Krankheiten zu erholen, und er stellt die Zeugung lebensfähiger Nachkommen sicher.«

O Gott. Also bekomme ich einen kälteresistenten Parasiten oder ich muss sterben. »Was ist, wenn ich dieses Khui-

Dingsda jetzt annehme und es entfernen lasse, wenn ich fortgehe? Kann ich das?«

»Sobald der Khui implantiert ist, sind er und sein Wirt voneinander abhängig. Der Khui kann nicht länger als einige Minuten außerhalb seines Wirts existieren, und der Wirt würde einen Ersatz-Khui brauchen, um zu überleben.«

Und da dachte ich, dass der Aufenthalt auf Not-Hoth mit meinem sexy Barbaren besser wäre, als darauf zu warten, dass die kleinen grünen Männchen zurückkommen. Wenn ich mich entscheide hierzubleiben, kann ich nie wieder von hier fort. Mein Parasit und ich ... für immer vereint.

Puh.

Aber wenn ich den Parasiten nicht bekomme, habe ich nur noch wenige Tage zu leben. Jetzt nicht einmal mehr eine Woche. Die kleinen grünen Männchen müssen wissen, dass wir Menschen auf diesem Planeten nicht lange überleben. Das bedeutet, dass sie entweder nicht die Absicht haben, uns abzuholen ... oder sie kommen sehr, sehr bald zurück. Bei dem Gedanken schnappe ich nach Luft.

Unsere Chancen stehen nicht gut. Ich muss die anderen von dort wegholen, und zwar schnell.

Ich würde dem Computer gern weitere Fragen stellen, aber das Wohl der anderen hat Priorität. Immer einen Schritt nach dem anderen – wir müssen die Frauen retten, und dann können wir uns immer noch etwas wegen dieser Khui-Sache überlegen. Ich drehe mich zu Vektal um. »Wir müssen reden.«

Er berührt mein Gesicht, und seine blauen Augen leuchten zärtlich. »Sa-akh mevolo.«

»Scheiße. Du verstehst mich nicht.« Ich drehe mich zu

dem Computer um. »Können Sie bitte für mich übersetzen?«

»Das ist eine der Funktionen dieser Einheit«, sagt der Computer in freundlichem Ton. »Würden Sie gern den Sakh-Dialekt lernen, den er spricht?«

»Sie ... Sie könnten mir das beibringen?«

»Ich kann einen einmaligen linguistischen Upload durchführen. Wollen Sie das?«

»Natürlich.« Ich möchte in der Lage sein, eine richtige Unterhaltung mit Vektal zu führen. »Bitte.«

Ein kleiner roter Kreis erscheint in der Luft. »Treten Sie bitte näher an die markierte Stelle heran.« Als ich das tue, gibt mir der Computer zusätzliche Anweisungen. »Ich werde einen Retina-Scan durchführen. So lange blinzeln Sie bitte nicht, und versuchen Sie auch, sich nicht zu bewegen. Das könnte die Übertragung von Informationen stören. Sie werden in drei Sekunden verbunden ... zwei ... einer ...«

Ein leises Summen hebt an. Ich stehe reglos da und versuche, nicht zu blinzeln, während ein roter Laser in meine Augen leuchtet.

»Vielleicht werden Sie ein gewisses Unbehagen verspüren, während Ihr Gehirn die Information verarbeitet«, teilt der Computer mir mit. Kurz darauf schießt eine Flut von Symbolen durch mein Gehirn, und mein Kopf fühlt sich an, als würde er explodieren.

Vektal

Meine Gefährtin bricht zusammen, und mein Khui trommelt entrüstet gegen meine Brust. Ich halte sie fest, bevor sie zu Boden sinken kann. »Georgie!«

»Bitte rechnen Sie mit einigen Minuten Erholungszeit«, dringt die seltsame Stimme aus den Wänden.

Ich knurre die Stimme an, knurre die Luft an. Ich weiß nicht, woher diese gesichtslose Stimme kommt, aber wenn sie meiner Georgie etwas zuleide getan hat, werde ich diese Höhle bis auf ihre seltsam aussehenden Felssteine in Stücke reißen und in das eisige Meer werfen. Während ich meine Gefährtin an meine Brust drücke, kann ich vor lauter Angst nicht atmen. Ich lege ihr eine Hand aufs Herz, auf dem sie keinen schützenden Panzer hat. Sie ist so weich und so verletzlich, meine arme Menschenfrau.

Aber ihr Herz klopft gleichmäßig in ihrer Brust, und ich stoße vor Erleichterung die Luft aus. Dann drücke ich die Lippen auf ihre seltsame, glatte Stirn und halte sie in den Armen, während es im Raum unangenehm warm wird.

Wieder erklingt die körperlose Stimme. »Stand-by. Geben Sie bitte zu erkennen, ob Sie Fragen an diese Einheit haben. Anderenfalls werde ich wieder in den Ruhemodus gehen.«

Ich presse Georgie fest an mich und streichele ihr Haar, ihr Gesicht, ihre kühle Haut, die nicht genug Wärme speichern kann, dass sie es angenehm hat. Die merkwürdige Stimme ignoriere ich, auch wenn sie jetzt meine Sprache spricht. Als Georgie in ihrer eigenen Sprache mit der Stimme geplaudert hat, hat diese einen roten Strahl durch ihren Kopf geschossen, und meine Gefährtin hat das Bewusstsein verloren. Ich will nicht, dass das Gleiche mit mir passiert, daher kneife ich die Augen zusammen, um nicht direkt in die blinkenden Lichter zu schauen, und warte.

Die immer noch schlafende Georgie dreht das Gesicht zu mir und drückt sich an meine Brust. »Mmm.«

»Georgie?«, frage ich und berühre ihre Wange. »Geht es dir gut?«

Sie öffnet blinzelnd die Augen, und das bleiche, hässliche Weiß mit dem hellen blauen Kreis in der Mitte ist das Schönste, was ich je gesehen habe. »Oh. Ich höre dich«, sagt sie in meiner Sprache. »Deine Worte. Sie sind ...« Sie denkt einen Moment lang nach, dann breitet sich ein Lächeln auf ihren Zügen aus. »Wunderlich.«

»Wie hast du meine Sprache gelernt?«, frage ich sie geschockt.

Sie legt den Kopf schräg und zieht für eine Sekunde auf entzückende Weise die Nase kraus. Es ist, als würde sie über etwas nachdenken. Dann lächelt sie wieder. »Die Worte sind etwas anders als die in meinem Kopf. Vielleicht ist das der Diehaleckt, den der Kompjuthor hat.« Einige ihrer Worte sind nicht meine. Sie ergeben keinen Sinn.

»Kompjuthor?«, frage ich.

Georgie gestikuliert. »Die Stimme. Das Raumschiff. Es hat mir deine Sprache beigebracht.«

»Magie?«, frage ich zweifelnd. Die einzige Magie, die ich kenne, ist Khui-Magie, und die lehrt keine Sprachen.

Sie kichert, was hell und entzückend klingt. Danach

werden ihre Augen wieder ein wenig matter, und sie reibt sich die Stirn. »Keine Magie«, sagt sie. »Wissen. Wahrscheinlich habe ich es nicht richtig erklärt.« Sie schließt wieder die Augen und drückt sich an meine Brust. »Mir tut der Kopf weh. Würdest du mich noch ein wenig im Arm halten?«

»Solange du willst«, verspreche ich ihr und wiege sie sanft. Mein Khui pocht in meiner Brust, und fürs Erste bin ich zufrieden. Voller Fragen und ziemlich erstaunt, aber zufrieden.

»Iss«, dränge ich meine Gefährtin und biete ihr meine Ration an.

Georgie gibt einen Würgelaut von sich und schüttelt den Kopf. »Dieses Zeug brennt auf der Zunge. Es treibt mir immer noch die Tränen in die Augen.«

Ich spähe in ihr kleines Gesicht, und sie hat recht; ihre hellen Augen glänzen feucht. Neugierig beschnuppere ich die Verpflegung. Sie hat einen leicht würzigen Geschmack, aber er müsste eigentlich angenehm sein und dürfte keinen Brechreiz auslösen. »Menschen haben schwache Zungen.«

»Von wegen.« Sie wirft mir einen verärgerten Blick zu. »Haben wir nicht.«

»Schwache Zungen, schwache Augen, schwache Körper«, murmele ich und genieße den irritierten Ausdruck auf Georgies Gesicht. Es ist so ein Vergnügen, mit ihr sprechen zu können – wirklich mit ihr sprechen zu können – und sie aufzuziehen. »Schwach an vielen, vielen Stellen … aber mit einer köstlichen Muschi.«

Sie wird rot und schlägt mir mit ihrer unversehrten Hand auf den Arm. Der Anflug eines Lächelns zieht ihre

Mundwinkel hoch. »Du denkst wohl immer an Sex, was?«

»Es ist schwer, das nicht zu tun, wenn meine Gefährtin so weich und schön ist.« Ich streichele mit einem Finger über ihre Wange.

Bei meinen Worten wird sie ernst. »Vektal ... ich bin nicht deine Gefährtin.«

»Doch, das bist du. Mein Khui hat dich auserwählt. Wenn du einen Khui empfängst, wird er für meinen summen. Wart's nur ab.«

Sie schüttelt den Kopf. »Menschen erwählen sich ihre Gefährten. Ich habe noch niemanden erwählt. Nicht dass du nicht nett wärst«, sagt sie schnell und tätschelt noch einmal besänftigend meinen Arm. »Und ich mag dich, wirklich. Es ist nur so, dass es eine einvernehmliche Entscheidung sein sollte, ein Paar zu werden.«

Eine einvernehmliche Entscheidung? Ist sie verrückt? Sind alle Menschen verrückt? »Es ist keine Entscheidung. Der Khui wählt den Gefährten aus. Er weiß es immer.«

»Aber ich habe keinen Khui.«

»Das werden wir sehr bald in Ordnung bringen«, erkläre ich ihr. »Sobald wir wieder bei meinem Stamm sind, organisieren wir eine Jagd, um einen großen Sa-Kohtsk zu erlegen. Sie haben viele Khui in sich. Wir werden genug für dich und deine Stammesfrauen haben.«

»Vektal«, sagt sie mit unglücklicher Miene, »du hörst mir nicht zu. Ich ... ich weiß nicht einmal, ob ich überhaupt einen Khui haben will.«

Bei ihren Worten gefriert mein Herz zu Eis. »Du brauchst aber einen. Es wäre dein Todesurteil ...«

»Nur wenn ich hierbleibe«, unterbricht sie mich leise. »Ich bin mir nicht sicher. Wenn eine Chance besteht, dass ich nach Hause zurückkehren kann …« Georgie senkt den Blick und schaut dann weg. »Ich habe mich einfach noch nicht entschieden, in Ordnung?«

»Und wo ist dein Zuhause, wenn nicht hier?« Mein Herz beginnt in einem langsamen, unglücklichen Rhythmus zu pochen. Georgie spricht davon, mich zu verlassen, als würde sie nicht dasselbe fühlen wie ich. Als würde ihr Herz bei dem bloßen Gedanken an eine Trennung nicht in Stücke gerissen. Mein Khui hat uns zusammengeführt, aber ich bin stolz darauf, sie als meine Gefährtin zu haben. Ich will keine andere. Weder jetzt noch sonst irgendwann. Das wäre unvorstellbar.

Sie hebt eine Hand und zeigt zur Höhlendecke. »Da oben. Ganz weit weg von hier.«

Ich mustere sie mit zusammengekniffenen Augen. Ich verstehe das nicht.

»Wie in diesem Raumschiff«, fährt sie fort. »Deine Vorfahren sind in diesem Ding von einem anderen Ort hierhergekommen.«

»Das ist die Höhle, aus der meine Vorfahren stammen«, pflichte ich ihr langsam bei. »Aber sie fliegt nicht.« Ich stelle mir eine fliegende Höhle vor, die sich wie ein Vogel über den Himmel bewegt. Der Gedanke ist absurd.

Georgie stößt einen frustrierten Laut aus. »Es ist ein … Raumschiff. Weißt du, was ein Raumschiff ist?« Als ich nicht reagiere, klopft sie mit dem Finger auf ihre Lippen und denkt nach. »Es ist ein Fortbewegungsmittel, das durch die Sterne schwebt, Vektal. Dir ist klar, dass ich nicht von hier stamme, oder? Ich habe keinen Khui. Also kann ich das nicht.«

Ich nicke, denn ich weiß, dass das wahr ist. Aber der Gedanke, dass sie aus den … Sternen … kommt, ist seltsam und bizarr. Unergründlich. Doch es gibt Dinge, die ich nicht beantworten kann. Ihre seltsame Sprache. Ihre Kleidung. Ihr fehlender Khui. »Du … möchtest zu den Sternen zurückkehren?«

Ihre Miene wird weicher, und sie sieht ein wenig traurig aus. Ihre bleichen Augen glänzen für einen Moment, feucht von ungeweinten Tränen. »Ich weiß es nicht. Ich denke, mehr als alles andere hasse ich es, keine Wahl zu haben.«

Also bin nicht ich es, den sie hasst. Mein Khui trommelt wieder in meiner Brust. Ich drücke mir eine Hand darauf. »Dann werde ich mit dir gehen.«

Ihre Tränen versiegen, und ein leises Kichern bricht aus ihr heraus. Dann tritt sie nah an mich heran und drückt mit ihrer unversehrten Hand meinen Arm. Sie lehnt ihre Wange dagegen und seufzt. »Ich wünschte, das könntest du.«

Ich zeichne mit den Fingern ihre weiche Wange nach. Begreift sie es nicht? Wo immer sie hingeht, werde ich ihr mit Freuden folgen. Sie ist mein Herz, die Erweckerin meines Khui, meine Seele. Meine Gefährtin. Es macht mich traurig, dass sie hier bei mir so unglücklich ist.

»Selbst wenn ich bleiben wollte«, sagt sie leise, »kann ich nicht für die anderen entscheiden. Wenn eine Chance besteht, dass wir nach Hause fliegen können, dann muss ich es ihnen überlassen, ihre eigene Entscheidung zu treffen.«

Meine Gefährtin ist ein nobles Wesen. Ich brumme verständnisvoll, obwohl meine animalische Seite sie am liebsten in eine Jagdhöhle zerren und sie dort nackt, wie sie gerade ist, festhalten würde, bis es nicht mehr infrage kommt, dass sie fortgeht.

Aber dann könnte meine Georgie sterben, weil sie keinen Khui hat. Und die anderen Frauen werden ohne Rettung bestimmt nicht überleben. Und all die Männer aus meinem Stamm, die keine Gefährtinnen haben – Dagesh, Raahosh und Haeden und so viele andere –, werden dieses Glück niemals kennenlernen. Genau wie Georgie kann ich nicht so grausam sein.

»Wir müssen deine Freundinnen in Sicherheit bringen«, sage ich. »Wenn wir uns beeilen, schaffen wir es bis heute Abend zu meinen Stammeshöhlen. Wir können die besten Jäger um uns scharen und morgen früh zu ihnen zurückkehren.«

»Dann lass uns das tun«, erklärt sie, und die Entschlossenheit verleiht ihrer Stimme Festigkeit. »Jeder Augenblick, der verstreicht, ist ein weiterer Moment, in dem ich mich schuldig fühle.«

»Schuldig?«, wiederhole ich und nehme ihr kleines Gesicht in die Hände und hebe es an, damit sie mir in die Augen sehen kann. »Warum schuldig?« Wieso trägt meine Gefährtin eine solche Bürde?

Sie wird ganz verlegen. »Weil ich hier bei dir bin, im Warmen, glücklich und mit genug zu essen. Sie haben das alles nicht.«

Ah. Mit dem Daumen streiche ich über ihre vollen Lippen. »Und weil mein Schwanz dich vor Wonne aufschreien lässt?«

Sie wird schon wieder rot und zieht den Kopf ein. »O ja«, sagt sie in ihrer Sprache. Dann fügt sie in meiner hinzu: »Lass uns über so etwas nur reden, wenn wir allein sind.«

Ihre Worte erheitern mich. Ist meine Gefährtin schamhaft? Ist es das, was ihre geröteten Wangen bedeuten? Eine Sa-Khui-Frau bekommt eine leichte Röte am unteren Ende ihrer Hörner, wenn ihr etwas peinlich ist, aber Georgie hat keine Hörner. »Es ist nichts als Geturtel unter Liebenden, du, die du meinen Khui in Schwingungen versetzt.«

Sie legt den Kopf schräg. »Ich versetze deinen Khui in Schwingungen? Was bedeutet das?« Ich greife nach ihrer kleinen Hand, ihrer unverletzten, und drücke sie mir auf die Brust. Mein Khui reagiert und summt in einem zufriedenen Rhythmus. »Das hier. Nur du kannst zu ihm sprechen. Nur du lässt den Khui in meiner Brust vor Glück summen. Es ist ein Zeichen, dass man seinen Gefährten gefunden hat.«

Ihre Lippen öffnen sich, und sie sieht erschrocken zu mir auf. »Und ich dachte, du würdest schnurren.«

»Schnurrn? Dieses Wort kenne ich nicht.«

»Wie eine Katze.«

»Katze? Eine Schneekatze?« Ich denke an die hässlichen Kreaturen mit Schnurrhaaren und zotteligem Fell am ganzen Leib. Allerdings erinnere ich mich nicht daran, dass sie je geschnurrt hätten. Immerhin schmecken sie köstlich.

Georgie kichert. »Weißt du was? Vergiss es. Wir sollten langsam losziehen.«

Sie erhebt sich und zieht ihre Kleidung zurecht. Wir haben gegessen und sind abmarschbereit, nur dass mich ein seltsames Widerstreben erfüllt, unseren Weg fortzusetzen. Wenn ich es tue, räume ich die Möglichkeit ein, meine Georgie vielleicht nicht behalten zu dürfen.

Der Gedanke macht mich so unglücklich, dass ich schwanke. Ich drücke das Gesicht an ihren Bauch und lege auf der Suche nach ein klein wenig Frieden die Arme um sie. Die Vorstellung, ich könnte meine süße Khui-Gefährtin verlieren, kurz nachdem ich sie gefunden habe, ist einfach unerträglich.

»Oh, Vektal«, sagt sie leise und streichelt zärtlich meine Hörner. »Ich wünschte, ich müsste bloß für mich allein denken. Dann wäre es einfacher.«

»Es ist einfach«, antworte ich und drücke mein Gesicht an ihren in Lederkleidung steckenden Körper. Trotz der Schichten, die sie bedecken, kann ich ihren wunderbaren Duft riechen. Ich sehne mich danach, sie noch einmal zu kosten. »Nimm den Khui an. Nimm mich an.«

Sie schweigt, aber sie hört nicht auf, mich zu berühren, und streichelt über meine Haut, über meine Hörner, was sich anfühlt wie eine liebevolle Umarmung. Es kann einfach nicht anders sein, als dass sie etwas für mich empfindet. Doch sie sagt nur leise: »Ich brauche die Freiheit, meine eigene Entscheidung zu fällen. Mir ist so viel genommen worden. Ich brauche etwas, worauf ich für mich selbst Anspruch erheben kann. Wenigstens im Moment. Lass mir diese Freiheit.«

Ich schaue sie an, schaue in ihr trauriges Gesicht. »Du weißt, dass ich dir nichts abschlagen kann.«

Ihr Lächeln ist süß. Traurig. »Ja, das weiß ich.«

Georgie

Den ganzen Tag grübele ich über meine Optionen nach, während Vektal sich mit mir auf dem Rücken unbeirrbar durch eine Schneewehe nach der anderen kämpft.

Obwohl ich mein Bestes tue, es zu leugnen, ist es durchaus möglich, dass es uns niemals gelingen wird, nach Hause zurückzukehren. Wenn Vektals Vorfahren hier gestrandet sind, kommen wir wahrscheinlich ebenfalls nicht wieder nach Hause, ganz gleich, wie sehr wir uns darum bemühen. Wir können natürlich auch auf die kleinen grünen Männchen warten und versuchen, ihr Schiff zu kapern, und sie dazu zwingen, uns heimzubringen.

Oder wir verlassen mit ihnen den Eisplaneten und versuchen unser Glück, indem wir uns wie Vieh verkaufen lassen.

Oder wir nehmen den Parasiten in uns auf – Verzeihung, den Symbionten – und machen das Beste aus der Situation hier mit Vektal und seinem Volk.

Wenn es allein meine Entscheidung wäre, wäre es vermutlich einfach. Auch wenn der Gedanke, die Erde und meine Freunde und meine Familie hinter mir zu lassen, mich schmerzt, könnte ich mir ein Leben mit Vektal als schön und glücklich vorstellen. Ich freue mich jetzt bereits immer auf sein Lächeln und darauf, seiner Haut an meiner zu spüren. Ich liebe sein brummendes Lachen.

Ich liebe es, dass ich nun verstehe, was er sagt.

Wenn es nur um mich ginge, wäre ich definitiv im Team Vektal.

Doch ich habe das Gefühl, als müssten wir Menschen zusammen zu einer Entscheidung kommen. Ich will die anderen nicht beeinflussen. Ich hatte Glück und habe Vektal bekommen, aber wenn wir hierbleiben, verurteilen wir uns vielleicht zu einem Leben voller Entbehrungen und Schnee, und wer weiß schon, ob die anderen aus Vektals Stamm – die Sa-Khui, wie er sie nennt – alle so wunderbar sind wie er?

Es könnte ja auch sein, dass die kleinen grünen Männchen uns an jemanden auf einem schönen, Tahiti-artigen Planeten voller sexy Typen verkaufen würden, Männer, die sich nichts mehr wünschen als ein wenig Gesellschaft, wenn sie ihre Mai Tais schlürfen? Das lässt sich nicht mit Bestimmtheit sagen. Eine solche Entwicklung ist eher unwahrscheinlich ... aber es ist noch ein Argument, die anderen nicht zu beeinflussen. Was immer wir entscheiden, wir werden es als Gruppe tun. Schließlich treffen wir diese Entscheidung nicht nur für uns übrigen sechs, sondern auch für die sechs, die immer noch in der Wand stecken und schlummern.

Bevor hier jemand irgendetwas entscheidet, müssen wir es ausdiskutieren.

Wenn sie bleiben wollen, werden wir gemeinsam eine Lösung finden. Wenn sie mit den Außerirdischen um die Kontrolle über das zurückkehrende Raumschiff kämpfen wollen, brauchen wir Waffen und einen Plan.

Mein verletztes Handgelenk schmerzt und pocht und erinnert mich daran, dass wir alle noch unter den Folgen des Absturzes leiden. Von was auch immer die Kontrolle zu übernehmen, erscheint mir gerade nicht besonders verlockend. Vielleicht bin ich aber auch einfach nur zu pessimistisch. Ich schüttele den Gedanken ab. Ich stehe zu meinen Mädels. Wenn Liz, Megan, Tiffany, Kira und Josie für unsere Freiheit kämpfen wollen, ist es das Mindeste, was ich tun kann, mich ihnen anzuschließen. Einfach hierzubleiben und mich mit meinem großen, sexy Außerirdischen in den Fellen zu wälzen, erscheint mir wenig loyal.

»Da!«, sagt Vektal und reißt mich damit aus meinen düsteren Gedanken heraus. »Da vor uns ist mein Heim.«

Ich schlinge ihm die Arme fester um den Hals und versuche, durch das dichte Schneetreiben zu spähen. Vor uns ist nichts als eine weitere Felswand, und diese ist hinter dem Dickicht aus wimpernähnlichen rosafarbenen Bäumen kaum auszumachen. »Da drin?«

»Der Eingang ist versteckt und wird bewacht, um zu verhindern, dass Metlaks und andere Raubtiere eindringen. Keine Sorge. Wir sind dort sicher, und es ist warm.« Er tätschelt meinen Arm. »Niemand würde es wagen, dir etwas zu tun.«

Bin ich so angespannt? Ich muss es wohl sein, wenn er eine solche Bemerkung macht. Es ist einfach so, dass ich mir die ganze Zeit nur um Vektal Gedanken machen musste. Aber gleich werde ich ins kalte Wasser geworfen und soll mehr als dreißig andere Außerirdische kennenlernen. Ich schließe die Arme noch fester um seinen Hals. Was, wenn sie mich hassen? Was, wenn sie mich hässlich finden? Was, wenn …

»Ho«, ruft eine tiefe, sonore Stimme.

Vektal hebt zur Antwort eine Hand. Ich klammere mich an seinem Rücken fest, und die Angst schüttelt mich, als in einiger Entfernung eine große Gestalt auftaucht.

»Das ist Raahosh«, erklärt Vektal mir leise. »Er ist offensichtlich schon von der Jagd zurückgekehrt.«

Der Außerirdische kommt durch den Schnee auf uns zugelaufen und pflügt dabei einen Pfad durch die Schneeverwehungen. Die dürren rosafarbenen Bäume darüber schwanken, wodurch das Ganze etwas lächerlich wirkt. Ich bemühe mich, Raahosh nicht anzustarren, als er näher kommt, aber, na ja … ich starre wohl trotzdem. Wo Vektals Hörner groß und dick, jedoch glatt sind, ist Raahoshs Hörnerkrone das reine Chaos. Eins der Hörner steht ab und biegt sich dann hoch über seinem Schädel nach hinten. Das zweite Horn ist abgebrochen, und nur ein scharfkantiger Stumpf ist noch übrig. Als er näher kommt, sehe ich Narben, die eine Seite von Raahoshs breitem Gesicht bedecken. Seine Haut, äh, sein Pelz, ähm, was immer es ist, weist ein dunkleres Blaugrau auf als das von Vektal … wie dunkler Rauch. Und wenn ich schon Vektals Aussehen Furcht einflößend fand, hebt Raahosh das Ganze auf eine vollkommen neue Ebene.

Er grinst und hebt eine Hand, während er auf uns zuläuft, und dann verlangsamen sich seine Schritte, als er mich entdeckt. »Ich dachte, es wäre deine Jagdbeute, an der du so schwer trägst, Kumpel. Gerade wollte ich sie dir abnehmen.«

»Ich habe viel zu erzählen«, sagt Vektal, und ich höre den Stolz in seiner Stimme, als er mich behutsam auf der Erde abstellt. In seiner Brust vibriert ein lautes Schnurren.

Völlig verblüfft sieht Raahosh zuerst Vektal und dann mich an. »Die?« Er mustert mich von Kopf bis Fuß. »Was … was ist sie?«

»Das ist Georgie, ein Mensch und meine Gefährtin.« Vektal legt mir einen Arm um die Schultern und zieht mich an sich. Ich kann das Schnurren spüren, das durch ihn hindurchbebt, so stark, dass er praktisch vibriert. Sein Khui ist in Schwingungen versetzt, wie er es nennt.

Raahosh sieht mich so lange an, dass ich beginne, mich unbehaglich zu fühlen und anfange zu zittern. Er betrachtet mein Gesicht, mein Haar – zweifellos sucht er nach Hörnern – und schließlich den Rest von mir. Ich trage einen fremden Overall, hatte seit Wochen keinen Kamm mehr in Händen und sehe wahrscheinlich zum Fürchten aus. Doch das ist das erste Mal, dass mir das bewusst wird. Vektal gibt mir immer das Gefühl ... schön zu sein. Als sei ich das erotischste Wesen, das ihm je begegnet ist und von dem er nicht die Finger lassen kann. Bis jetzt habe ich es als selbstverständlich angesehen, wie wunderbar es sich anfühlt, für jemanden etwas Besonderes zu sein.

Ich fasse Vektal um die Taille und lasse sie dann seinen Hintern hinuntergleiten, bis ich auf den Ansatz seiner Rute stoße. Geistesabwesend umkreise und liebkose ich sie.

Neben mir versteift Vektal sich, und das Brummen nimmt einen noch drängenderen Rhythmus an. Er greift hinter sich und nimmt sanft meine Hand weg, dann drückt er mir die Lippen ans Ohr. »Warte, bis wir allein sind, meine süße Khui-Gefährtin. Ich weiß, dass du dich mit öffentlichen Liebesbekundungen schwertust.«

Hoppla. Habe ich ihm nach Sa-Khui-Maßstäben gerade quasi öffentlich einen heruntergeholt? Eine heiße Röte schießt mir in die Wangen, und ich nicke. Aber ich sehe Raahosh nicht an, denn es würde das Ganze nur noch peinlicher machen.

»Mensch?«, wiederholt Raahosh nach einigen Sekunden, und es kommt mir vor, dass er das Wort nur mit großer Mühe hervorbringt. »Ihre Augen ...«

»Sie hat keinen Khui«, unterbricht Vektal ihn. Er legt mir eine Hand aufs Haar und kämmt mit seinen großen, breiten Fingern hindurch. Ich fühle mich wieder schön. Er kann immer noch nicht die Hände von mir lassen, und, okay, zugegeben, irgendwie finde ich das herrlich. »Das Problem werden wir bald lösen.«

Ich stupse Vektal mit dem Ellbogen an. »Darüber werden wir noch reden.«

»Versprochen«, räumt er ein.

Ich werfe einen verstohlenen Blick auf Raahosh, der mich nach wie vor anstarrt. Aber ich sehe in seinem Blick weder Desinteresse noch Abscheu. Vielmehr erkenne ich darin eine Sehnsucht. Nichts Sexuelles. Eher so, als sei sein bester Freund gerade mit dem Weihnachtsgeschenk aufgetaucht, das er sich seit Jahren wünscht.

»Du kannst dich glücklich schätzen«, sagt er schließlich mit belegter Stimme, »deine Khui-Gefährtin gefunden zu haben.«

»Da hast du recht«, pflichtet Vektal ihm bei und streichelt meinen Nacken. »Aber meine Gefährtin braucht die Hilfe der Heilerin.«

Ich bin drauf und dran, wegen der Sache mit der Gefährtin zu protestieren, da ich noch nicht Ja dazu gesagt habe, doch mein Handgelenk pocht wirklich elendig, und mir wird bewusst, wie sehr es immer noch wehtut. »Heilerin klingt gut«, murmele ich schwach. »Und etwas zu essen?«

»Auch etwas zu essen, ja«, erwidert Vektal und drückt die Lippen auf meine Stirn. »Und warme Kleidung. Und du wirst heute Nacht in meinen Fellen schlafen.«

Ich erröte, denn ich habe das Gefühl, als sei das hier die offizielle Art, seinen Kumpel wissen zu lassen, dass »wir es auf jeden Fall tun werden«, aber Raahosh zuckt mit keiner Wimper.

»Kommt mit.« Der Außerirdische bedeutet uns, ihm zu folgen. »Man wird viele Fragen stellen.«

»Ich bin bereit«, sagt Vektal.

»Ich bin mir nicht sicher, ob ich es bin«, melde ich mich zu Wort. Bei dem Gedanken, von Dutzenden mich anstarrenden Außerirdischen ausgefragt zu werden, bin ich jetzt schon erschöpft, und dabei haben wir die Höhle noch gar nicht betreten. »Wir werden trotzdem morgen früh die anderen holen, oder?«

»Die anderen«, wiederholt Raahosh, und in seinem Blick liegt mehr als nur beiläufiges Interesse.

»Georgie ist mit fünf weiteren Menschen hier angekommen«, berichtet Vektal. »Sie müssen gerettet werden.«

»Fünf andere Menschen?«, hakt Raahosh nach und reißt seine glühenden blauen Augen auf. »Ist das wahr?«

»Alle weiblich«, fügt Vektal mit leiser, beinahe ehrfürchtiger Stimme hinzu.

Vor meinen Augen strauchelt Raahosh. »Wirklich?«

»Wirklich.«

Langsam mache ich mir Sorgen, und dabei habe ich ihnen noch nicht einmal von den sechs Frauen in den Schließfächern erzählt. »Ist das ein Problem?«, frage ich. »Vektal, du hast gesagt, dein Stamm würde uns helfen.«

»Es ist kein Problem«, beteuert mein Außerirdischer ernst. Dann streichelt er mir über die Wange. »Es ist ein Segen. In unserem Stamm gibt es nur vier erwachsene Frauen, und sie sind alle verpaart.«

»Schwingt ihr Khui?«, fragt Raahosh mit heiserer Stimme.

»Sie haben keinen«, erklärt Vektal. »Aber meinen Khui

hat Georgie in Schwingungen versetzt. Anderen könnte es vielleicht bei einer Menschenfrau ebenso gehen.«

Ich bleibe wie angewurzelt stehen. »Moment mal! Wird hier gerade die Jagd auf Menschenfrauen eröffnet? Ich dachte, ihr würdet uns retten, und nicht Heiratsvermittler spielen.«

Raahosh starrt mich einfach bloß an, als hätte ich einen Knall. Meine Worte ergeben in ihrer Sprache wahrscheinlich keinen Sinn. Doch das ist mir egal. Es geht mir darum, Hilfe für meine Freundinnen zu organisieren, und nicht, ihnen außerirdische Lover zu besorgen. Ich denke zurück an Vektals »Begrüßung«, als er mich einfach gepackt und angefangen hat, mit mir Liebe zu machen. Stimmt schon, ich bin gekommen, aber das hat ihm nicht das Recht gegeben, die Entscheidung zu treffen, sich zu meinem Gefährten zu machen. Und genauso wenig gab es ihm das Recht zu entscheiden, dass die anderen Frauen Gefährten bekommen, ohne sie überhaupt zu fragen.

»Niemand wird hier ohne Zustimmung verkuppelt«, sage ich und verschränke die Arme vor der Brust. Dann zucke ich zusammen, weil ich immer wieder vergesse, dass eins meiner Handgelenke total im Arsch ist.

»Da sind wir uns einig, meine Georgie«, beteuert Vektal und streichelt abermals meine Wange. »Ich bin das Stammesoberhaupt. Sie werden auf mich hören. Jeder Mann, der sich mit einer menschlichen Frau paaren will, braucht ihre Zustimmung.«

Bei diesen Worten entspanne ich mich ein wenig.

»Zustimmung?«, stottert Raahosh. »Aber wenn der Khui in Schwingungen ver...«

»Die gibt es bei Menschen nicht«, sage ich und lächele honigsüß.

»Darüber können wir weiterstreiten, wenn meine Gefährtin nicht mehr durchgefroren und hungrig ist«, schaltet Vektal sich ein, bevor Raahosh mir widersprechen kann. Er legt mir schützend den Arm um die Schultern. »Wir haben einen weiten Weg hinter uns und werden morgen früh erneut einen weiten Weg antreten.«

»Natürlich«, stimmt Raahosh hölzern zu. Er dreht sich um und geht zurück zu den Bäumen, und Vektal und ich folgen ihm.

Die Bäume werden dichter, und als wir uns der Felswand nähern, sehe ich den Eingang zu einer extrem großen Höhle. Die Öffnung ist riesig und breit, größer als jeder Mensch oder Sa-Khui – selbst wenn ich auf Vektals Schultern stehen und versuchen würde, die Decke zu berühren, wäre das nicht möglich. Weiter drinnen wird es schmaler und dorthin führen Raahosh und Vektal mich. Ich winde mich innerlich bei dem Gedanken daran, endlose Stunden in einer tiefen Höhle zu verbringen. Es erscheint mir nicht ganz ungefährlich.

Aber während wir durch den gewundenen Tunnel gehen, wird es wärmer. Spürbar wärmer. Es fühlt sich an, als würden wir bergab laufen, sollte es daher nicht eigentlich kälter werden?

Mich verwirrt das alles, bis die Höhle sich zu einem größeren Gewölbe öffnet und mir der schwache Geruch von verfaulten Eiern in die Nase steigt.

Und dann bin ich einfach nur noch verblüfft.

Der Berg, in dem die Sa-Khui leben, ist hohl. Die Höhle führt zu einer riesigen Halle, die mich an einen gewaltigen, ausgehöhlten Donut erinnert. Sie ist rund, und in der Mitte befindet sich ein großes, unglaublich blaues Becken. Es handelt sich um eine weitere heiße Quelle, wie mir voller

Staunen aufgeht. Das ist der Grund, warum es so durchdringend nach Eiern riecht.

Ich kneife mir in die Nase und sehe mich überrascht um. In dem Becken baden einige Leute, und ein winziges Kind mit Knubbeln als Hörner spritzt mit Wasser, während ein Mann es festhält und eine Frau in der Nähe lacht. Die Wände der Höhle runden sich nach oben hin, und die Decke hat ein Loch, fast wie ein Schiebedach. Von hier aus kann ich Schnee hereinwehen sehen, aber er schmilzt in der wärmeren Luft und fällt als harmlose Tröpfchen herunter.

Die Wände der »Donut-Halle« sind von Höhlen durchlöchert, und die meisten davon haben Felsvorsprünge und Gehwege aus einem anderen Gestein oder irgendeiner Sorte von gewebtem Schilf. Eine schilfartige Brücke verbindet auch unter der Decke eine Seite des Donuts mit der anderen. Außerdem sind überall Außerirdische. Einige sitzen in den Eingängen ihrer Höhlenwohnungen. Ein Paar etwas weiter weg flechtet Körbe. Auf einer Seite schabt ein Außerirdischer mit gewaltigen gebogenen Hörnern und bleicher Haut an einem Fell, das auf einen Rahmen gespannt ist.

»Vektal ist wieder da!«, brüllt eine fröhliche Stimme. Freudenschreie und Stimmengewirr explodieren in der Höhle, und alle Köpfe drehen sich in unsere Richtung.

Und dann starren mich alle an.

Es fühlt sich seltsam an, im Mittelpunkt von so viel Aufmerksamkeit zu stehen. Während sich immer mehr Köpfe zu mir drehen und Leute sich erheben, kommen andere näher. Und es sind jede Menge Männer dabei. Wirklich jede Menge. Einige tragen aufgrund der Wärme in der Höhle nur Lendenschurze. Sie sind alle muskulös, hochgewachsen und, das nehme ich zumindest an, für Sa-Khui gut aussehend. Und alle mustern mich extrem aufmerksam und mit einer Mischung aus Neugier und Sehnsucht.

»Meine Gefährtin«, stellt Vektal mich stolz vor. »Ein Mensch.«

»Mutter, warum hat sie so ein hässliches Gesicht?«, lässt sich die Stimme eines offensichtlich noch sehr jungen Sa-Khui vernehmen. Sofort wird sie von mehreren anderen zum Schweigen gebracht.

Raahosh wirkt verdrossen oder verlegen, ich kann mich nicht recht entscheiden. Vektal stößt ein tiefes Knurren aus und tritt einen Schritt vor, offensichtlich an meiner Stelle gekränkt.

Ich kichere. Was für eine Vorstellung, dass diese seltsamen Leute mich hässlich finden! Immerhin sind sie diejenigen mit Hörnern, Schwänzen, glühenden Augen und einer weichen Wildlederhaut. Sie sind diejenigen mit Wülsten auf Stirn und Nase und, ähm, auf anderen interessanten Körperteilen.

Vektal reißt mich besitzergreifend an sich, und ich finde mich plötzlich an steinharte, von einer Weste bedeckte Brustmuskeln gepresst wieder. »Sie ist meine Gefährtin. Sie versetzt meinen Khui in Schwingungen.« Wie auf Kommando beginnt seine Brust zu vibrieren, und das kräftige, stetige Schnurren kitzelt mich an der Wange. »Für mich ist sie wunderschön. Anders, aber trotzdem wunderschön.« Er fährt mir mit den Fingern durchs Haar. »Ich habe ihre Tapferkeit, ihren Kampfgeist und ihren Willen gesehen. Sie hat mir vertraut, als sie keinen Grund dazu hatte. Sie hat mir ihren Körper geschenkt, obwohl sie keinen Khui hat, der sie dazu zwingt. Und es spielt keine Rolle, was andere von ihr denken … für mich ist sie das wunderbarste, schönste und faszinierendste Geschöpf, das es gibt.«

Meine Augen brennen vor Rührung. Okay, für einen Barbaren kann er ziemlich gut romantische Reden halten. Ich werde ihm auf jeden Fall einen runterholen, wenn wir allein sind.

»Was ist ein Mensch?«, fragt jemand.

»Gibt es noch mehr davon?«, schaltet sich ein weiterer ein.

»Er sagt, sie seien zu sechst«, berichtet Raahosh mit seiner leisen, knurrenden Stimme. »Alles Weibchen.«

Angesichts der Ehrfurcht und des Staunens, die in den Stimmen der Leute in der Höhle mitschwingen, zucke ich zusammen. Ich fasse es nicht. Wenn es so weitergeht, werden die Typen denken, es sei Paarungszeit. Vor allem da es nur fünf erwachsene Frauen in ihrem Stamm gibt. Es gibt also eine Menge ungestilltes sexuelles Verlangen. Und was wird passieren, wenn sie herausfinden, dass da zusätzlich zu den sechs wachen Frauen noch sechs weitere im Koma sind?

»Vektal«, murmele ich nervös. Während die anderen Außerirdischen immer mehr in Erregung geraten, werde ich immer unruhiger.

Beim Klang meiner Stimme richten sich alle Augen auf mich.

Vektal zieht mich fester an sich. »Wir werden später Zeit haben, um Fragen zu beantworten. Meine Gefährtin hat eine Tortur überlebt. Sie hat Hunger und ist müde, und sie braucht die Heilerin. Wo ist Maylak?«

»Hier«, erklingt eine liebenswürdige Stimme. Eine Frau mit gebogenen Hörnern und langem, wallendem dunklen Haar tritt vor. Sie hat ein Kind an der Brust, und ihr Bauch ist gerundet von einem weiteren. Ihre glühenden Augen beobachten mich voller Faszination.

»Gut«, sagt Vektal. »Komm mit Georgie und mir in meine Höhle.«

Sie nickt und reicht ihr Kind an einen Mann weiter. »Lass mich nur rasch meinen Heilkorb holen.«

Mein Außerirdischer greift nach meiner Hand und zieht mich hinter sich her. Die anderen folgen uns, und ich mache ihnen keinen Vorwurf daraus, dass sie mich anstarren. Als ich ihnen den Rücken zuwende, wird weiteres Getuschel laut, und ich höre Bemerkungen über meinen fehlenden Schwanz. Ich schaue mich gerade rechtzeitig um, dass ich sehe, wie Raahosh sich mit einem Speer im Arm in die Dunkelheit zurückzieht. Er beobachtet mich genau, aber nicht auf perverse Weise oder so. Wenn ich eine Wette abschließen müsste, würde ich sagen, dass Raahosh sich vehement für eine menschliche Gefährtin aussprechen wird.

Der Gedanke beunruhigt mich. In einem Stamm voller ungebundener, einsamer Männer muss es hart sein ... das ist kein Wortspiel.

Vektal führt mich durch das Labyrinth der Höhlen in eine der hinteren Grotten am Rand des Donuts. Außen an der Tür finden sich einige Federn und etwas, das nach Deko aussieht, aber nichts kennzeichnet die Wohnung als die eines Stammesoberhauptes. Für mich sieht sie genauso aus wie alle anderen Höhlen. Doch drinnen ist es warm und gemütlich. Ein weiches Nest in der Ecke wurde mit Fellen ausgelegt, und auf einem Regal aus Stein liegen einige Haushaltsgeräte. In der anderen Ecke gibt es eine Feuergrube, die gerade nicht benutzt wird, und an einer Wand hängt ein Netz aus Schilf. Ich werfe Vektal einen neugierigen Blick zu. »Du fischst?«

Er grinst jungenhaft. »Ich wollte schauen, ob wir im Salzsee nicht einen großen Fisch fangen können.«

Salzsee? Sind wir in der Nähe eines Meeres? Ich habe so viele Fragen.

»Das ist meine Höhle und also jetzt also auch dein Zuhause, Georgie.« Nach kurzem Überlegen fügt er hinzu: »Wenn du mich denn als deinen Gefährten annimmst.« Er klingt unsicher und unglücklich, und es versetzt mir einen Stich, dass ich ihn durch meine Unentschlossenheit verletze.

Doch der Haufen Felle sieht einladend aus, und ich muss einfach hingehen. Ich setze mich auf den Rand und stöhne vor Behagen, als ich in den Fellen versinke. Das ist, seit ich hier angekommen bin, mit Abstand das schönste und bequemste Bett, das mir untergekommen ist. »Ich freue mich schon darauf, mich da hineinzukuscheln«, sage ich.

Seine Augen leuchten auf, und ich höre, wie es in seiner Brust zu dröhnen beginnt.

Oh. Er versteht das als Anmache. Ich sollte ihn korrigieren. Stattdessen schwelge ich noch ein Weilchen in der Wärme der Felle und denke an seine süßen Worte von vorhin, wie schön und stark ich sei. Ich biege den Rücken durch, sodass meine Brüste herausgedrückt werden. Seine Aufmerksamkeit verlagert sich dorthin, und ich sehe, wie Verlangen in seine seltsamen, glühenden Augen tritt.

»Darf ich eintreten?«, erklingt eine Frauenstimme.

Vektal reibt sich mit einer Hand über das Gesicht. »Ja. Komm herein, Maylak.« Er tritt neben mich und drückt mir einen Kuss auf den Scheitel. »Ich gehe und rede mit meinen Jägern. Maylak wird sich um dich kümmern.«

Ich würde schmollen, wenn mein Handgelenk nicht so wehtäte. Und wenn Maylak auch noch etwas zu essen hat, ist sie meine neue Lieblings-Sa-Khui. »In Ordnung. Bleib nicht zu lange weg, ja?«

»Natürlich nicht«, beteuert er ernst und zeichnet mit den Fingern mein Kinn nach. »Wenn du schläfst, wecke ich dich, indem ich mit deinem Mund Liebe mache.«

Eine sengende Röte färbt meine Wangen. »Das nennt man küssen, Vektal.« Wenn ich es so sage, klingt es total schmutzig. Und ich bin pervers genug, um den Gedanken absolut erregend zu finden.

Er wirft mir nur einen wüsten Blick zu, drückt seinen Mund auf meinen und verlässt dann beschwingt seine Höhle. Meine Blicke liegen noch auf seinem strammen Hintern in seiner engen Hose, als Maylak einen Moment später den Vorhang an der Tür teilt. Sie hat einen großen Korb in den Händen, und als sie mich anlächelt, blitzen zierliche Reißzähne auf. »Darf ich mich zu dir gesellen?«

Ich nicke und sehe zu, wie sie mit geschmeidigen Schritten in den Raum gleitet. Mir fällt der Unterschied zwischen ihr und den männlichen Mitgliedern von Vektals Stamm sofort auf. Ihre Hörner sind kleiner und zarter, obwohl ich den Eindruck gewinne, als wären Hörner bei diesen Leuten wie Nasen, insofern als manche riesig sind und manche einfach kleiner und weniger gewunden. Wahrscheinlich hat es mehr mit den Genen als mit Testosteron zu tun. Ihre Züge sind genauso stark und grob wie die von Vektal, aber ihre Augen scheinen größer zu sein und ihre Wimpern länger, und sie hat volle Lippen und einen Schmollmund. Ihre Brüste sind klein, und ihr ganzer Körper wirkt eher drahtig als weich, aber sie bewegt sich mit einer Sinnlichkeit, die mich neidisch macht. Ihr Haar ist lang und wunderschön und ergießt sich wie ein dunkler Wasserfall bis hinab zu ihrer Taille und ihrer Rute.

Außerdem ist sie auch merkwürdig gekleidet. Ihre Ledermontur scheint kunstvoller zu sein als die von Vektal, mit interessanten Mustern, die in die weiche Haut eingearbeitet sind und mich an Stickereien erinnern. Die Muster säumen den kunstvoll gezackten Saum ihres Dekolletés, der sich über ihre breiten Schultern kreuzt und locker über ihren Bauch fällt. Das Kleidungsstück ist auf einer Seite an der Hüfte verknotet, und darunter zeigt sich eine enge Hose, die mit weiteren verschlungenen Stickereien bedeckt ist. Doch als sie sich neben mich setzt, sehe ich, dass ihre Füße nackt sind, und das überrascht mich. Nun gut, in der Höhle ist es wärmer als draußen, aber für mich ist es trotzdem noch kühl. Doch Vektals Leute sind wie für einen Sommertag gekleidet.

Was das betrifft, bin ich ziemlich neidisch. Ich hätte es zur Abwechslung gern auch mal wieder warm.

Mit einer einzigen fließenden Bewegung setzt Maylak sich im Schneidersitz vor mir auf den Boden. Sie stellt ihren Korb neben das Bett und legt beide Hände mit nach unten gedrehten Innenflächen auf ihre Knie. »Darf ich dich heilen?«

»Ähm ... ja?« In ihrer Sprache gibt es kein Wort für »okay«.

Dann nimmt sie sanft meine Hand in ihre, schiebt den Lederärmel nach oben und löst die Verbände, die Vektal mir angelegt hat. Mein Handgelenk ist immer noch ganz blau und geschwollen, und als der Verband herunter ist, pocht es darin erneut. Zu meiner Überraschung schließt Maylak die Augen und umfasst mein Handgelenk, als warte sie auf etwas.

Ähm ... okay. Ich warte ebenfalls, da es mir unhöflich scheint zu fragen, was zum Teufel sie da macht.

Nach einigen Sekunden öffnet sie die Augen und mustert mich stirnrunzelnd. »Du hast keinen Khui. Ich dachte, Vektal hätte sich vielleicht geirrt.«

»Nein«, sage ich mit einem schwachen Lächeln. »Er hat recht. Ich habe keinen Khui.« Das Wort fühlt sich seltsam in meinem Mund an.

Behutsam legt sie mein Handgelenk auf meinem Knie ab. »Merkwürdig. Dann kann ich nicht viel für dich tun. Mein Khui ist ein besonderer«, erklärt sie, berührt ihre Brust und streckt anschließend die Hand aus. »Er kann deinen Khui rufen und ihn ermutigen, stärker zu arbeiten.«

»Ah.« Na ja, zumindest bietet sie mir nicht an, mein Handgelenk mit Kristallen zu massieren oder Schlamm darauf zu schmieren oder etwas ähnlich Barbarisches. »Es geht schon, wirklich.«

»Fürs Erste kann ich dich neu verbinden«, sagt sie und greift in ihren Korb. »Sobald du einen Khui angenommen hast, kann ich dich heilen.«

Darauf erwidere ich nichts. Ich habe mich noch nicht entschieden, ob ich einen Parasiten von diesem Planeten haben will, obwohl die Chancen für mich im Moment nicht gerade gut stehen. »Darf ich dich etwas fragen?«

»Natürlich.« Sie sieht mich mit ihren großen, glühenden Augen an.

»Kannst du dich daran erinnern, wie du deinen Khui bekommen hast?« Gibt es einen Grund, warum es allen hier so gleichgültig zu sein scheint, dass sie einen Parasiten haben?

Sichtlich erstaunt über meine Frage schüttelt sie den Kopf. »Unsere Kleinen kommen völlig hilflos und ohne einen Khui zur Welt. Sie sind sehr verletzlich, bis sie den vierten Lebenstag überstanden haben. Dann jagen wir einen großen Sa-Kohtsk und übertragen einen Khui auf den Spross.«

»Warum wartet ihr vier Tage damit?«

»Das Kleine muss stark genug sein, um den Khui anzunehmen«, erklärt sie mir. »Anderenfalls bedeutet es den Tod, sowohl für den Spross als auch für den Khui.« Ihre Hände sind sanft, als sie Knochensplitter aus ihrem Korb holt und sie in meine Lederverbände schiebt, um mein Handgelenk zu schienen.

»Tut das weh?«

Sie zieht ihre anmutigen Schultern hoch. »Das weiß ich nicht. Ich war noch sehr jung, als ich meinen angenommen habe. Es kommt nur selten vor, dass ein Khui stirbt und ein neuer für einen Sa-Khui gefunden werden muss. Zu meinen Lebzeiten ist das bloß ein einziges Mal vorgekommen.«

Das trägt nicht gerade dazu bei, meine Sorgen angesichts des Gedankens, einen verdammten Symbionten in mich aufzunehmen, zu zerstreuen. »Spürst du, wie er sich bewegt? Weißt du, dass er da ist? Ist es so, als würde er … mit dir reden?«

»Reden?« Meine Frage scheint sie zu verblüffen, und dann lacht sie, bis sie sieht, wie ernst mein Gesicht ist. Sofort verebbt ihr Gelächter. »Nein, natürlich nicht. Er spricht nicht. Es ist so, als hätte man ein Herz oder eine Lunge oder einen Magen. Man hat einen Khui.« Wieder zieht sie die Schultern hoch. »Einige verbringen ihr ganzes Leben, ohne zu spüren, wie er in Schwingungen versetzt wird. Nur dann erwacht der Khui und macht sich heftig bemerkbar.«

»Mit Schnurren.«

»Schnu…?«

»Mit dem Geräusch«, korrigiere ich mich und versuche

dann, es nachzumachen. »Es bringt euch dazu, in der Nähe eures Gefährten zu schnurren, habe ich recht?«

»Es ist mehr als nur das«, erklärt sie und befestigt den letzten Verband um mein Handgelenk. Sie greift sich an die Brust. »Man verspürt eine intensive Welle von Dringlichkeit, wenn der Khui zum Leben erwacht. Es ist wie ... ein Rausch der Seele.« Es ist offensichtlich, dass sie Mühe hat, es zu beschreiben.

»Wie Adrenalin?«, vermute ich und füge dann hinzu: »Als würde man ganz schnell einen Hügel hinunterlaufen? Oder wie bei der Jagd?«

Sie nickt langsam. »Mehr als das. Es ... vereinnahmt dich völlig. Dein Gefährte gehört dir, und die, die ihren Gefährten noch nicht in Besitz genommen haben, stellen fest, dass sich das Gefühl im Laufe der Zeit noch verstärkt. Es ist schwer zu beschreiben und mehr als nur ein Gefühl. Es ist Wissen.«

Das beunruhigt mich ein wenig. Ich stelle mir vor, was Vektal durchmachen muss, wenn sein Khui in Schwingungen versetzt wird. Doch er wirkt auf mich nicht besonders leidend. Besitzergreifend, ja. Aber zufrieden. Vielleicht ist es nicht bei allen gleich.

»Er ist ein Teil unseres Lebens«, fährt sie sanft fort. »Der Khui wählt den Gefährten aus, und der Khui irrt sich nie. Es schenkt einem größere Wonne, als man sich vorstellen kann, wenn der eigene Khui für seinen Gefährten in Schwingungen versetzt wird.«

»Und warst du zufrieden mit dem Gefährten, den er für dich ausgewählt hat?«

Ein liebevolles Lächeln umspielt ihre Mundwinkel. »Du sprichst von meinem Kashrem? Nein, zuerst war ich ziemlich zornig. Der Khui wählt nicht immer die Person aus, von der wir denken, dass wir sie in unseren Fellen haben wollen. Kashrem ist Gerber, kein Jäger. Ich war jung und fühlte mich zu einem speziellen Jäger hingezogen, mit dem ich die Felle geteilt habe.« Ihre langen Wimpern flattern, und sie dreht sich zu ihrem Korb und zieht Kleidungsstücke heraus. »Die hier habe ich dir mitgebracht. Vektal sagt, dir sei immer kalt, daher hoffe ich, dass sie dir helfen werden, warm zu bleiben.«

Versucht da jemand das Thema zu wechseln? »Mit wem hast du die Felle geteilt, bevor du deinen Khui-Gefährten gefunden hast?«, hake ich nach und frage mich gleichzeitig, ob es ein Tabu ist, das zur Sprache zu bringen.

Aber ihr Gesichtsausdruck ist vollkommen arglos, als sie zu mir aufschaut. »Natürlich mit Vektal.«

Ich staune über die Eifersucht, die bei ihren Worten in mir aufsteigt. Das ist die Geliebte meines Außerirdischen? Meines Außerirdischen, der ein Junggesellenleben geführt hat, bevor sein Khui bei mir angeschlagen hat. Ich male mir das Szenario aus: Wie Maylak und Vektal sich im Bett wälzen. Er leckt sie, wie er mich leckt. Dann steht sie auf und läuft zu einem anderen Mann, bloß weil ihr Khui bei ihm anschlägt.

Im nächsten Moment erlischt meine Eifersucht, und ich bin durchdrungen von Mitgefühl für meinen Vektal. Wie ihn das enttäuscht haben muss. Eine Geliebte zu haben, obwohl es hier nur so wenige Frauen gibt, muss ihm wie ein Geschenk erschienen sein. Und sie dann zu verlieren – das war wahrscheinlich eine sehr düstere Zeit für ihn. Vielleicht ist das der Grund, warum er so verdammt glücklich darüber ist, mich zu haben. Eine Welle der Zuneigung zu dem großen Kerl steigt in mir auf.

Heute Nacht hole ich ihm aber so was von einen runter.

Vektal

Die Männer haben endlos viele Fragen, so wie ich es vorhergesehen habe. Werden ihre Khui bei den Frauen anschlagen? Wie viele Frauen sind es? Wie sehen sie aus? Haben sie eigene Gefährten? Sind die Menschen gebaut wie Sa-Khui-Frauen? »Die Unterschiede sind geringfügig«, sage ich ihnen. »Sie haben keinen Schwanz, ihr Mund ist klein, und sie haben keine Reißzähne. Sie mögen kein rohes Fleisch. Sie müssen es kochen, bis es kein Aroma mehr hat.«

Jemand gibt einen Würgelaut von sich.

»Aber ... dein Khui hat bei ihr angeschlagen? Sie ist so klein, kann sie dich überhaupt in sich aufnehmen?« Diese Frage kommt von Salukh, dem größten von uns Jägern. Zweifellos versucht er sich vorzustellen, wie er in die winzige Georgie hineinpassen soll. Bei dem Gedanken werde ich seltsam ärgerlich. Ich weiß, dass es eine unschuldige Frage ist – Salukh hat noch nie mit jemandem das Fell geteilt. Und er wünscht sich nichts sehnlicher.

Ich sollte ihnen alles sagen, was ich weiß. Ihnen erzählen, dass es ein Traum ist, in Georgies enge, feuchte Muschi zu gleiten. Dass sie sich um meinen Schwanz herum zusammenkrampft, wenn sie Lust empfindet, genau wie unsere Frauen. Dass ihre Brustwarzen an der Spitze mit weicher, gerunzelter Haut bedeckt sind und dass sie rosig sind wie ihre Zunge. Aber das kommt mir zu intim vor. Doch als ich Salukhs aufmerksamen Blick bemerke, wird mir klar, dass er hofft, eine der Menschenfrauen würde seinen Khui in Schwingungen versetzen. Dann könnte er endlich eine Gefährtin für sich beanspruchen und eine Familie gründen, was sein innigster Wunsch ist.

Also liefere ich ihnen widerstrebend einige Fakten. »Sie hat nur an einer einzigen anderen Stelle ihres Körpers Fell. Auf ihrem Geschlecht.« Als alle durcheinanderreden, füge ich hinzu: »Und neben den Brustwarzen noch einen dritten Knubbel.«

»Noch einen Knubbel?«, fragt Raahosh schroff, ja geradezu ungläubig. »Zum Füttern der Kleinen? Wo?«

»Zwischen ihren Beinen.«

Er schnaubt und findet das offensichtlich absurd. »Sie ist entstellt, und doch will sie die Paarung nicht akzeptieren? Sie sollte sich glücklich schätzen, dich zu bekommen.«

Seine Worte erzürnen mich, und ich stehe auf. »Aus dir spricht die Verbitterung, Raahosh«, sage ich. »Du bist eifersüchtig, weil ich eine Khui-Gefährtin gefunden habe und dein eigener Khui nach all der Zeit immer noch schweigt. Meine Gefährtin ist in jeder Hinsicht vollkommen. Es ist nicht ihre Schuld, dass sie von einem Ort mit anderen Gepflogenheiten kommt. In ihrem Land wählt man seinen Gefährten selbst.«

Irgendjemand murmelt angesichts dieser Merkwürdigkeit.

»Georgie wird bald einen Khui annehmen«, eröffne ich ihnen. Sie muss einfach. Den Gedanken, dass sie es ablehnt und mich verlässt, um zu ihrem seltsamen Planeten zurückzukehren, ertrage ich nicht. Er schneidet mir ins Herz wie ein Messer, und ich kämpfe gegen den quälenden Schmerz an, den er mit sich bringt. »Wenn sie spürt, wie der Khui in ihr anschlägt, wird sie wissen, was es bedeutet, einen Gefährten zu haben. Bis dahin werde ich sie weiter mit Liebkosungen und Zuneigung umwerben. Nur weil in ihr kein Khui für mich anschlägt, heißt das nicht, dass ich sie anders behandeln werde.«

»Dann ist es wahrscheinlich gut, dass *dein* Khui von ihr in Schwingungen versetzt wird, Vektal, und nicht der von Raahosh. Er hätte sie unzureichend gefunden«, zieht Aehako mich auf.

Raahoshs Nasenflügel beben. Er wirft mir einen kalten Blick zu, dann stürmt er von der Männerversammlung fort.

Müde reibe ich mir über das Gesicht. Ich bin froh, wieder zu Hause zu sein, bei meinem Stamm, aber mein Körper sehnt sich geradezu schmerzhaft nach Georgie. Ich kann es gar nicht erwarten, mich zu ihr zu legen. »Morgen früh brauche ich Jäger und Proviant«, sage ich ihnen. »Wir gehen los und retten die anderen Menschen. Wer will sich mir anschließen?«

Schon bald habe ich eine ansehnliche Gruppe von Jägern beisammen, die sich freiwillig gemeldet haben. Es überrascht mich nicht, dass es alles Männer und Heranwachsende sind, die noch keine Gefährtin haben. Die Älteren sind vielleicht an das Alleinsein gewöhnt, aber die anderen sehnen sich wie ich nach einer Gefährtin. Der junge, muskulöse Salukh wird mitgehen. Der immer lachende Aehako. Der stille Kashov und sein Bruder Zennek. Der hitzköpfige Rokan, der eine scharfe Zunge hat und noch schärfere Sinne. Der tüchtige Zolaya und der grimmige Haeden, der niemals lächelt und dessen traurige Geschichte anderen eine Lehre ist. Ich habe den Verdacht, dass Raahosh am nächsten Morgen ebenfalls auftauchen und sich uns anschließen wird. Auch wenn er recht verbittert ist, ist er ein exzellenter Jäger.

Es ist eine gute Truppe. Maylak wird auch mitkommen wollen, aber Kashrem hat Sorge, dass der Weg für sie zu weit ist, weil sie ein Kleines in sich trägt. Sie wird hierbleiben müssen.

Den Jägern, die sich gemeldet haben, gebe ich die Anweisung, Proviant einzupacken – gekocht und ungewürzt. Wasserschläuche für die Menschenfrauen. Warme Fußbedeckungen. Zusätzliche Lederklamotten. So viele Felle, wie die Männer tragen können. Wir werden direkt von dem seltsamen Höhlenschiff der Menschen zu einer Sa-Kohtsk-Jagd aufbrechen. Und den Frauen einen Khui beschaffen.

Dann wird der Khui in meiner Georgie für mich erwachen. Und sie wird vor der lebensbedrohlichen Khui-Krankheit in Sicherheit sein. Sowohl sie als auch unser Kleines werden sich vor nichts zu fürchten brauchen.

»Schlaft«, rate ich den Jägern. »Wir werden aufbrechen, sobald die zweite Sonne aufgegangen ist.«

Die Männer zerstreuen sich, obwohl ich bezweifle, dass auch nur ein Einziger von ihnen wird schlafen können. Sie werden von flachgesichtigen Menschenfrauen mit einem dritten Knubbel zwischen den Beinen und einem Körper, der sie willkommen heißt, träumen.

Beim Gedanken an Georgie, die im Bett auf mich wartet, werde ich hart. Ich renne zu meiner Höhle, erpicht darauf, meine Gefährtin wiederzusehen. Aehako ruft mir einen Scherz hinterher, aber ich beachte ihn nicht weiter; es ist mir egal, wenn ich übereifrig wirke. Jeder Mann ohne Gefährtin würde mit Freuden mit mir tauschen, und das wissen sie genau.

In meiner Höhle ist es dunkel und still, und niemand hat die Abdeckung von den Herdsteinen genommen, um für etwas Licht zu sorgen. Ich brauche sie nicht; meine kleine Unterkunft kenne ich in- und auswendig. Also gehe ich zum Bett, wo ich Georgie leise atmen höre, und mein Khui beginnt schon wieder zu dröhnen. Vor Liebe und Verlangen nach dieser weichen, aber willensstarken Menschenfrau geht mir das Herz auf. Sie ist jetzt schon mein Ein und Alles.

Ich streiche mit den Fingern über ihr weiches, langes Haar, und sie bewegt sich. »Mmm, Vektal?«

»Schlaf weiter«, sage ich und ziehe meine Lederklamotten aus. »Ich werde mich zu dir legen.«

Sie richtet sich auf, und in dem spärlichen, fahlen Licht sehe ich, wie zerzaust das Haar auf ihrem Kopf ist. »Du wolltest mich doch wecken, indem du mit meinem Mund Liebe machst«, erwidert sie, und ihre Stimme ist heiser und voller Versprechen.

Ich stöhne, und mein Schwanz wird als Reaktion auf ihren Vorschlag hart. »Du bist müde und musst schlafen, meine Khui-Erweckerin. Wir werden morgen in aller Frühe aufbrechen.«

»Dann müssen wir uns wohl beeilen«, sagt sie und streckt die Hände nach meiner Kniebundhose aus. Ich wage es nicht, mich zu rühren, während sie die Bänder meines Lendenschurzes löst und ihn herunterzieht. Ich spüre die Luft an meinem Schwanz und einen Moment später, wie ihre kleinen, warmen Händen sich um ihn schließen. Obwohl es unmöglich scheint, werde ich noch härter. »Mmm, davon träume ich schon den ganzen Tag«, sagt sie mit ihrer lieblichen Stimme.

Ich traue meinen Ohren kaum. »Ach ja?« Meine Hände stehlen sich zu ihrem weichen Haar, unfähig, der Versuchung zu widerstehen, sie zu berühren. Ich streiche es ihr aus dem Gesicht, während sie die Hände fest um meinen Schwanz legt. Es fühlt sich nicht genauso gut an, wie tief in ihrer Muschi zu sein, aber ihre Berührung erregt mich.

»Ja«, sagt sie, und noch während sie spricht, bewegen sich ihre Lippen zu der schmerzenden Spitze meines Schwanzes. Ich schnappe nach Luft, und mein Khui beginnt zu vibrieren – in einem harten, beharrlichen Puls des Verlangens.

Und dann, ich kann es kaum glauben, nimmt sie meinen Schwanz in den Mund. Ich spüre, wie warme Feuchtigkeit sich um die Eichel legt, und um ein Haar ergießt sich bereits mein Sperma in sie. Ich keuche auf, und mein ganzer Körper verkrampft sich. Es fühlt sich anders an als alles, was ich je erlebt habe. Ihr weicher, saugender Mund mit seiner glatten, feuchten Zunge fühlt sich an, als würde ich in ihre Muschi eintauchen. Allein aufgrund meiner Willenskraft stoße ich nicht tief in ihren Mund hinein. Ich will schließlich nicht, dass sie würgt.

Sie schnippt mit der Zunge über die Spitze meines Schwanzes, und ich balle die Hände zu Fäusten, um das Verlangen, in sie hineinzupumpen, niederzukämpfen. Es erregt mich zu sehr, was sie da tut. Ihre Zunge und ihre Lippen bewegen sich am Schaft entlang, dann leckt sie sich zurück nach oben. Anschließend nimmt sie erneut meine Schwanzspitze in den Mund und lässt die Zunge darübergleiten. »Du bist zu groß, daher kann ich dich nicht so tief in mir aufnehmen«, murmelt sie und klingt dabei geradezu ehrfürchtig. »Ich kann kaum die Finger um dich schließen.«

»Ist das … gut?«

Ihr entweicht ein kehliges, erotisches Kichern. »Für mich schon, ja.« Erneut leckt sie über meine Eichel.

»Georgie«, sage ich heiser. Alles Blut in meinem Körper scheint sich in meinem Schwanz zu sammeln. Mein Khui hämmert gegen meine Brust. »Wenn ich nicht auf der Stelle in dir bin …«

»Warte«, murmelt sie leise, und ich höre, wie sie auf den Fellen die Position wechselt. Dann steigt der Duft ihrer Erregung auf, und ich höre ein schmatzendes Geräusch. Sie stöhnt. »O ja, ich bin feucht.«

Es ist zu viel. Ich stöhne abermals und drücke sie zurück auf die Felle. Danach nestele ich an ihrer Kleidung herum – die sich ganz anders anfühlt, wieso eigentlich? –, bis ich ihre feuchte, einladende Muschi finde. Ich streiche mit den Fingern darüber, und es ist wahr, sie ist feucht und bereit für mich. Ich umfasse ihre Hüften, drücke meinen Penis gegen ihre Öffnung, und schließlich dringe ich in sie ein.

Sie schreit auf, und ich spüre, wie ihre Muschi sich fest um mich zusammenzieht. »Oh«, keucht sie. »Oh, Vektal. Mach weiter!«

Meine Gefährtin ist so laut, dass andere es hören werden. Es ist mir gleichgültig. Ich ziehe mich zurück und stoße erneut in sie hinein, mein Schwanz dringt tief in sie ein und der Sporn darüber fährt durch ihre feuchte Spalte.

Sie schreit einmal mehr auf und krampft sich um mich herum zusammen. »Ichkommschon«, haucht sie in ihrer eigenen Sprache. »Großergott!« Ich halte besorgt inne, und sie schlägt mir mit ihrer unverletzten Hand gegen den Arm. »Noch mal«, verlangt sie in meiner Sprache. »Genauso wie gerade eben!«

Mit einem Kichern gebe ich meiner süßen, fordernden

Gefährtin, was sie will. Ich pumpe in sie hinein, immer wieder, und mein Khui vibriert in einer Intensität, dass ich es sogar im Kinn und bis in meine Rute spüre. Georgie muss es ebenfalls spüren, denn sie windet sich unter mir und gibt erregte Laute von sich. Während sie meine Schultern umklammert, hört sie nicht auf, »noch mal« zu stöhnen. Ich tue, was sie verlangt, und stoße immer wieder in sie hinein, bis sie ihre Lust herausschreit. Ihre Muschi zieht sich heftig um mich zusammen, und dann ergieße ich mich endlich in sie, überlasse mich einem so heftigen Orgasmus, dass ich Sterne sehe. Mir ist schwindelig, und so lasse ich mich dankbar von Georgie auf die Bettstatt herunterziehen.

Dann drehe ich mich auf die Seite und drücke sie an mich, presse sie mit dem Rücken an meine Brust. Sie windet sich ein wenig in dieser Position. »Ich spüre, dass du dich in meinen … Hintern drückst«, sagt sie und hat offensichtlich Mühe, das richtige Wort zu finden.

»Meinst du meinen Sporn?«, frage ich grinsend. Mich erregt der Gedanke, sie von hinten zu nehmen. Bei meinem Volk tut man das nicht. Weil wir Ruten haben, die uns in die Quere kommen würden. »Ist es unangenehm?«

Sie windet sich abermals. »Es ist einfach … seltsam.«

Erfreut streiche ich mit einer Hand über ihren noch immer flachen Bauch. »Wir haben noch viel Zeit, zusammen unsere Vorlieben und Abneigungen zu erkunden, meine Georgie. Mach dir keine Sorgen.« Dann scheint mein Herz in meiner Brust stillzustehen.

Falls sie bei mir bleibt. *Falls.*

»Mmm«, sagt sie mit schläfriger Stimme. Dann gibt sie in der Dunkelheit einen verblüfften Laut von sich. »Dein Khui hat aufgehört.«

»Nach einer Paarung verstummt er immer für eine Weile«, erkläre ich ihr. »Er wird aber nie ganz verschwinden, selbst wenn das Kleine ankommt.«

»Das Kleine?«, wiederholt sie, und ich kann die Verwirrung in ihrer Stimme hören. »Was ist das für ein Wort? Das Bild, das dabei vor meinem geistigen Auge entsteht, ist das eines Kindes.«

»Das ist richtig«, antworte ich und streiche erneut mit der Hand über ihren Bauch. »Ein Kleines ist ein Kind.«

»Aber ... wie könnte ich ein Kind von dir bekommen?«, fragt sie. Sie liegt immer noch vollkommen reglos in meinen Armen. »Ich bin eine Außerirdische. Tatsächlich bist du einer, aber lass uns nun der Einfachheit halber sagen, ich wäre die Außerirdische.«

Habe ich ihr das nicht erklärt? »Das ist die Art und Weise, wie der Khui seine Wahl trifft«, sage ich ihr. »Er ermittelt die Möglichkeit für Nachwuchs. Nur mit einer Khui-Gefährtin können wir Nachwuchs bekommen. Der kommt bloß bei einer Khui-Paarung.«

»Warte. Warte, warte, warte. Warte«, stöhnt Georgie, und dann steigt sie auch schon aus dem Bett. Ich empfinde es als schmerzhaften Verlust, als mein Schwanz aus ihr herausgleitet. Bereits jetzt sehnt er sich danach, in ihre feuchte Wärme zurückzukehren. Aber sie gibt gequälte Laute von sich. »Waaaaaarte. Vektal, red geradeaus mit mir.«

»Geradeaus«, wiederhole ich, verwirrt von ihrer Benutzung des Wortes. »Du möchtest, dass ich eine Linie ziehe?«

»Nein! Sag mir die Wahrheit!«

»Ich sage dir die Wahrheit«, erwidere ich verwundert.

»Du ... du hast vibriert – dein Khui hat angeschlagen –,

weil er festgestellt hat, dass du mich schwängern kannst?«, fragt sie, und ihre Stimme wird immer lauter.

»Ja«, bestätige ich. Ich bin mir nicht sicher, worauf das hier hinausläuft. »Ein Khui reagiert immer auf eine fruchtbare Frau.«

Wieder stöhnt sie. »Nein. Du kannst mich nicht schwängern. Ich kriege meine Periode erst ... oh, Scheiße, sagt sie in ihrer eigenen Sprache. »Meine Periode bleibt nie aus! Scheiße, Scheiße, Scheiße!«

»Scheiß-ee?«, wiederhole ich. »Dieses Wort kenne ich nicht.«

Georgie kommt ins Bett zurück, nur um mich mit einer Faust in den Arm zu boxen. »Es bedeutet, dass ich über die Zeit bin! Es bedeutet, dass du mich geschwängert haben könntest, du Arschloch!«

»Arsch-loch?« Auch dieses Wort kenne ich nicht.

»Scheiße!«, ist alles, was sie dazu sagt.

TEIL 6

Georgie

Es ist schwer, lange wütend auf einen Mann zu sein, der nicht versteht, warum man sich so aufregt.

Nein, streicht das. Auf einen solchen Mann lange wütend zu sein, ist leicht. Wirklich, wirklich schwer ist es, lange auf einen Mann wütend zu sein, der einen behandelt, als sei man das Beste, was ihm je passiert ist, der einen auf Schritt und Tritt verwöhnt und sich benimmt, als sei das Baby, das du in deinem Bauch trägst, das Einzige, was er sich je im Leben gewünscht hat. Besonders schwer ist es, lange sauer zu sein, wenn er und neun seiner stärksten Jäger in der bitteren Kälte durch dichtes Schneetreiben marschieren und Proviant für, wie sie denken, fünf weitere menschliche Frauen tragen (auch wenn es in Wirklichkeit elf sind).

Das habe ich ihnen allerdings noch nicht erzählt. Man sollte immer nur eine Bombe auf einmal platzen lassen. Und wenn wir beschließen, unser Glück mit den kleinen grünen Männchen zu versuchen, gäbe es keinen Grund, die anderen Frauen zu wecken, um sie mit neuen und Furcht einflößenden Dingen zu konfrontieren. Mit großen blauen, gehörnten Männern zum Beispiel, die sich potenziell mit ihnen paaren und ihnen einen Braten in die Röhre schieben wollen.

Ich verspüre den Drang, meinen Bauch zu berühren,

obwohl Vektal mich gegenwärtig Huckepack durch den Schnee trägt und unbeirrt den vereisten Berg hinaufgeht, wo ich die anderen zurückgelassen habe. Vielleicht habe ich keine Wahl gehabt, was die Sache mit dem Baby betrifft, aber … ich bin nicht sauer. Was mir seltsam erscheint. Doch es ist schwer, zornig zu sein, wenn einem das Gegenüber vor Freude anstrahlt, und es gibt auch mir ein Gefühl tiefer Befriedigung, Vektal dieses Glück zu schenken.

Vielleicht bin ich verrückter nach dem Mann, als ich mir eingestehen möchte.

»Da«, sagt Vektal, dessen Stimme fast im Brausen des Windes untergeht. Es herrscht ein heftiger Schneesturm, der den Marsch bergauf zu einem Albtraum macht. Ganz gleich, wie viele Felle ich habe, wird mir einfach nicht warm; selbst Vektal ist zum Schutz gegen die Kälte dick vermummt. Ich bin von Kopf bis Fuß eingepackt und trage sogar Handschuhe. Trotzdem klappern mir die Zähne. Es macht Vektal Sorgen, aber als er vorschlug, mich in der Höhle der Ahnen zurückzulassen, habe ich mich gewehrt. Ich will die anderen nicht allein lassen. Das kann ich einfach nicht. Ich muss mich selbst davon überzeugen, dass es ihnen gut geht.

Bei unserer Rast in der Höhle der Ahnen haben einige der Sa-Khui mithilfe der Gehirn-Stimulation Englisch gelernt. Ihre Version ist nicht ganz die richtige, aber ihre Sprachkenntnisse reichen aus, um sich mit den anderen Frauen zumindest einigermaßen verständigen zu können.

Mir entgeht die Tatsache nicht, dass Raahosh der Erste war, der sich für die Stimulation gemeldet hat. Er hat definitiv vor, eins von den Mädels abzuschleppen. Das habe ich auch Vektal gesagt und ihn gewarnt, den Jäger im Auge zu behalten. Er hat genickt, und seither laufen wir immer an der Spitze der Gruppe nah bei Raahosh.

Das schwarze Teil des Raumschiffs in der Ferne ist fast unsichtbar, denn es ist jetzt vollkommen mit Schnee bedeckt. Und wieder schüttelt mich die Angst, weil ich sie so lange allein gelassen habe. Das war nie Teil des Plans. Ich bin eine miese, miese Anführerin. »Oh, bitte, Vektal«, sage ich leise, »beeil dich. Wenn ihnen etwas zugestoßen ist …«

Ich breche ab und lasse den bitterkalten Wind meine Worte forttragen. Nicht einmal das Universum soll sie hören.

Vektal tätschelt mit seiner behandschuhten Hand meinen Arm. »Es wird alles gut, meine süße Khui-Erweckerin. Mach dir keine Gedanken. Wir helfen euch.«

Seltsamerweise trösten mich seine Worte. Das hier ist nicht länger ein Einmann-Rettungstrupp. Es ist ein Rettungstrupp bestehend aus elf Personen. Ich muss das Ganze nicht allein stemmen. Diese verrückten Außerirdischen geben mir Rückendeckung.

Was tatsächlich verdammt nett ist.

»Geradeaus«, ruft Vektal, der schneller läuft und sich nun an die Spitze der Gruppe setzt. Ich klammere mich an seinem Hals fest und äußere keinen Pieps des Protestes, obwohl mein Handgelenk mich wegen seiner schnellen Schritte beinahe umbringt. Ich muss wissen, ob es allen gut geht. Das muss ich einfach.

Die Zeit scheint sich zu verlangsamen, als wir endlich die verlassene Ladebucht erreichen. Der Schnee reicht jetzt schon fast bis zu dem Spalt im Rumpf. Ich lasse mich von Vektals Rücken gleiten, während die anderen Jäger bei uns ankommen.

»Lass uns als Erste hineingehen«, sagt Vektal zu mir.

»Ich zuerst«, erkläre ich halsstarrig und trete vor.

Wieder stellt Vektal sich vor mich hin und schüttelt den Kopf. »Überlass das mir. Für den Fall, dass Gefahr droht.«

Ich will schon protestieren, aber er legt mir eine Hand auf den Bauch und streichelt ihn. Ach du Scheiße. Ein Baby an Bord verändert die Sache natürlich von Grund auf, nicht wahr? Ich nicke stumm und berühre ebenfalls meinen Bauch, als Vektal ein Knochenmesser aus der Scheide zieht und sich in den Frachtraum hinunterlässt.

Sterne tanzen vor meinen Augen, und mir wird bewusst, dass ich die Luft anhalte. Ich atme aus, dann muss ich mich darauf konzentrieren weiterzuatmen. Es ist so still da unten. Was ist, wenn alle tot sind? Was, wenn …

Vektal streckt seinen Kopf aus dem Riss im Rumpf und streckt mir eine Hand entgegen. Den Handschuh hat er ausgezogen. »Komm zu mir runter, Georgie.«

Ich stoße einen lauten Seufzer der Erleichterung aus und ergreife dankbar seine Hand. Sie fühlt sich stark und warm in meiner an, und einmal mehr wird mir klar, wie viel Vektal schon für mich getan hat. Ein Gefühl der Dankbarkeit steigt in mir auf, während er mir hilft, in den Laderaum hinunterzuklettern.

Der Gestank im Innern schlägt wie eine Welle über mir zusammen. Es riecht nach Urin, Kacke und ungewaschenen Leibern, aber glücklicherweise nicht nach Tod. »Leute?«, rufe ich. Die Felle, die im Frachtraum liegen, bewegen sich nicht. Mein Herz zieht sich zusammen, und ich stolpere auf den Hügel aus Decken zu. »Liz? Kira? Megan?«

Ich schlage die Felle zurück, und Kiras eingefallenes Gesicht schaut mir entgegen.

Sie schenkt mir ein schwaches Lächeln. »Hey, Georgie. Du bist wieder da.«

Ihr Anblick erschreckt mich. Sie ist noch blasser als zuvor, ihr Haar verfilzt. Ihre Augen liegen tief in den Höhlen und sind trüb, und sie sieht so schwach aus, dass ich mir nicht sicher bin, ob sie die Kraft hat, sich zu bewegen. An ihrer Seite schläft Tiffany einfach weiter, ihr dunklerer Teint äschern.

»Geht es euch gut? Könnt ihr euch aufsetzen?« Ich ziehe Kira an mich und ignoriere mein protestierendes verletztes Handgelenk. Irgendwo in der Ferne ruft Vektal seinen Männern zu, dass sie Essen, Wasser und Felle bringen sollen.

»Wahrscheinlich ist es die Krankheit«, sagt Kira mit erschöpfter Stimme. Sie scheint eine Ewigkeit zu brauchen, um auch nur zu blinzeln, und als sie es tut, blicken ihre Augen mich an, ohne mich richtig zu sehen. »Wir werden einfach von Tag zu Tag schwächer. Tiffany will überhaupt nicht mehr aufwachen.«

Ich beuge mich über Kira hinweg und lege Tiffany eine Hand auf die Stirn. Sie hat hohes Fieber. Und sie bewegt sich auch nicht, als ich sie berühre. »Sind die anderen noch am Leben?«, frage ich Kira.

Auf der gegenüberliegenden Seite des Raums sehe ich Raahosh auf die Felle zupirschen. Er hebt eine Decke hoch, dann nimmt er unendlich behutsam Liz in die Arme und drückt sie sich an die Brust. Er hält ihr einen Wasserschlauch an den erschlafften Mund, damit sie trinken kann.

Vektal drückt mir ebenfalls einen Wasserschlauch in die Hand, während weitere Krieger sich durch den Spalt in den Frachtraum fallen lassen und sich umsehen. Sie verlieren zu ihrem Glück kein Wort über den Geruch, denn das würde mich wütend machen. Stattdessen betrachten sie voller Neugier die menschlichen Frauen, die sich langsam zu regen beginnen. Ich halte den Schlauch, damit Kira trinken kann. Es liegt eine seltsame Spannung in der Luft.

Ein schwaches, vertrautes Schnurren ertönt.

Ich reiße den Kopf hoch. »Wer ist das?«, frage ich. »Wessen Khui ist da in Schwingungen versetzt worden?«

Von den Außerirdischen sagt keiner etwas. Das Schnurren erstirbt. Ich kneife die Augen zusammen. Der Khui eines Außerirdischen hat gerade für eine der Frauen angeschlagen – ein Problem, das wir gerade überhaupt nicht gebrauchen können –, und der Betreffende verheimlicht es.

»Georgie«, sagt Kira mit leiser, glücklicher Stimme, womit sie meine Aufmerksamkeit wieder auf sich lenkt, »ich bin so froh, dich zu sehen. Du hast Hilfe geholt. Du hast uns gerettet.«

Wieder nehme ich das schwache Vibrieren eines Khui wahr, und mir wird schwer ums Herz. Ich habe keine Ahnung, ob ich die anderen Mädchen gerettet oder ihnen einen Haufen neuer Probleme gebracht habe. »Wir müssen reden«, sage ich. »Wir alle.«

Zwei Stunden später, nachdem die Mädchen gegessen und getrunken haben, geht es ihnen schon etwas besser. Sie sind immer noch schwach und matt, aber selbst Tiffany ist nach etwas Suppe endlich wach. Die Suppe hat sie von einem Sa-Khui bekommen, der sich Salukh nennt. Außerdem haben wir warme Kleidung verteilt, und die Männer überschlagen sich förmlich wegen der Frauen, die sie ihrerseits mit erheblich mehr Argwohn betrachten.

Als einer der Männer um eine erschrockene Megan herumwuselt und ihr immer wieder rohe Fleischstückchen anzubieten versucht, werfe ich Vektal einen entnervten Blick zu. »Kannst du kurz alle rausschicken? Wir brauchen ein bisschen Zeit, um uns ungestört miteinander zu unterhalten.«

Er sieht aus, als wolle er protestieren, doch dann schluckt er seine Erwiderung herunter. Stattdessen nickt er, küsst mich auf die Stirn und sagt zu den Männern: »Kommt mit. Wir gehen jagen, um den Frauen etwas zu essen zu bringen. Pashov, Zennek, ihr bewacht den Eingang. Die anderen kommen mit mir.«

Endlich brechen die Männer auf, auch wenn mehrere sehnsüchtige Blicke in die Richtung der Menschenfrauen wandern. Dann sind wir endlich allein, und ich nehme mir eine Schale mit heißer Brühe und setze mich zu den übrigen Mädchen, die sich an der Wand zusammendrängen.

»Also«, sage ich, »ich habe Retter mitgebracht. Das ist einerseits gut und andererseits schlecht.«

»Also ich finde es gut«, erklärt Tiffany mit erschöpfter Stimme. »Was ist so schlecht an einem Haufen großer, stämmiger Außerirdischer, die sich wie Babysitter aufführen?«

»Es ist mehr als nur das«, sage ich ausweichend.

Aber Kira wirft mir einen argwöhnischen Blick zu. »Wie hast du ihre Sprache so schnell gelernt?«

Also erzähle ich ihnen von dem Raumschiff, das Vektal die Höhle der Ahnen nennt. Wie es mir die Sprache ins Gehirn gepflanzt hat. Von der »Parasitensache«, die erforderlich zu sein scheint, um auf Not-Hoth zu existieren. Dass es in Vektals Stamm nur fünf Frauen gibt und die Männer darauf hoffen, dass sie etwas mit uns anfangen können und wir ein Teil der Familie werden.

Die Frauen lassen meinen Bericht unkommentiert, bis auf einige entsetzte Blicke und bleiche Wangen bei dem Gedanken an einen Symbionten. Ich mache ihnen keinen Vorwurf.

»Wenn wir hierbleiben«, sage ich, »wird das ein vollkommen anderes Leben. Es ist keine Entscheidung, die wir leichtfertig treffen können. Wir haben andere Optionen. Wir können beschließen, keinen ... Symbionten anzunehmen. Stattdessen könnten wir kämpfen.«

Tiffany schüttelt den Kopf. »So schwach, wie wir gerade sind? Ich kann kaum die Arme heben.« Die anderen nicken. Ich bin ebenfalls ziemlich erschöpft, nur nicht so schlimm wie die anderen, weil Vektal sich um mich gekümmert hat. Aber in ein oder zwei Tagen könnte es mir genauso gehen wie ihnen.

»Ganz zu schweigen davon, dass wir nicht wissen, wann das Raumschiff zurückkommt«, gibt Megan zu bedenken. »Oder ob es überhaupt zurückkommt.«

»Ich vermute, dass sie wiederkommen werden, um uns zu holen«, sagt Kira langsam. »Sie werden eine solch wertvolle Fracht nicht verlieren wollen, und so wie es sich anhört, sind wir ganz besonders wertvoll.«

»Toll«, sagt Liz sarkastisch. »Dann werden sie zurückkommen.«

»Und wir können kämpfen oder aber es so einrichten, dass sie uns nicht von hier fortbringen können«, erkläre ich ihnen.

»Mir ist mehr als nur ein bisschen unwohl bei dem Gedanken, so ein Sym-Dings zu bekommen«, gesteht Megan. »Den Luis.«

»Khui«, korrigiere ich sie und schaudere. »Dann sollen wir also kämpfen?«

»Mädel«, sagt Tiffany, »ich muss schon aufpassen, dass mir nicht die Augen zufallen, so kaputt bin ich. Ich kann nicht kämpfen. Ich bin dafür, dass wir mit den großen Jungs mitgehen.«

»Die Sache ist folgende«, spreche ich weiter und reibe mir die Stirn. Ich habe Kopfschmerzen, die nicht weggehen wollen. Ich weiß nicht, ob es die Khui-Krankheit oder der Geruch im Frachtraum ist, aber ich habe Schmerzen, und ich bin frustriert. »Der Khui wählt die Paare aus. Wenn der Khui also feststellt, dass ihr genau die Richtige wäret, Babys mit eurem schlimmsten Feind zu bekommen, dann habt ihr bei der Sache kein Mitspracherecht.«

»Aber es ist besser, als wie Vieh behandelt zu werden«, meldet Liz sich zu Wort.

»Selbst wenn es uns irgendwie gelingt, die Kontrolle über das Raumschiff zu gewinnen, gibt es keine Garantie, dass wir dann in der Lage sind, damit nach Hause zurückzufliegen, oder dass sie uns dorthin bringen. Sie könnten uns anlügen, und wir würden es nicht mitkriegen.«

»Was willst *du* denn?«, fragt Josie mich. »Immer wieder fragst du uns. Sag uns, was du denkst.«

Meine Hand geht zu meinem Bauch. »Ich bin da etwas voreingenommen, denn ... ich bin schwanger. Von Vektal. Ich bringe seinen Khui zum Schwingen, und das bedeutet anscheinend, dass er mich, obwohl wir nicht derselben Spezies angehören, schwängern kann. Also will ich bleiben.«

In dem Moment, als ich es laut ausspreche, fühle ich mich leichter. Natürlich will ich bleiben. Vektal wird mir immer wichtiger. Vielleicht liebe ich den großen Kerl sogar. Und ich trage sein Kind in mir. Es ist nicht seine Schuld, dass bösartige Außerirdische mich entführt haben, und jetzt muss ich mir eben einen Khui suchen. Vektal hat nichts anderes getan, als mich zu lieben.

»Schwanger?«, wiederholt Tiffany. »In einer Woche? Ernsthaft, Georgie?«

»Verdammt, Mädel, man kann dich keine fünf Minuten allein lassen«, sagt Liz. »Mal ganz im Ernst. Ich befürchte, wenn wir dich noch mal aus den Augen lassen, wirst du mit einem ganzen Wurf auftauchen.«

Heiße Röte steigt mir ins Gesicht. »Ich kann nichts dafür, denn ich habe gedacht, man könne beim Sex zwischen verschiedenen Spezies nicht schwanger werden.«

»Eine Dänische Dogge kann durchaus einen Chihuahua schwängern«, bemerkt Liz. »Was meinst du, welcher Hund von beiden du bist.«

Ich schneide eine Grimasse. »Ich wollte nichts sagen, was euch beeinflusst.«

»Wie zum Beispiel: ›He, jemand hat mein Brötchen mit Butter bestrichen, während ihr auf meine Rückkehr gewartet habt, und er hat ein paar Krümel zurückgelassen?‹«, witzelt Liz.

Autsch. »Es tut mir leid. Ich …«

»Es braucht dir nicht leidzutun«, schaltet Kira sich ein und berührt Liz am Arm, bevor diese eine weitere Bemerkung machen kann. »Es war nur einfach hart für uns.«

»Glaubt mir, die Schwangerschaft war auch für mich eine Überraschung.«

»Also bleiben wir?«, hakt Josie nach.

Ich betrachte die müden, erschöpften Gesichter meiner Leidensgenossinnen. »Wenn ihr euch entschieden habt, ja.«

»Wenn ein Typ mit einem Hamburger auftaucht, kann er mir so viele Babys machen, wie er will«, verkündet Liz.

Ich höre draußen Schritte und leises Gemurmel. Seufzend sehe ich Liz an. »Habe ich schon erwähnt, dass ein paar von ihnen vom alten Raumschiff Englisch gelernt haben?«

»Das Angebot steht«, sagt Liz mit einem Grinsen. »Sollen wir unsere Reagenzglas-Ladys aufwecken?«

Nervös beäuge ich die Wand. »Sie werden uns wirklich hassen, nicht wahr?«

»Warum?«, sagt Kira. »Schließlich haben nicht wir sie entführt. Wir bieten ihnen einen Ausweg an.«

»Einen Ausweg, der einen Symbionten und die Paarung mit einem Außerirdischen beinhaltet«, werfe ich ein.

»Du beschwerst dich nicht«, sagt Liz. »Wenn sie uns auch nur halb so gut behandeln, wie Vektal dich behandelt, ist es keine allzu schreckliche Sache. Und es ist allemal besser, als wenn man mit uns wie mit Vieh umgeht, nicht wahr?«

Ich nicke, dann berühre ich meinen Bauch. »Also gut, wir wecken sie. Vielleicht sollten wir Vektal und die anderen warnen, dass wir eigentlich zu elft sind.«

Um mich herum reißen alle die Augen auf.

»Du hast ihnen nicht erzählt, dass noch sechs Mädchen hier sind?«, hakt Josie nach.

»Ach du Scheiße, das wird dann für sie wie Weihnachten«, sagt Liz und fängt an zu lachen. »Ich kann es gar nicht erwarten, ihre Gesichter zu sehen.«

Vektal

Gerade als ich denke, meine Gefährtin könne mich nicht mehr überraschen, kommt sie mit etwas Neuem daher.

»Vektal«, sagt sie und stellt sich neben mich, als ich mit meinen Männern und einem frisch erlegten Dvisti zurückkehre, damit die Menschen es zu einer ungenießbaren Mahlzeit verkohlen können. »Kann ich dich kurz sprechen?«

Die anderen Männer werfen mir neidische Blicke zu, als meine Gefährtin meinen Arm berührt, und mein Khui beginnt zu summen. Bei einem der Männer hat vorhin ebenfalls der Khui angeschlagen, aber es hat sich niemand dazu bekannt. Ich mache demjenigen keinen Vorwurf. Weil die Menschen noch unentschlossen sind, ob sie bleiben oder fortgehen wollen – ein Gedanke, der sich wie ein Messer in meine Eingeweide bohrt –, weiß keiner so recht, wie er sich verhalten soll.

Aber Georgie schenkt mir ein ermutigendes Lächeln und zieht mich beiseite. Dann legt sie mir eine Hand auf die Brust, und ich drücke sie gegen meinen summenden Khui.

»Also, ich habe eine gute und eine schlechte Nachricht. Welche willst du zuerst hören?«

»Es gibt schlechte Neuigkeiten?« Ich taumele beinahe. Der Drang, meine Gefährtin zu packen und mit ihr davonzulaufen, legt sich geradezu körperlich über mich. »Wenn es schlechte Nachrichten gibt, musst du sie mir sofort erzählen. Ich ertrage es nicht, im Ungewissen zu sein.«

Sie wirkt ein wenig erschrocken über meine Antwort. »Ich wollte dich doch nur necken, Vektal«, sagt sie. »Du brauchst dich nicht aufzuregen. Ich weiß nicht, ob es eine schlechte Nachricht ist oder nicht viel eher verblüffende Neuigkeiten.«

Ich atme langsam aus. »Ich bin bereit.«

»Die gute Nachricht ist, dass wir bleiben«, verkündet sie, und ein Lächeln spielt um ihre Lippen. »Wir haben darüber geredet und abgestimmt.«

Ich weiß nicht, was »abgestimmt« heißt, aber was sie da sagt, erfüllt mich mit purem Glück. Ich ziehe sie an mich und drücke meine Lippen auf ihre. Ihr entweicht ein glückliches Lachen. Dann schlingt sie mir die Arme um den Hals und erwidert meinen Kuss, und für einen Moment existiert nichts außer meiner Georgie und ihrem weichen, süßen Mund. »Du, die du meinen Khui in Schwingungen versetzt«, murmele ich zwischen zwei Küssen. »Du machst mich überglücklich.«

Sie löst sich von mir, und ein besorgter Ausdruck zeichnet sich auf ihrem glatten kleinen Gesicht ab. »Es wird dir vielleicht nicht gefallen, was ich sonst noch zu sagen habe.«

Ich will schon antworten, dass nichts sonst zählt, solange sie nur bei mir ist. Aber in ihren merkwürdigen Augen steht eine solche Angst, dass ich die Worte herunterschlucke. »Worum geht es?«

»Deine Männer sind hergekommen, um fünf Frauen zu retten«, sagt sie und nestelt an den Bändern an meiner Weste. Sie will mir nicht in die Augen sehen. »Aber es sind noch sechs weitere von uns da. In einer Art Winterstarre.«

Mehrere Sekunden lang glotze ich Georgie an. Ihre Worte ergeben keinen Sinn. Vielleicht hat sie unsere Sprache noch immer nicht ganz verinnerlicht. »Das Wort, das du da sagst, bedeutet es … schlafen? Hast du etwas anderes gemeint?«

»Nein, ich meine Winterstarre«, sagt sie noch einmal. Ihre kleinere Hand ergreift meine, und sie zieht mich zu der Wand mit den seltsamen Tafeln und den Lichtern, die mich an die in der Höhle unserer Ahnen erinnern. Als wir vor der Wand stehen, klopft sie kurz dagegen. »Sie schlafen da drin und haben keine Ahnung, was los ist.«

Ich bin verblüfft. »Sie schlafen in den Wänden eurer Höhle?«

»Ja«, sagt sie, und sie wirkt traurig. »Wir haben Angst davor, sie zu wecken.« Danach erzählt sie mir die unglaubliche Geschichte, wie sie, während sie schlief, von ihrem Heimatplaneten entführt wurde und sich darauf im Bauch des Höhlenschiffs wiederfand. »Doch wir sind nur die Zugabe. Die Frauen in der Wand sind die eigentliche Fracht.«

Ich verstehe ihre Worte nicht, aber ich verstehe, was sie mir sagen will. »Ihr seid also zweimal so viele wie gedacht.«

»Ich hoffe, du bist nicht sauer?« Ihr Gesicht ist besorgt.

Sauer? Ich bin außer mir vor Begeisterung. Dass es hier fünf Frauen gibt, die jung, gesund und mannbar sind, erscheint mir schon wie ein Geschenk der Götter. Sechs weitere sind ein unvorstellbarer Segen. Am liebsten würde ich Georgie an mich drücken und sie stürmisch umarmen, weil sie meinen Stamm vor dem sicheren Untergang rettet. Stattdessen muss ich ruhig bleiben. »Sechs weitere Frauen ... Sie haben mit Sicherheit Angst und werden verwirrt sein, das heißt, man muss sie mit Vorsicht behandeln.«

Sie nickt. »Deine Männer müssen sehr behutsam mit ihnen umgehen. Sie sind nicht gefangen gehalten worden wie wir. Wahrscheinlich denken sie, sie seien immer noch zu Hause und würden in ihren Betten schlafen. Es ist sicherlich alles sehr seltsam und äußerst Furcht einflößend für sie.« Sie drückt meine Hand. »Wir wollten sie nicht aufwecken, als wir uns noch nicht entschieden hatten. Verstehst du, was ich damit sagen will?«

Das tue ich. Georgie versucht, mir zu erklären, wenn schon die Menschenfrauen, die wir bisher gesehen haben, nicht begeistert sind, sich unserem Stamm anzuschließen, dann werden diese neuen Frauen sich wahrscheinlich erst recht gegen uns sträuben. Dass es Zeit und Geduld erfordern wird, sie in unserem Stamm aufzunehmen. »Ich verstehe.«

»Ein paar von ihnen lehnen ihn vielleicht ab ... den Khui«, fährt sie fort. Sie hat Mühe, das Wort »Khui« herauszubringen. »Auch das muss ihre Entscheidung bleiben.«

Das begreife ich zwar nicht, aber solange nur Georgie den Khui annimmt, ist es mir einerlei, was die anderen tun. Ich drücke ihre Hand an meine Lippen. »Ich werde das alles dir überlassen.«

Sie nickt und sieht mich ernst an. »Dann hole ich jetzt die anderen.«

Die Männer ziehen sich angesichts der neuesten Enthüllung, dass noch weitere menschliche Frauen hier sind, mit einer gewissen Ehrfurcht zurück. Ich sehe den Eifer in ihren Gesichtern; jeder von ihnen will bleiben, um der Erste zu sein, der die neuen Frauen in Augenschein nimmt – in der Hoffnung, dass ihr Khui für eine von ihnen in Schwingung versetzt wird. Aber die Frauen haben bestimmt Hunger, wenn sie aufwachen, und ein Sa-Khui-Mann hat den Instinkt, seine Gefährtin zu nähren und für sie zu sorgen. Also machen sich die Männer auf, um zu jagen, und Georgie und ihre Frauen bereiten sich darauf vor, die Wandfächer aufzubrechen. Ich schaue aus einigem Abstand zu, außerstande, meine Gefährtin aus den Augen zu lassen. Sie und ihre Frauen wirken schwach und kraftlos, und ich mache mir Sorgen, dass die Khui-Krankheit vielleicht zu viel für sie sein könnte.

Mit Kiras Hilfe als Übersetzerin gelingt es ihnen, die seltsame Wand zu öffnen, hinter der sechs lange Röhren mit schwebenden, nackten Frauen erscheinen. Georgie hat recht. Es sind sechs weitere Frauen, und sie sind meiner Georgie alle so ähnlich, dass mein Herz sich bei dem Gedanken, auch sie könnte in so einer Röhre eingesperrt sein, vor Unbehagen zusammenkrampft.

Eine nach der anderen werden die Frauen aus den Röhren befreit. Zuerst herrscht Verwirrung, gefolgt von Schluchzen. Die anderen legen den Neuen warme Felle um und nehmen sie beiseite, um Fragen zu beantworten, ihnen etwas zu essen zu geben und ihnen etwas zum Anziehen zu geben. Einige der Frauen starren Georgie und die anderen verständnislos an, als sie versuchen, ihnen die Situation zu erklären. Eine von ihnen wird zornig. Eine Frau hat flammend orangefarbenes Haar und orangefarbene Punkte überall auf ihrer seltsam bleichen Haut. Als sie mich sieht, unterdrückt sie einen leisen Schrei, woraufhin Georgie und die anderen Frauen sie trösten und ihr beruhigend auf den Rücken klopfen.

Meine Gefährtin hat recht. Es wird einige Zeit dauern, bis diese Frauen sich wohlfühlen, und es ist Zeit, die wir nicht haben. Georgie und ihre Frauen werden ohne einen Khui nicht mehr lange durchhalten.

Während die Frauen Kleidung untereinander teilen und miteinander sprechen, gehe ich zu den Männern, die aus dem Frachtraum verbannt worden sind, um den Menschen Zeit zu geben, sich einzugewöhnen. Während die anderen sich auf die Suche nach etwas zu essen gemacht haben, sind ein paar wenige von meinen Jägern zurückgeblieben, um den Frachtraum zu bewachen. Unter ihnen sind Aehako und Rokan.

Aehako drückt sich eine Hand auf die Brust. »Ich weiß nicht, ob mein Herz vor Aufregung so schnell schlägt oder ob es mein Khui ist, der in Schwingungen versetzt wurde.«

Ich klopfe ihm auf die Schulter. »Du wirst es wissen, wenn du das Gesicht deiner Frau siehst. Bis dahin mach dir keine Gedanken.«

»Ich habe mich so viele Jahre nach einer Gefährtin gesehnt«, sagt er. »Jetzt kann ich nicht aufhören, mich zu fragen, ob es eine der Menschenfrauen sein könnte. Mir vorzustellen, dass ich nach so langer Zeit eine Familie gründen könnte.« In seiner Stimme liegt ein Schmerz, den ich gut verstehe. Vor meiner Georgie habe ich genauso empfunden. Jetzt fühlt mein Leben sich fast komplett an.

Wenn sie den Khui annimmt und ihr Leben nicht mehr in Gefahr ist, werde ich vollkommene Zufriedenheit erlangen.

»Wann können wir sie uns ansehen?«, fragt er.

»Bald«, antworte ich Aehako. »Die Menschen haben

Angst. Das alles ist neu für sie, und wir sind Fremde. Gib ihnen noch ein wenig Zeit, sich einzugewöhnen.«

»Es ist schwer, Geduld zu haben«, murmelt Rokan. Er wirkt ruhiger als Aehako, aber die Knöchel der Hand, mit der er seinen Speer umklammert, sind weiß. »Zu wissen, dass paarungsfähige Frauen zum Greifen nah sind ...«

Ich nicke, doch mein Blick ruht auf den Männern in der Ferne. Die Jäger kehren zurück, und es liegt eine gewisse Hast in ihren Schritten. Ich beobachte, wie sie näher kommen, und als uns Raahosh an der Spitze des Jagdtrupps erreicht, ist er außer Atem, aber hocherfreut. »Ein Sa-Kohtsk ist in der Nähe. Ein großer.«

»Dann werden wir unsere Menschen morgen früh zu ihm bringen.« Mir rauscht das Blut vor Aufregung in den Ohren. Die Sa-Kohtsk sind einsame Wanderer. Einen in solcher Nähe zu dem menschlichen Lager zu finden, ist ein Zeichen. Ich beschließe, dass es an der Zeit ist und wir nicht länger warten sollten. Also betrete ich die Menschenhöhle, ignoriere die erschrockenen Blicke, die die neuen Frauen mir zuwerfen, und rufe Georgie an meine Seite.

Sie kommt zu mir, überschüttet mich mit Küssen und lächelt glücklich. Ich habe den Verdacht, dass sie das ebenso mir zuliebe tut wie um der argwöhnischen Menschen willen. »Hey«, begrüßt sie mich mit fröhlicher Stimme. Aber sie sieht müde aus. Alle Menschenfrauen sehen müde aus.

Ich nehme ihre Hand in meine, um sie noch einmal zu küssen, und sie seufzt wieder leise und wonnevoll. Ich nehme den Duft ihrer Erregung wahr, als ich sie berühre, und es lässt den Khui in meiner Brust summen. Doch heute Nacht kann ich sie nicht nehmen. Sie braucht Ruhe. »Morgen gehen wir von hier fort.«

»Zu euren Höhlen?«

»Auf die Jagd nach einem Sa-Kohtsk. Wir suchen Khui für dich und die Frauen.«

Sie zuckt kaum merklich zusammen, nickt jedoch. »Wenn es sein muss, muss es sein.«

»Wir brauchen mehr Zeit«, verkündet die Frau mit dem großen Mundwerk namens Liz. Sie sieht schwächer aus als die übrigen, dünn und ausgemergelt. Aber ein halsstarriger Zug liegt um ihren eingefallenen Mund. »Wir sind noch nicht alle überzeugt von der Idee.« Sie legt einen Arm um die Schultern einer der neuen Menschenfrauen, die sich sofort zitternd noch enger an Liz schmiegt.

»Ihr habt vielleicht nicht mehr viel Zeit«, hebe ich an, aber ein schrilles Jaulen unterbricht mich. Im Hintergrund schlägt Kira sich eine Hand aufs Ohr und bricht zusammen. Auch Georgie schlägt sich auf den Arm. »Was? Was ist los?«, frage ich.

Sie öffnet gequält den Mund und nimmt die Hand von ihrem Arm, im selben Moment bricht auch das Jaulen ab. In ihrem Arm, direkt unter der Haut, blinkt ein grellrotes Licht.

»Die Außerirdischen kommen zurück«, sagt sie mir. »Wir müssen hier weg.«

Georgie

Wir sind schon eine ziemlich jämmerliche kleine Truppe, als wir kurze Zeit später die Ladebucht verlassen. Die neuen Mädchen weinen und sind völlig durcheinander. Sie verlangen mehr Felle, als wir verteilen können. Sie wollen bessere Schuhe. Sie haben Hunger, sie frieren, und sie sind müde. Vielleicht ist es die Erschöpfung, aber ich bin frustriert, denn wir tun unser Bestes, und sie jammern einfach immer weiter. Ich weiß, das alles ist neu und beängstigend für sie, aber ich ertappe mich bei dem Wunsch, dass sie endlich begreifen und mitmachen.

Die Frauen versuchen zudem den Männern aus dem Weg zu gehen, die ihnen sehnsüchtige Blicke zuwerfen. Irgendjemand schnurrt immer wieder, obwohl sich niemand dazu bekennt. Wahrscheinlich ist es auch besser so, denn ich vermute, dass die Mädchen im Moment mit dem Gedanken, einen außerirdischen Partner zu haben, nicht umgehen könnten. Nicht neben allem anderen, das derzeit los ist.

Mein Oberarm pocht. Er ist frisch verbunden, aber die Wunde tut trotzdem höllisch weh. Als die Sensoren losgingen, sind wir aktiv geworden und haben uns darauf vorbereitet, das Lager zu verlassen. Doch zuvor mussten wir noch einiges erledigen. Weil wir nicht wussten, ob die Sensoren Peilsender sind, mussten wir sie loswerden, und zwar schnell.

Messer wurden gezückt, und nach fünf Minuten – und jeder Menge Tränen – waren die Peilsender entfernt. Pashov hat den Auftrag bekommen, sie in die nächstgelegene Metlak-Höhle zu werfen. Sollen die kleinen grünen Männchen *sie* doch mitnehmen, wenn sie Gefangene brauchen.

Jetzt stapft der Rest von uns durch die verschneite Abenddämmerung, mit Ausnahme von Josie, die von einem großen Mann namens Haeden getragen wird. Wir bemühen uns, die bittere Kälte zu ignorieren, während wir nach etwas suchen, das Vektal einen Sa-Kohtsk nennt. Er hat die Khui, die wir brauchen, und das, so hat er mir erzählt, würde uns retten.

Mittlerweile bin ich absolut dafür, gerettet zu werden. Die Erschöpfung macht es mir schwer, mit den anderen Schritt zu halten, und auch Liz ist so schwach, dass Raahosh sie sich irgendwann einfach wie einen Sack Kartoffeln über die Schulter wirft und trägt.

Einer der Späher erscheint und fuchtelt über seinem Kopf mit seinem Speer. »Sa-Kohtsk«, ruft er in den pfeifenden Wind. »Im Tal. Schnell!«

Vektal legt mir einen Arm um die Taille. Er trägt jetzt Tiffany, die zu erschöpft ist, um die Füße zu heben. »Komm, meine Khui-Erweckerin«, sagt er zu mir. »Es ist nicht mehr weit.«

»Mach dir um mich keine Sorgen«, antworte ich ihm und stapfe weiter. »Ich …«

Der Boden erbebt unter meinen Füßen.

»Was war das?«, frage ich und bleibe stehen. Vor Angst verkrampft sich mein Magen, als es wieder passiert. Selbst der Schnee unter meinen Füßen vibriert.

»Das«, erklärt Vektal und drängt mich weiter, »ist ein Sa-Kohtsk.«

Ach du Scheiße. Ich habe ein wenig Angst vor dem, was wir vorfinden werden, aber wir sind schon so weit gekommen. Vektal und seine Männer preschen vor, daher bleibt uns nichts anderes übrig, als mit ihnen Schritt zu halten. »Macht ihr schon lange Jagd auf diese Sa-Kohtsk?«, frage ich ihn.

»Wir jagen sie nicht oft«, sagt er. »Nur wenn ein Khui benötigt wird. Ansonsten sind sie zu gefährlich.«

»Na wunderbar«, gebe ich trocken zurück.

»Es wird schon gut gehen«, beschwichtigt Vektal mich und tätschelt beruhigend meinen Arm, was nur dazu führt, dass in meiner frischen Wunde erneut der Schmerz aufblitzt.

Wenigstens wird mich Maylak, wenn ich einen Khui habe, heilen können. Doch wenn es so weitergeht, wird sie am Ende bloß noch ein paar an Georgie erinnernde Einzelteile vorfinden. Ich ziehe das Messer, das ich bei mir trage, hervor.

»Was ist los?«, fragt eins der neuen Mädchen, das trotz ihres Fells zittert. Ich glaube, ihr Name ist Nora, und sie ist eine der Stärkeren von den Neuen.

Wieder erbebt der Boden, und Vektal zeigt auf ein Wäldchen aus federzarten rosafarbenen Bäumen vor uns. »Bringt die Frauen dorthin. Wenn die Kreatur auf euch zukommt, versteckt euch zwischen den Bäumen.«

»Indem wir auf die Bäume klettern?« Ich sehe die anderen Frauen an. »Ich glaube nicht, dass sie das können.«

»Ihr braucht nicht zu klettern«, beteuert Vektal. »Zwischen den Bäumen kommt er nicht an euch heran.« Das überrascht mich, aber es bleibt keine Zeit zum Reden. Er drückt mir einen Kuss auf die Stirn, dann schiebt er Tiffany zu mir. Sie ist so schwach, dass sie sich an mich klammert, und ich muss sie mit Noras Hilfe zu den Bäumen schleppen.

Es kommt mir ziemlich unemanzipiert vor, dass wir uns unter den Bäumen zusammenkauern, während die Männer in den Kampf ziehen, aber ich betrachte die Frauen um mich herum und ein Hauch von Verzweiflung steigt in mir auf. Wir sind schwach und erschöpft und nicht an die Kälte hier gewöhnt. Wenn in diesem Moment die kleinen grünen Männchen auftauchen würden, wären wir ihnen hilflos ausgeliefert und könnten uns nicht gegen sie wehren, selbst wenn wir in der Mehrzahl wären.

Wieder erbebt der Boden, und Kira umklammert neben mir einen Speer, während Liz unglücklich aufstöhnt. »Was zum Teufel ist das hier für eine *Jurassic Park*-Scheiße?«

»Ich weiß es nicht«, sage ich. Aber auch ich packe mein Messer fester.

Irgendetwas stößt ein schrilles Gebrüll aus, dass sich mir die Nackenhaare aufstellen. Das Tier scheint ganz in der Nähe zu sein, wirklich verdammt nah, und wieder erzittert der Boden. Megan unterdrückt ein angstvolles Schluchzen, und die anderen Frauen flüstern miteinander. Ich herrsche sie zischend an, still zu sein, denn ich will verdammt noch mal wissen, was zum Teufel vor sich geht. Der Gedanke an Vektal, der da draußen bei einem riesigen Monster ist, macht mir Angst.

Was, wenn er verletzt wird? Was, wenn er ... stirbt? Bei dem Gedanken blutet mir das Herz. Er ist mir in der kurzen Zeitspanne wichtiger geworden, als ich zugeben mag, und sei es auch nur mir selbst gegenüber.

Ich will ohne Vektal nicht hier sein.

Ein riesiger Kopf erhebt sich über den Bäumen. Ich schnappe nach Luft und reiße entsetzt die Augen auf. Da steht eine Kreatur mit zwei glühenden übereinanderliegenden blauen Augenpaaren. Das Geschöpf hat riesige Reißzähne und ist mit langem gräulichem Zottelfell bedeckt. Es brüllt wieder schrill und stampft vorwärts, dass der Boden unter ihm erzittert. Es ist größer als die Bäume, und als es sich an uns vorbeibewegt, sehe ich lange, dünne Beine mit breiten Füßen durch den Schnee stapfen. Ein außerirdischer Jäger hängt an der Seite und klammert sich an einen Speer, der aus der Flanke der Kreatur ragt.

»Ach du Scheiße«, murmelt Liz. »Was zum Teufel ist das?«

»Ich nehme an, es ist ein Sa-Kohtsk«, antworte ich schwach. Es sieht aus wie ein Umzugswagen für die Macy's Thanksgiving Day Parade mit Beinen. Und sie wollen dieses Ding erlegen? Mein Gott. *Sei vorsichtig, Vektal!*, sende ich als stumme Botschaft aus. Weitere Männer laufen vorbei, jagen dem Geschöpf mit Speeren hinterher. Ich versuche, Vektal in der Gruppe auszumachen, aber ich kann ihn nicht entdecken. Er hat keinen Speer, nur seine Messer und eine Schlinge, und der Gedanke erfüllt mich mit Grauen.

»Ich wünschte, ich hätte einen Bogen«, bemerkt Liz, während wir das Geschöpf anstarren, das an uns vorbeistampft.

»Das gibt's doch gar nicht«, kommentiert Kira mit ehrfurchtsvollem Ton. Wir können den Blick nicht von dem Sa-Kohtsk abwenden.

»Ich war als Jugendliche Meisterin im Bogenschießen«, kommentiert Liz. »Allerdings weiß ich nicht, ob ich dieses Ding erlegen könnte.«

»Hä?«, ist alles, was Kira dazu sagt.

Ich renne los durch den Schnee, während die Kreatur

von den Bäumen wegstampft, dicht gefolgt von den Jägern. Wo ist Vektal? Wo? Ich laufe in einiger Entfernung hinterher, während die Männer dem Geschöpf mit ihren Speeren zusetzen.

Es brüllt erneut und schwingt den Kopf nah am Boden hin und her. Ein Außerirdischer packt einen aus seinem Maul ragenden Reißzahn, und als das Geschöpf den Kopf wieder ruckartig hebt, wird der Mann auf den Schädel des Tieres geschleudert, wo er sich nur mit großer Mühe festhalten kann. Ich schnappe nach Luft, als ich die anmutigen Bewegungen und das lange flatternde schwarze Haar erkenne. Vektal. Meine Hand fliegt zu meinem Mund, und ich presse sie mir vor die Lippen, um nicht vor Angst loszuschreien.

Bitte, lass dich nicht für mich umbringen!, denke ich.

Jetzt stellt er sich auf dem Schädel des Monstrums hin. Das Wesen schleudert den Kopf hin und her und versucht, ihn abzuwerfen, aber Vektal hält sich gut fest. Er zieht etwas aus seiner Weste – eine Knochenklinge, vermute ich – und hebt sie hoch in die Luft.

Mit einem lauten Schlachtruf rammt er sein Messer in das Wesen hinein, und es schreit auf und windet sich vor Schmerz. Hinter mir ersticken einige der Frauen ihre eigenen Schreie. Ich sehe atemlos zu, wie Vektal abermals das Messer hebt und es immer wieder niedersausen lässt und es schließlich der Kreatur in eins seiner Augen bohrt.

Mit einem letzten Gurgeln taumelt die Kreatur. Sie tritt einen Schritt vor und bricht dann zusammen. Unter der Wucht des Aufpralls erbebt die Erde, und ich kann einfach nicht anders – ich laufe zu Vektal. Ungeachtet meiner Erschöpfung kämpfe ich mich durch den kniehohen Schnee. Denn ich muss zu ihm, muss wissen, dass es ihm gut geht.

Als ich ihn erreiche, sehe ich, dass er von oben bis unten voll mit dem Blut des Sa-Kohtsk ist und sich gerade mit einem Zipfel seiner Weste das Gesicht sauber wischt. Er grinst mich an, und sein jungenhaftes Grinsen sagt: Hast du das gesehen? Bei dem Anblick muss ich ein Aufschluchzen unterdrücken und werfe ihm die Arme um den Hals. »Du hast mir eine Scheißangst eingejagt«, plappere ich auf Englisch und schere mich nicht darum, dass er meine neuen Kleider total einsaut.

»Georgie?«, fragt er, während er mir den Rücken tätschelt. »Geht es dir gut?«

»Jetzt ja«, antworte ich in seiner Sprache. »Das war echt beängstigend.«

»Sie sind stark«, gibt er zu. »Aber nicht so stark, dass ich nicht eins von ihnen für dich und die Menschen erlegen würde.«

»Hauptsache, es kommt nicht regelmäßig vor«, sage ich.

Er berührt meinen Bauch, und in seinen leuchtenden Augen liegt echte Wärme. »Wir werden eins für unser Kleines brauchen, und auch das werde ich mit Freuden tun.«

»Na gut, na gut«, brumme ich. »Also, was jetzt?«

Er drückt mir einen Kuss auf die Stirn. »Jetzt holen wir die Khui. Bring die Frauen her.«

Beim Gedanken daran wird mir mulmig, aber ich zwinge mich zu nicken. Wenn die Sa-Khui ihr Leben aufs Spiel setzen, um uns die Symbionten zu besorgen, ist es das Mindeste, dass auch wir unseren Teil beitragen, da sie es ohnehin nur für uns getan haben.

Ich gehe zu Tiffany, um ihr beim Gehen zu helfen, und versuche, zuversichtlicher zu wirken, als ich es tatsächlich bin. Wenn ich jetzt die Nerven verliere, werden die anderen

Frauen es ebenfalls tun. Ich muss cool bleiben, gelassen und gefasst.

Es gelingt mir, cool, gelassen und gefasst zu bleiben, und zwar ganze fünf Minuten, während wir uns in der Nähe sammeln. Die Männer beobachten uns aufmerksam, mit Hoffnung und Begierde in den Augen. Aber ich ignoriere sie und konzentriere mich stattdessen auf das gigantische Sa-Kohtsk am Boden. Die langen, spindeldürren Beine sind gespreizt, und der fette Bauch der Kreatur ragt hervor. Ich schaue nach etwas Ähnlichem wie einem Schiffshalter-Fisch, die sich manchmal an größeren Fischen festsaugen – *bitte, bitte, sieh nicht aus wie ein Schiffshalter-Fisch!* –, aber das dicke, buschige Fell des Geschöpfs verbirgt alles, was darin leben könnte.

»Wo sind die Khui?«, frage ich, da die Männer darauf zu warten scheinen, dass die Frauen etwas sagen.

»In seinem Innern«, erklärt Vektal. Er tritt vor und berührt mich am Kinn. »Bist du bereit, meine Georgie?«

O Gott. Ich weiß nicht, ob ich bereit bin. Ich schlucke hörbar. »Lass uns loslegen.«

Er nickt und zieht seine längste, breiteste Klinge aus der Scheide an seinem Gürtel. Ich wappne mich, als er die Klinge gegen den Bauch der Kreatur drückt. Mit einer einzigen schnellen Bewegung versenkt er sie tief im Fleisch des Geschöpfs und beginnt dann zu schneiden. Blut spritzt aus der Wunde, und hinter mir würgt jemand. In der Luft liegt ein widerwärtiger metallischer Geruch, und ich zwinge mich, ihn zu ignorieren.

Zwei der Krieger treten vor und schlagen die Haut an der Wunde des Wesens zurück, sodass blutige Organe zum Vorschein kommen.

»Wie wenn man ein Reh häutet«, haucht Liz mit seltsam

tonloser Stimme neben mir. »Keine große Sache. Nicht weiter schlimm.«

Vektal nimmt sich den Brustkorb des Sa-Kohtsk vor, stellt sich auf eine Seite und drückt dann gegen die andere. Seine kräftigen Arme spannen sich an, und einen Moment später gibt es ein Knacken wie von einem Baum, der im Wald umfällt, und die Rippen reißen am Brustbein auseinander.

»Ein wirklich, wirklich großes Reh«, murmelt Liz.

Vektal macht einige Schnitte, ein überlautes, schmatzendes Geräusch in der abendlichen Stille. Er hebt ein riesiges, immer noch pulsierendes Organ heraus, bei dem es sich um das Herz handeln muss. Es glüht und blinkt in einem hellblauen Licht von innen. Mit einem einzigen Schnitt öffnet er es, und Licht dringt heraus.

Im Innern winden sich Dutzende sehr dünner Würmer.

Würmer.

O Gott.

Einer der Krieger tritt hinzu, und Vektal reicht ihm das Herz, bevor er behutsam einen der glühenden Fäden herauszieht.

»Ich glaube, ich muss mich übergeben«, haucht Kira schwach.

Ich glaube, ich mich auch. Aber ich zwinge mich, stehen zu bleiben, während Vektal ehrfürchtig den langen, sich windenden Streifen Licht befreit und auf mich zukommt. Der Faden zappelt und windet sich auf seiner flachen Hand. »Draußen in der Kälte überleben sie nicht lange«, erklärt er mir. »Wir müssen einen Einschnitt in deinen Hals machen und dem Khui einen sicheren Ort geben, an dem er sich einnisten kann.«

Seine Augen sprechen Bände. Jetzt muss ich vorangehen. In dieser Sache muss ich ihm vertrauen.

Ich schlucke und betrachte das lange, wurmartige glühende Ding. »Was ... was ist, wenn es in mein Gehirn geht?«

»Wäre das etwa besser als in dein Herz?« Liz hustet.

»Der Khui ist die Essenz des Lebens«, erklärt Vektal mir, während er das schlangenähnliche Ding in seinen Händen birgt. Sein Blick ruht auf meinem Gesicht, und in seinen Augen spiegelt sich eine Vielzahl an Gefühlen. Wenn ich mich jetzt abwende, wende ich mich von allem ab, das er und sein Volk uns anbieten. Ich würde sowohl das Leben hier als auch die Liebe hinter mir lassen, in der vagen Hoffnung auf eine mögliche andere Rettung.

»In den Hals, ja?«, frage ich mit schwacher Stimme. »Wird es wehtun?«

»Das weiß ich nicht.« Vektal kommt näher, und ich höre eine Art Schnurren, die das in seinen Händen zuckende Ding von sich gibt.

»Also gut.« Dieses Ding drückt sich gegen seine Hände, auf der Suche nach einer Möglichkeit, sich in seine Haut zu bohren. Ich bekomme weiche Knie bei dem Gedanken, es freiwillig in mich hereinzulassen ... aber habe ich eine Wahl?

Meine Entscheidung ist getroffen. Ich habe Vektal gewählt ... und unser Kind, das schon jetzt in meinem Bauch sein könnte.

»Muss ich den Schnitt selbst vornehmen?«, frage ich ihn. »Oder wirst du das tun?«

»Ich kann es machen«, sagt er und hält mir seine zu einer Schale geformten Hände hin.

Ich nehme den Khui entgegen und verziehe das Gesicht. Er fühlt sich wie eine klebrige Spaghetti an, überraschend warm trotz des eisigen Windes. Sein Licht flackert nur schwach, als er in meine Hände gelegt wird, und kurz sorge ich mich. Was ist, wenn Khui sich gar nicht mit Menschen verbinden können? Aber Vektal hat bereits eine neue, saubere Klinge gezückt und legt mir seine Hand in den Nacken.

Jetzt gibt es kein Zurück mehr.

»Wirst du das echt tun, Georgie?«, fragt Kira, die sich anhört, als sei ihr übel.

»Ja, ich tue es wirklich.« Ich schaue in Vektals glühende Augen, als er sich vorbeugt. Er drückt mir einen Kuss auf die Stirn, und die Erkenntnis, wie wunderbar er ist, überwältigt mich erneut. »Ich liebe dich«, sage ich leise.

»Du bist mein Ein und Alles, Georgie«, murmelt er. Für einen kurzen Moment spüre ich das kühle Messer an meiner Kehle, dann ein Brennen, als er in die Haut nahe meines Schlüsselbeins ritzt. Nicht tief, aber tief genug, dass Blut hervortritt und auf meiner Haut gefriert.

Vektal nimmt den Khui aus meinen Händen und hebt ihn hoch, und als ich sehe, wie sich seine Hand mit diesem unheimlichen glühenden Faden meinem entblößten Hals nähert, denke ich: Nein, nein, warte, ich habe meine Meinung geändert.

Doch es spielt keine Rolle.

In dem Moment, in dem der Khui meine Haut berührt, beginnt er, sich auf der Suche nach Wärme in mich hineinzubohren. Als ich spüre, wie er in meinen Körper eindringt, schnappe ich entsetzt nach Luft. Es ist, als würde eiskaltes Wasser durch meine Adern fließen, und ich merke, wie das Ding zu meinem Herzen klettert, und … ach du Scheiße.

Ach du Scheiße.

Alles wird dunkel.

Vektals Gesicht vor mir verschwimmt.
Das war wohl ein Fehler.
Aber dann wird mir warm.
So warm.
Und ein Summen hebt an.
Und schließlich ist völlige Dunkelheit um mich herum.

Irgendwann später reiße ich die Augen auf. Es ist seltsam, denn ich spüre den Wind und den Schnee, der um mich herum fällt, aber mir ist nicht mehr kalt. Warme Finger streichen über meine Wange, und ich schaue in Vektals wunderschönes Gesicht. Meine Glieder sind ein wenig steif und mir tut alles weh, doch ich fühle mich nicht mehr so schwach wie vorher. Ich benetze die Lippen. »Wie ist es gelaufen?«

»Deine Augen haben jetzt einen entzückenden Blauton«, erzählt er mir mit vor Glück warmer Stimme.

»Oh, wirklich?« Mit seiner Hilfe richte ich mich auf und sehe mich um. Ich glaube nicht, dass viel Zeit vergangen ist, seit ich den Khui in mich aufgenommen habe. In der Ferne grollt Donner, und der Nachthimmel ist schwarz. Ich blinzele und betrachte meine Umgebung. Ich fühle mich ... genau wie immer. Überhaupt nicht seltsam. Kein *O mein Gott, in mir ist ein Parasit*-Gefühl. Alles ist still.

Aber als eine Schneeflocke auf meinem Arm landet, sehe ich mich überrascht um. »Mir ist warm?«

»Der Khui hält dich warm«, erklärt er und streichelt mir über die Haut. Er berührt mich überall, als könne er nicht recht glauben, dass es mir gut geht.

»Wow, okay.« Ich sehe mich im Lager um, in dem die Männer den Frauen gerade auf die Füße helfen. »Haben sie alle einen genommen? Einen Khui?«

»Jede Einzelne von ihnen«, bestätigt er mit einem stolzen Unterton in der Stimme. »Du warst mutig und hast den Weg geebnet.«

Dann hilft er mir aufzustehen, obwohl ich seine Hilfe wahrscheinlich gar nicht mehr brauche. Erstaunlicherweise geht es mir hervorragend; ich fühle mich gut.

»Ich habe ja auch vieles, wofür es sich zu leben lohnt.«

Das Grollen des Donners wird lauter, und als Vektal meine Hand berührt, fühle ich mich … seltsam. Erregt. Das ist merkwürdig, denn er tut nicht mehr, als meinen Arm zu berühren.

Überrascht sehe ich Vektal an. Ich kämpfe gegen den Drang an, ihn leidenschaftlich auf den Mund zu küssen, auf ihn zu klettern wie auf einen verdammten Baum, ihn in den Schnee zu zerren und nach allen Regeln der Kunst zu verführen.

Großer Gott, was ist los mit mir?

Der Donner grollt lauter, und ich schaue hinter mich.

Vektal grinst und drückt eine Hand zwischen meine Brüste. »Hörst du es?«

»Was ist das für ein Geräusch?«

»Das bist du«, sagt er. »Dein Khui singt für mich.«

Ich presse mir eine Hand auf die Brust. Und tatsächlich, das Grollen kommt von mir. Ich schnurre. »Oh.« Die Hitze schießt mir zwischen die Beine, und mein Puls beginnt zu dröhnen, als hätte Vektal mich auf unartige Weise berührt, nur weil seine Fingerspitzen auf meinem Oberkörper liegen. »O Mann, ich habe das Gefühl …«

»Ich weiß«, sagt er, und in seinen Augen glüht eine Mischung aus Sehnsucht und Belustigung. »Ich kann dein Verlangen riechen, Gefährtin.«

»Oje«, sage ich schwach. »Können … können die anderen das auch?« Wenn ja, werde ich wahrscheinlich vor Verlegenheit sterben.

»Meine Sinne sind auf dich eingestellt. Die anderen sind zu beschäftigt damit, den Menschen zu helfen. Sieh dich um«, fordert er mich auf und zieht mich an sich.

O Gott, er ist so warm und groß, einfach wunderbar! Am liebsten würde ich die Hände in seine Hose schieben und seinen Schwanz packen. Es kostet mich einen Moment, mich zu sammeln, und ich klammere mich an seine Weste, während ich versuche, mich in den Griff zu bekommen. Fühlt es sich so an, wenn mein Khui in Schwingungen versetzt wird? Ich meine ... wow. Aber ich weiß wirklich nicht, ob ich es auf Dauer ertrage, in Vektals Nähe so extrem sensibel zu sein.

Andererseits werden die Orgasmen wahrscheinlich der Hammer.

Mein Blick geht zu den Frauen in der Ferne. Tiffany steht wunderbarerweise auf beiden Beinen und wird von einem Sa-Khui-Mann umsorgt. Fast alle anderen Frauen scheinen in Begleitung von einem Mann aus Vektals Stamm zu sein, und schwaches Schnurren erfüllt die Luft.

»Sind sie alle ...«

»Nicht alle«, verneint Vektal. »Aber einige.« Bei meinem besorgten Blick fügt er hinzu: »Sie werden es langsam angehen lassen. Das verspreche ich.« Dann verzieht er das Gesicht. »Für einen kann ich das allerdings nicht garantieren.«

»Wen meinst du?« Ich lasse meine Augen über die Gesichter schweifen, und mir fällt auf, dass das vertraute Gesicht einer vorlauten Frau fehlt. »Wo ist Liz?«

»Raahosh hat sich mit ihr davongeschlichen wie ein Metlak mit einer frisch geschlagenen Beute.« Seine Miene verdüstert sich. »Er wird dem Stamm Rede und Antwort stehen müssen, wenn er zurück ist.«

Mein ganzer Körper verkrampft sich. »Wird er ihr etwas antun?«

»Ihr etwas antun?« Vektal sieht mich ungläubig an. »Er nimmt sie mit, um sich mit ihr zu paaren. Er wird ihr kein Haar krümmen, das ist das Letzte, was er vorhat.«

Mann, mir tut Raahosh fast leid. Er weiß nicht, worauf er sich eingelassen hat, indem er Liz erwählt hat. Sie wird sich von niemandem unterbuttern lassen, auch nicht von einem Außerirdischen. »Ich bin mir sicher, dass Liz das eine oder andere dazu zu sagen haben wird.«

Er lächelt schief. »Da bin ich mir auch sicher.«

Es würde mich nicht überraschen, wenn Raahosh Liz wieder zurückbringt, denke ich bei mir. Sie kann ziemlich zickig sein. »Können wir sie verfolgen?«

»Raahosh ist mein bester Jäger. Wenn er nicht gefunden werden will, wird man das auch nicht. Wir können nur abwarten, bis sie zurückkommen.«

»Lass mich raten«, sage ich trocken. »Barfuß und schwanger?«

Meine Worte scheinen ihn zu verwirren. »Warum sollte sie barfuß sein?«

»Vergiss es.« Ich tätschele seine Brust und bin sofort durch und durch fasziniert vom Spiel seiner Muskeln. »Oh, wow. Vektal, ich fühle mich so …«

»Von deinem Khui in Schwingungen versetzt?«, fragt er. Unter meiner Hand beginnt es in seiner Brust noch lauter zu dröhnen, und das lässt meine Brustwarzen aufmerken und meinen eigenen Khui reagieren.

Ich nicke.

Er presst mich an sich, und ich schnappe nach Luft, denn

es fühlt sich einfach unglaublich an. »Wollen wir irgendwo hingehen, wo wir ungestört sind, meine Gefährtin?«

»Aber … die anderen …«

»Die Männer werden sich heute Nacht um sie kümmern«, versichert er mir und zeichnet mit einem Finger meine Wange nach, was dazu führt, dass ich vor Verlangen erbebe. »Sie werden sie warm halten und ihnen etwas zu essen geben, während sie sich an ihren Khui gewöhnen. Und morgen früh machen wir uns alle zusammen auf den Weg nach Hause.«

Nach Hause. Nachdem wir mehrere Wochen gefangen gehalten worden waren, fühlt es sich so schön an, einen Ort als Zuhause zu betrachten. »Wohin können wir zwei denn jetzt gehen?«, frage ich und schiebe meine Finger zwischen seine. »Zeig mir den Weg.«

Aber er zögert. »Fühlst du dich wohl, meine Khui-Erweckerin? Willst du dich ausruhen? Schlafen?«

»Im Moment will ich dir die Kleider vom Leib reißen und deinen ganzen Körper mit Küssen bedecken«, sage ich zu ihm, und das Schnurren in meiner Brust wird stärker. Das Gleiche lässt sich über die Feuchtigkeit zwischen meinen Beinen sagen. Wenn ich einen Slip anhätte, wäre er inzwischen durchnässt.

Vektals Nasenflügel beben, und er unterdrückt ein Stöhnen. Bevor ich reagieren kann, wirft er mich über seine Schulter und stürmt mit mir in die Dunkelheit. »Wir sind bei Tagesanbruch zurück«, ruft er einem seiner Männer zu.

»Genießt den Gleichklang eurer Khui«, ruft der Mann zurück, und in seiner Stimme schwingt Neid mit.

Ich zappele auf Vektals Schulter vor Aufregung. O Gott, ich sollte nicht so erregt sein, aber ich bin es. Der Khui, der in mir summt, vermittelt mir das Gefühl, es warm zu haben. Es geht mir gut, und die intensive Erregung fühlt sich an wie ein weiterer Bonus. Warum war ich nur so gegen dieses Ding? Ich berühre mein Brustbein und spüre, wie es dahinter glücklich summt. Wenn das alles ist, was notwendig ist, um für den Rest meines Lebens an Vektals Seite zu leben, dann bin ich dabei.

Ich meine, es gibt keine Toiletten, aber das Leben als Barbarin ist gar nicht so übel, wenn man einen großen, sexy Barbaren an seiner Seite hat.

Minutenlang stapft Vektal durch den Schnee, und gerade als ich mir selbst eine Hand in die Hose schieben will, um mich um die Angelegenheit zu kümmern, bleibt er stehen. »Jetzt sind wir weit genug entfernt.«

Er setzt mich ab, und ich sehe mich stirnrunzelnd um. Wir befinden uns in der totalen Abgeschiedenheit, es sind nur ein paar vereinzelte Bäume zu sehen. Es gibt einen großen, flachen Felsen, der ungefähr hüfthoch ist und dessen Anblick mich erregt, weil ich mir vorstelle, wie Vektal mich von hinten besteigt und mich dumm und dämlich vögelt. »Hier?«

Er legt mir eine Hand in den Nacken und zieht mich zu einem groben, besitzergreifenden Kuss an sich. »Hier sind wir weit genug weg, dass sie nicht auf die Idee kommen, dich zu retten, wenn sie dich vor Lust schreien hören.«

Ich erröte bei seinen Worten, und mir wird ganz heiß. »Du bist wirklich eine Sex-Bestie, weißt du das?«

»Ich weiß nur, dass ich dir gehöre«, gibt er zurück. Erneut erobert sein Mund den meinen, und kurz spüre ich das Kratzen seiner Reißzähne, bevor seine Zunge über meine gleitet. Die Wülste darauf streichen darüber, und wildes Verlangen tobt in meinem Leib.

Stöhnend schiebe ich die Hände unter die Schnüre seiner engen Hose. »Ich will deine Haut auf meiner spüren«, sage ich. »Alles von dir auf mir.« Mein Khui summt seine Zustimmung. Einen Moment später stoßen meine umherwandernden Hände auf die Spitze seines Schwanzes, und ich spüre die hervortretenden Lusttropfen. Ich hebe einen Finger an die Lippen und stöhne bei seinem Geschmack auf. Es schmeckt anders als alles, was ich je gekostet habe: köstlich wie süßer Moschus. Er hat schon vor dem Khui gut geschmeckt, aber jetzt ... ich knie mich vor ihn. »O Gott, ich will unbedingt an deinem Schwanz saugen.«

»Es heißt, der Geschmack eines Khui-Gefährten sei mit keinem anderen vergleichbar«, murmelt er und fährt mir mit einer Hand durchs Haar. »Ich weiß, dass es nichts Köstlicheres gibt als deinen Tau auf meiner Zunge.«

Tau? Irgendwann werden wir noch ein Gespräch über Liebesworte führen müssen. Lächelnd schaue ich zu ihm auf und ziehe an seiner Hose, bis sein Schwanz sich aus seiner Schnürung befreit. Ich nehme ihn in die Hand und keuche vor Verlangen angesichts seiner heißen, pochenden Erektion, dann lecke ich die Tröpfchen ab, die an der Spitze Perlen bilden. Jedes einzelne ist köstlich. Meine Hand stiehlt sich zu meinen Schenkeln hinab und gleitet in die Beinkleider, die Maylak mir gegeben hat, damit ich mich selbst streicheln kann, während ich ihn berühre. Ich bin absolut wild vor Verlangen, und ich brauche ihn jetzt sofort oder ich verliere den Verstand. Und die ganze Zeit summt und pocht der Khui eine Melodie im gleichen Rhythmus wie Vektals.

Es fühlt sich unglaublich an. Ich lasse einen Finger in mich hineingleiten und stöhne. Es ist nicht genug.

»Leg dich für mich auf den Rücken«, haucht mein Gefährte und liebkost mich dabei. »Wenn du so schnell ausgefüllt werden musst, lass mich derjenige sein, der es tut.«

Das lasse ich mir nicht zweimal sagen. Ich bin so feucht, so glitschig, dass ich weiß, ich kann ihn in mich aufnehmen. Da ich mich unartig fühle, lege ich mich bäuchlings auf den Stein, den Hintern in die Luft gereckt. »Besorg es mir von hinten, Vektal. Weißt du noch? Die Nacht in deiner Höhle? Du hast gesagt, so hättest du es noch nie gemacht.«

Er knurrt, und ich spüre, wie er den Mund auf meinen Rücken drückt. »Noch nie … wegen der Ruten …«

»Aber ich habe keine Rute«, sage ich und wackele für ihn mit dem Hintern.

Vektal umfasst meine Hüften und reißt an meinen Beinkleidern. Ich versuche, ihm zu helfen, dann ist mein Hintern der kühlen Luft ausgesetzt, und die Hose hängt mir in den Kniekehlen. Dann spüre ich den festen Druck seines Schwanzes an meiner Hüfte und öffne die Beine noch weiter – so weit es meine Kleidung zulässt. »Ja«, hauche ich. »Bitte.«

Anschließend schiebt sich mein Gefährte in mich hinein, und er ist so groß, dass mir das Keuchen in der Kehle stecken bleibt. Als er in mich eindringt, spüre ich jede Wulst und Erhöhung auf seinem Schwanz, da ich so eng bin. Aber es ist so verdammt gut, dass ich aufschreie. Meine Finger krallen sich in den Felsen, verzweifelt auf der Suche nach irgendetwas, woran ich mich festhalten kann. Doch da gibt es nichts zum Festhalten. Es gibt nur Vektal und seinen Schwanz, der in mich hineinstößt.

Er dringt noch tiefer in mich ein, dann spüre ich, wie etwas gegen meinen Hintern drückt, spüre seinen harten Sporn an meiner Hinterpforte anklopfen. Ich werde von ganz neuen Gefühlen überschwemmt und springe fast von dem Felsen. »Noch mal«, schreie ich, als er sich zurückzieht. »Oh, verdammt, mach das noch mal!«

Als Nächstes stößt er in mich hinein, und statt sich an meiner Klitoris zu reiben, presst sich sein Sporn gegen meinen After. Es fühlt sich seltsam und eng und merkwürdig erregend an. »Wir werden definitiv Sex im Doggy Style unserem Repertoire hinzufügen müssen«, keuche ich.

»Meine süße Khui-Gefährtin«, stößt er hervor. »Du …«

Etwas Helles blitzt am Himmel auf. Ich erstarre unter Vektal, und atemlos sehen wir zu, wie ein Raumschiff, das in Licht zu schwimmen scheint, am Himmel über dem Berg schwebt. Es kreist, dann bleibt es über der Stelle hängen, wo die alte Ladebucht zurückgelassen wurde.

Wo *wir* zurückgelassen wurden.

Ich kann mich nicht bewegen, als ich den Himmel beobachte und abwarte, was passiert. Vektal über mir ist ebenfalls erstarrt, sein Schwanz immer noch tief in meiner Muschi.

Das Raumschiff scheint eine Ewigkeit dort zu schweben. Dann erlöschen die Lichter, es hebt sich gen Himmel und verschwindet blinkend aus der Atmosphäre.

Ich keuche vor Erleichterung auf. »Ist es weg?«

»Anscheinend wollen sie keine Metlaks«, sagt Vektal mit Erheiterung in der Stimme. »Und du, meine süße Menschenfrau, bist jetzt auf ewig ein Teil dieser Welt.«

Ich berühre mein Brustbein, hinter dem es erneut zu dröhnen beginnt, mein Schnurren im Gleichklang mit Vektals. »Ich gehöre für immer dir, nicht wahr?«

»Für immer«, bestätigt er und stößt abermals tief in mich hinein, immer wieder, bis ich schreiend komme. Es überkommt mich schnell und heftig, genauso, wie Vektal mich nimmt, und Vektals eigener Orgasmus folgt bloß wenige Sekunden nach meinem. Als sich sein Sperma diesmal in mich ergießt, spüre ich keine Hitze. Meine Körpertemperatur ist nun so hoch wie seine. Ich bin mir nicht sicher, wie das sein kann, denn Fieber kann einem Menschen schaden, aber ich nehme an, der Khui in mir ist fleißig dabei, alle möglichen Veränderungen vorzunehmen, damit ich ein langes, gesundes Leben auf diesem Planeten vor mir habe.

Vektal hebt mich vom Felsen und nimmt mich in die Arme, und er kann nicht aufhören, mich zu küssen. Ich erwidere lachend seine Küsse, und dann fallen wir beide mit heruntergelassener Hose in den Schnee.

Ich atme schwer, aber trotz der Erschöpfung summt es nach wie vor in mir. Als ich auf der Suche nach weiteren Raumschiffen zum Nachthimmel emporschaue, ist nichts zu sehen und es bleibt alles still.

Ob zum Guten oder Schlechten, wir sind hier. Ich glaube ja, es ist gut. Tatsächlich weiß ich, dass es gut ist, weil der Mann neben mir mich an sich zieht und an meinem Ohrläppchen leckt und knabbert. »Ich bin mir ziemlich sicher, dass wir das wiederholen müssen«, sage ich atemlos. »Mein Khui scheint sich nicht unbedingt zu beruhigen.«

»Man hat mir gesagt, in den ersten Tagen, in denen die Khui sich gegenseitig in Schwingungen versetzen, sei es am intensivsten. Danach dürften wir wieder ganz normal gehen können«, neckt er mich.

Okay, dafür danke ich Gott. »Und was kommt dann?«

»Unser Heim. Unsere gemeinsame Höhle.« Er berührt meinen Bauch. »Unser Kleines.«

Er liebkost meinen flachen Bauch. »Hoffentlich der

erste von vielen Sprösslingen eines Menschen und eines Sa-Khui.«

Das klingt ziemlich gut. Ich drücke ihn auf den Boden, und mir fällt auf, dass mein verletztes Handgelenk nicht mehr so wehtut – vielleicht ist auch da der Khui am Werk? Lächelnd schaue ich auf meinen Gefährten herunter. »Hauptsache, du lässt deinen Khui nicht irgendwann für jemand anderen schwingen.«

Er schüttelt ernst den Kopf. »Jeder hat nur den einen Khui-Gefährten. Wir binden uns auf Lebenszeit.«

Das hört sich gut an.

BONUS-EPILOG: GEORGIE GEHT JAGEN

Georgie

Die Nächte mit Vektal auf diesem Planeten mag ich wahrscheinlich am liebsten.

Versteht mich nicht falsch – es ist alles umwerfend. Aber die Tage sind vollgestopft mit Dingen, die erledigt werden müssen. Wenn Vektal nicht vom Morgengrauen bis zur Abenddämmerung auf Jagd ist, führt er seinen Stamm. Er muss Jäger einteilen, Ratschläge geben, und irgendjemand hat immer ein Problem, das eine Entscheidung verlangt. Als Stammesoberhaupt ist Vektal Mannschaftstrainer, Büroleiter und Richter in einem. Aber nachts? Nachts können wir es uns in unserer Höhle gemütlich machen. Dann brauchen wir nichts zu tun, niemanden zu führen. Es versteht sich von selbst, dass wir uns in unserer Höhle wie Frischvermählte – oder vielmehr Frischverpaarte – verhalten und die anderen uns in Ruhe lassen.

Deshalb sind die Nächte meine liebste Zeit.

Heute Nacht liegt Vektal ausgestreckt auf den Fellen. Er trägt nur einen Lendenschurz und ich spiele mit seinen großen, seltsamen Füßen, während wir über Leder reden – ausgerechnet. Wir brauchen eine Menge davon, um Kleider für all die Menschen herzustellen, die ich mitgebracht habe, und der Vorrat des Stammes ist fast erschöpft. Es werden noch mehr Tiere erlegt werden müssen, und aus manchen wird ein besseres, weicheres Leder als aus anderen. Zumindest erzählt er mir das.

Ich höre zu, aber gleichzeitig bin ich mit seinen Zehen beschäftigt. Das hier ist unsere gemeinsame Zeit, und meine Gedanken kreisen beinahe immer um Sex. Nach anderthalb Wochen in den Höhlen ist das alles noch neu für mich, und vielleicht wirkt das Gleichschwingen unserer Khui immer noch nach, oder es liegt daran, dass Vektal einfach wirklich, wirklich gut im Bett ist. Doch ich bin eigentlich permanent scharf drauf, dass er mich berührt, Tag und Nacht, jederzeit, überall.

Allerdings scheint Vektal in Gedanken gerade bei Leder zu sein, daher spiele ich mit seinen Zehen. Dabei denkt man unwillkürlich an etwas Winziges, doch Vektals Füße sind alles andere als das. Er hat vorne drei große, abgespreizte Zehen und eine merkwürdig schmale, harte Ferse, und, na ja … das war's. Ich schüttele seine Füße, auf der Suche nach einem versteckten Zeh, aber da ist nichts.

Vektal wackelt mit einem Zeh in meine Richtung, als ich ihn an der Unterseite seines Fußes berühre. »Du bist heute ja ganz fasziniert von meinen Füßen.«

»Wo ist dein Zeh? Das versuche ich gerade herauszufinden.« Lächelnd schaue ich zu ihm hoch und freue mich, dass er so entspannt aussieht. Er hat den Kopf auf einen Arm gebettet, und der andere Arm ruht auf seinem Bauch. Seine Lider sind schwer, und er wirkt richtig zufrieden. Ich liebe es. So gelöst ist er allerdings nur, wenn er mit mir zusammen ist. In Gegenwart der anderen muss er der Anführer sein, derjenige, der das Sagen hat und der auf alle Fragen eine Antwort weiß. Er ist ständig in Alarmbereitschaft. Aber bei mir? Da kann er sich entspannen … und sogar ein wenig albern sein.

Er grinst und bewegt den Fuß in meinem Griff. »Wie meinst du das? Meine Zehen sind alle da, wo sie hingehören.«

Kopfschüttelnd lasse ich seinen Fuß los und schiebe mich an ihm hinauf, um nach der Hand auf seinem Bauch zu greifen. Ich nehme sein Handgelenk und zeige nacheinander auf jeden einzelnen Finger. »Eins, zwei, drei.« Dann klopfe ich auf seinen Daumen. »Vier. Richtig?«

»Sehr gut. Du kannst zählen. Ich bin sehr stolz auf dich.« Seine Mundwinkel zucken in die Höhe.

Ich begebe mich an meinen alten Platz und ziehe erneut seinen Fuß in meinen Schoß. Als Nächstes zeige ich auf alle Zehen nacheinander. »Eins ... zwei ... drei. Wo ist der vierte?«

Er verschränkt die Arme hinter dem Kopf, darauf bedacht, dass sie nicht unter seinen Hörnern liegen. »Es amüsiert mich, dass du findest, ich bräuchte mehr davon.«

»Du hast an den Füßen einen weniger! Das ist schräg!« Ich bin mir sicher, dass es etwas mit dieser merkwürdigen hervorstehenden Ferse zu tun hat, aber ich bin keine Biologin. Außerdem macht es mir Spaß, ihn aufzuziehen.

»Schräg?« Er schnaubt. »Du hast einen Nippel zwischen den Beinen. Das könnte man als schräg bezeichnen.«

Ich verschlucke mich vor Lachen. »Ich habe was?«

Vektals Augen funkeln gleichermaßen belustigt wie erregt. Er zieht seinen Fuß aus meinen Händen, geht auf alle viere und pirscht sich mit einem Raubtierblick näher heran. Mein Herz hämmert, und ich stehe auf – oder ich versuche es jedenfalls –, doch er zieht mich zurück in seine Arme. Wir ringen um die Oberhand, aber da ich nur halb so groß bin wie er, verliere ich den Kampf. Ich lande am Ende flach auf dem Rücken auf den Fellen, und mein Gefährte beugt sich mit einem triumphierenden Lächeln im Gesicht über mich.

»Lass mich ihn dir zeigen«, murmelt er. Eine große Hand zupft an meiner Tunika und schiebt sie mir bis zum Hals hoch, sodass meine Brüste entblößt werden. Vektal schaut auf sie hinab, und mir stockt der Atem. Als er meine Brustwarze liebkost, unterdrücke ich ein Stöhnen. »Einer.« Er bewegt die Hand zu der anderen Brustwarze und spielt daran herum. »Zwei.«

»Sehr gut. Du kannst auch zählen«, stichele ich zurück, indem ich seine eigenen Worte gegen ihn einsetze. Ich klinge atemlos und angetörnt, als ich das sage.

Er schiebt seine große Hand in meine Hose, legt sie auf meine Muschi und schiebt dann einen Finger hinein. »Drei.« Er streichelt über meine Klitoris. »Die perfekte Nummer drei.«

Stöhnend drücke ich mich gegen seine Hand. »Das ... das ist meine Klitoris.« Ich klammere mich an ihn und wünsche mir nichts mehr, als dass er mich weiter an dieser Stelle streichelt. Ich bin jetzt schon erregt und feucht und winde mich unter seiner Berührung. »Das ist kein Nippel.«

»Es ist der süßeste Nippel der Welt«, widerspricht er mir halsstarrig und fährt fort, meine Klitoris mit sanften, neckenden Berührungen zu umkreisen, genau so, wie ich es mag. Dann beugt Vektal sich dicht zu mir vor. »Und wenn ich daran sauge, lasse ich meine Gefährtin kommen.«

Ich reibe mich an seiner Hand, gierig nach mehr. »Du weißt, dass du ein sehr aufreizender Mann bist, oder?« Ich keuche die Worte, und sie klingen kein bisschen frustriert. Eher wie eine Liebkosung. »Mein sehr, sehr aufreizender, großer, gut aussehender Mann.« Er lässt seinen Finger tiefer in mich eindringen und streichelt mich, und ich schmelze dahin. »Mit den geschicktesten Händen.«

»Und dem geschicktesten Mund.«

Mir entfährt ein Stöhnen. Ich will seinen Mund unbedingt auf mir spüren. Er beugt sich vor, küsst mich leidenschaftlich und zieht danach die Hand aus meiner Lederhose. Als ich wimmernd protestiere, zieht Vektal die Schnüre meiner Hose auf und streift sie mir ein Stück über die Oberschenkel hinunter. Schließlich reißt er sie ganz herunter, wirft sie beiseite und drückt seinen großen Kopf zwischen meine Schenkel. Mit seiner riesigen Hand packt er mein Bein und hält mich fest, während er an seiner Lieblingsstelle saugt und leckt.

Es schert mich nicht, ob er sie als »Klitoris« oder als »Nippel« bezeichnet, Hauptsache, er macht das hier regelmäßig. Ich drücke mich ihm entgegen und klammere mich an seinen Hörnern fest, als gelte es mein Leben, während er mich leckt. Er weiß genau, wie er meine Zehen dazu bringt, sich zu verkrampfen, wie er mich im Handumdrehen an den Rand eines Höhepunkts bringt. Aber statt mich kommen zu lassen, zieht er sich zurück, senkt den Kopf und neckt dann mit der Zunge den Eingang zu meiner Muschi, während ich mich jämmerlich winde und nach dem Orgasmus verzehre, der mir verwehrt bleibt.

Er liebt es, zwischen meinen Beinen zu verharren. Bestimmt könnte er mich stundenlang ohne Pause lecken. Ich war noch nie mit jemandem zusammen, der so dermaßen … großzügig mit den Gaben seines Mundes war.

Und denen seiner Zunge.

Und seiner Lippen.

Tatsächlich mit so ziemlich allem. Ich zappele, während er meine Muschi mit Aufmerksamkeiten überhäuft, bevor er sich wieder zu meiner Klitoris küsst. »Vektal«, keuche ich, als er mich erneut dicht an den Rand des Orgasmus treibt, »ich bin so nah dran. Ich will dich in mir spüren. Lass mich nicht ohne dich kommen.«

»Niemals«, murmelt er zwischen zwei Küssen auf meinen Venushügel. »Niemals.«

Er wirft sich auf mich, und ich klammere mich begierig an ihn, an seine breiten Schultern und seine warme, muskulöse Brust. An die Haut, die sich unter meinen Fingerspitzen wie unglaublich geschmeidiges Wildleder anfühlt. Vektal hält inne, um mich unendlich sanft auf den Mund zu küssen, dann erhebt er sich über mir, groß und schwer und so wahnsinnig schön, bevor er tief in mich hineinstößt.

Ich schnappe nach Luft, als ich merke, wie er mich ganz ausfüllt – das wird niemals langweilig. Ich spüre jede Wulst und Erhöhung, während er in mich eindringt und die Empfindungen mich in gewaltsamer Abfolge überrollen. Er senkt sich, dann kippt er die Hüften und reibt seinen Sporn auf eine Weise an meiner Klitoris, die meinen ganzen Körper in wilde Erregung versetzt. Während er mich nimmt, werfe ich die Beine um seine Hüften und klammere mich an ihm fest. Jeder Stoß fühlt sich an, als würde er mich von Neuem erobern, und als der Orgasmus durch mich hindurchrast, überrascht es mich nicht im Mindesten festzustellen, dass mein Khui voller Befriedigung schnurrt.

Obwohl wir dem Ruf unserer Khui gefolgt sind, schnurrt der Khui, wann immer ich in Vektals Nähe bin, vor allem wenn wir uns lieben. Es ist, als wüsste der Khui, wie glücklich ich bin, und als würde er mir mitteilen, dass er das ebenfalls ist. Vektal bewegt sich über mir auf seinen eigenen Höhepunkt zu, und ich flüstere ihm leise Worte der Ermutigung ins Ohr, während er immer wieder seinen Schwanz in mir versenkt. Als er kommt, erbebt er, und schnaubend löst sich ein Lachen aus seiner Kehle, bevor er sich erschöpft auf mich sinken lässt. Ich schlinge ihm die Arme um den Hals und drücke Küsse auf jede Stelle seines Körpers, die ich erreichen kann. Mein großer außerirdischer Mann macht süchtig. Ich bedauere es kein bisschen mehr, auf diesem unwirtlichen Planeten festzusitzen.

Ich bin glücklich. Weil ich mit ihm zusammen sein darf, für immer. Das liebe ich.

Und ich liebe ihn.

Vektal rollt sich allzu schnell von mir herunter und schnappt sich einen Fellfetzen, um sich zu sauber zu machen. Dann befeuchtet er den Fetzen und kümmert sich auch um mich, lässt die Finger mit einem sehr zufriedenen Gesichtsausdruck zwischen meinen Oberschenkeln verweilen. Es ist, als erfülle ihn mein erschöpfter Körper mit Stolz. Eben typisch Höhlenbewohner, der sich sagt: »Das habe ich mit ihr gemacht.«

Er legt sich auf den Rücken und zieht mich an sich. Ich kuschele mich an seine Seite, meine Hand auf seiner Brust, und spüre das leise Dröhnen seines zufriedenen Khui, der gemeinsam mit meinem summt. Lächelnd drücke ich ihm einen Kuss auf die warme Haut und schiebe die Füße zwischen seine Beine.

»Warum hast du gelacht?«, frage ich ihn.

Er bedeckt meine Hand auf seiner Brust mit seiner eigenen, die im Vergleich dazu riesig wirkt. Ich werde nie über unseren Größenunterschied hinwegkommen. »Habe ich das?«

Ich schnippe gegen eine seiner Brustwarzen. »Du hast

gelacht, als du gekommen bist. Es war süß, aber ich frage mich, warum du gelacht hast.«

»Weil ich glücklich bin.« Er zuckt die Achseln, dann legt er einen Arm um mich und zieht mich enger an sich. »Manchmal kann ich es gar nicht glauben.«

Ich bin nicht besonders sentimental, doch Vektal weckt alle möglichen Gefühle in mir. Mein Herz hämmert, als würde es gleich vor Liebe zu ihm platzen, und mein Khui singt glücklich. Ich lächele dicht an seiner Haut und küsse ihn erneut. »Ich bin auch glücklich. Ist das schlimm?«

»Warum sollte es schlimm sein?«

Ich denke an alles, was wir durchgemacht haben. An die seltsamen grünen Außerirdischen, die mich und die anderen Frauen von der Erde entführt haben, um uns zu versklaven. Die uns verletzt und uns dann an einem verschneiten Ort ausgesetzt haben, sodass wir befürchteten, nicht zu überleben. Doch wir haben überlebt, und Vektals Stamm hat uns aufgenommen. Es war eine große Umstellung für manche der Mädchen. Bei ein paar von ihnen hat der Khui sofort angeschlagen, so wie bei mir und Vektal, und sie wirken zufrieden. Andere ... na ja, andere sind immer noch dabei, sich an die Situation zu gewöhnen.

Sie müssen sich auf viel Neues einstellen. Ich verstehe, wenn sie dafür mehr Zeit brauchen. »Ein paar von den anderen haben Schwierigkeiten, sich einzuleben. Manchmal habe ich ein etwas schlechtes Gewissen, weil ich so glücklich bin.«

Er reibt mir die Schulter. »Als Gefährtin des Stammesoberhaupts bist du ein Vorbild für die anderen. Wenn du glücklich bist, werden sie vielleicht einsehen, dass es in Ordnung ist, ebenfalls glücklich zu sein.«

Mein süßer, geliebter, unschuldiger Gefährte. Ich weise

ihn nicht darauf hin, dass erheblich mehr vonnöten sein wird als ein Lächeln hier und da, um einigen der Frauen über ihr Trauma hinwegzuhelfen. Aber auf seine Art versucht er es zumindest. Ich tätschele seine Brust. »Mag sein. Was machst du morgen?«

»Wir gehen auf die Jagd.« Vektal küsst mich auf den Kopf und drückt mich fest an sich. Das Einzige, was vielleicht noch besser ist als der großartige Sex, ist das Kuscheln danach. Er kann nicht genug davon bekommen, mich zu berühren, und mir geht es genauso. »Allerdings bleiben wir in der Nähe. Ich will meine Gefährtin nicht so lange allein lassen. Ich will nicht, dass sie einsam ist.«

Als hätte ich überhaupt die Möglichkeit, einsam zu sein. Es leben über vierzig Personen in diesem Höhlensystem. Ich brauche nur einen Schritt aus unserer eigenen Höhle herauszutun und bin umringt von seinem Stamm. Doch es ist nicht dasselbe, wie mit Vektal zusammen zu sein. Ich würde ihn vermissen, wenn wir eine Nacht getrennt voneinander verbringen müssten. Ich weiß, dass dieser Tag bald kommen wird, aber ich bin noch nicht bereit dafür. Noch befinde ich mich in der glücklichen Klammerphase einer jungen Liebe. Wenn ich daran denke, dass er morgen früh fortgeht, macht mich das traurig. Es gibt so vieles, das seine Aufmerksamkeit verlangt, dass es mir egoistisch vorkommt, mehr Zeit mit ihm verbringen zu wollen. Wenn er nicht damit beschäftigt ist, den Stamm zu führen, muss er auf die Jagd gehen oder bei einer der zigtausend Aufgaben helfen, die erledigt sein wollen.

Auch für mich gibt es jede Menge zu tun. Das weiß ich. Hemalo hat angefangen, mir zu zeigen, wie man das Leder gerbt, das Vektal mitbringt, und dann muss ja auch noch gekocht und genäht und es müssen Kräuter gesammelt werden. Es müssen Körbe aus gehärteten Lederstreifen geflochten werden, Wurzeln müssen getrocknet und noch so viele andere Dinge erledigt werden, die ich zu Hause immer selbstverständlich gefunden habe. Wenn ich hier zum Frühstück einen Kaffee und einen Donut haben wollte, würde ich die Bohnen für meinen morgendlichen Koffeinschub selbst anpflanzen, sammeln und schließlich mahlen müssen. Dann müsste ich ein Tier töten, um Leder zu bekommen, und daraus einen wasserdichten Beutel nähen, einen Dreifuß aus Tierknochen bauen, um den Beutel über das Feuer zu hängen ... das ich ebenfalls selbst entfachen müsste, außerdem einen Becher aus Tierknochen, in den ich das Getränk füllen könnte.

Und lasst mich gar nicht erst von dem verdammten Donut anfangen. Die Sa-Khui scheinen nicht besonders scharf auf Süßes zu sein.

Es gibt überwältigend viel zu tun, und es macht mir nichts aus, meinen gerechten Anteil davon zu übernehmen. Wirklich nicht. Jeder packt mit an, und ich finde es toll, dass der kleine Stamm sich das Leben neben Lachen und Plaudern so angenehm wie möglich macht, indem er zusammenarbeitet und die Aufgaben teilt. Aber ... auch jagen ist Arbeit.

Ich überlege, mit Vektal auf die Jagd zu gehen. Vor einigen Stunden habe ich gesehen, wie das junge Sa-Khui-Mädchen Farli, einen Speer in der Hand, mit einem der außerirdischen Männer sprach. Sie zeigte auf die verschneiten Berge und hatte ein totes Kaninchen – nein, ein Tier, das so ähnlich aussieht, rufe ich mir ins Gedächtnis – an ihrem Gürtel hängen. Sie war auf der Jagd gewesen. Wenn ein junges Mädchen jagen kann, werde ich doch wohl meinen Gefährten begleiten können? Bisher habe ich das noch nicht getan. Nach meinem ersten Marsch hierher war ich zu erschöpft und zu überwältigt von der neuen Welt, um auch nur daran zu denken, mich aus der Höhle zu wagen. Aber jetzt bin ich seit mehreren Tagen hier und habe mich schon ein wenig eingelebt.

Vielleicht hat Vektal recht und ich sollte den anderen Menschenfrauen ein Vorbild sein. Ich könnte mit auf die Jagd gehen und anfangen, es mit dieser Welt aufzunehmen. So könnte ich allen zeigen, dass wir uns, bloß weil wir Menschen sind, nicht in den Höhlen verstecken und Angst vor dem neuen Leben hier haben müssen. Dass dieses Leben so schön und so großartig werden kann, wie wir es uns machen. Wir müssen uns einfach nur Mühe geben.

»Georgie? Meine Gefährtin?« Vektal streicht mit den Fingern über mein Kinn und schaut mich an. »Bist du eingeschlafen? Du bist so still.«

»Ich bin wach. Ich habe bloß nachgedacht.« Ich setze mich auf, werfe mir das Haar über die Schulter und schenke ihm ein sinnliches Lächeln. Ich habe noch immer meine viel zu weite Tunika an, und mein Haar ist völlig durcheinander, aber wenn ich mit ihm zusammen bin, fühle ich mich sexy und hübsch. Wenn seine Augen bei meinem Anblick aufleuchten, weiß ich, dass ich für ihn absolut umwerfend bin. »Ich werde dich morgen begleiten.«

Vektal sieht mich überrascht an. »Ich dachte, du weißt nicht, wie man jagt.«

»Tu ich auch nicht.« Ich bohre einen Finger in seine Brust. »Du wirst es mir beibringen. Wir werden allen anderen ein Vorbild sein, genau wie du vorgeschlagen hast. Ich werde lernen, wie man jagt, und vielleicht kann ich sogar die Beute verdoppeln. Wenn wir zu zweit sind, sollte es nicht allzu lange dauern, oder?«

Er blinzelt mich an, und einen Moment lang ist es ganz still. »Ich denke nicht, dass es schneller gehen wird, wenn wir zusammenarbeiten«, sagt er langsam. »Du kannst nicht innerhalb eines Tages lernen, wie man jagt.«

»Aber es ist etwas, das ich lernen sollte, nicht wahr?« Ich schenke ihm ein strahlendes Lächeln. »Und du zeigst mir, wie es geht?«

Vektal zieht mich zu sich herab und streicht mir das Haar aus dem Gesicht. »Meine liebreizende Gefährtin, du weißt, ich würde alles für dich tun. Ich würde an glühenden Kohlen lecken, wenn du mich darum bitten würdest.«

Ich beuge mich vor und reibe neckisch meine Nase an seiner. »Dann ist es ja gut, dass ich das nicht will. Es wäre mir viel lieber, du würdest mich lecken.«

Vektal

Es kommt mir treulos vor ... doch ich freue mich nicht darauf, mit meiner Gefährtin jagen zu gehen. Das behalte ich aber besser für mich, denn es würde Georgie verletzen. Sie ist fest entschlossen, genauso tüchtig zu sein wie jeder andere Jäger. Bei ihrer Klugheit und Geschicklichkeit habe ich keinen Zweifel daran, dass sie schnell lernen wird.

Sie ist nur so ... klein. Und zerbrechlich. Ich versuche, sie nicht allzu genau zu beobachten, als wir noch vor dem Morgengrauen aufstehen und unsere Jagdkleidung anlegen. Menschen sind nicht annähernd so robust wie Sa-Khui, und das macht mir Sorgen. Sie ist meine Gefährtin, und ich will sie vor allem beschützen. Sobald sie ihre Stiefel anzieht und sie unbeholfen verschnürt, würde ich am liebsten ihre Hände beiseiteschieben und ihr dann zeigen, wie man es richtig macht. Ich würde ihr gern eine weitere Schicht Felle umlegen, als sie sich ankleidet, denn der Wind reißt an der verletzlichen Menschenhaut.

Mein Sa-Khui-Instinkt sagt mir, dass ich sie beschützen muss. Aber als ihr Gefährte weiß ich, dass sie das nur traurig machen und aufregen würde. Ich kenne Georgie und weiß, wie sie denkt. Sie hat einen starken Willen, und sie möchte sich genauso nützlich machen wie jeder andere Sa-Khui-Jäger.

Sie wird auf jeden Fall jagen gehen, also muss ich ihr beibringen, die bestmögliche Jägerin zu sein, damit ihr nichts passiert und sie weiß, wie sie sich in der Wildnis verhalten muss. Georgie in Gefahr zu bringen verstößt gegen alles, was mir als Frischverpaarter wichtig ist, doch ich will meine Gefährtin um jeden Preis erfreuen, daher schiebe ich meine Sorgen beiseite. »Bist du bereit?«, frage ich sie, als sie sich einen Fellumhang über die Schultern legt.

»Ich denke, ja!« Ihre Augen leuchten vor Aufregung, und ihre Wangen sind rosig. »Geht das so? Was meinst du?«

Ich ziehe ihr die Kapuze des Umhangs über den Kopf, weil ich meinem Beschützerinstinkt nicht Einhalt gebieten kann. »Hast du Hunger? Wir sollten zuerst etwas Warmes essen für den Fall, dass das Wetter schlecht sein sollte.«

»Schlagt ihr euch normalerweise den Bauch voll, bevor ihr loszieht?«, fragt Georgie neugierig. »Ich dachte, ihr würdet das Frühstück immer auslassen.«

Aber ich bin nicht du, würde ich am liebsten sagen. Du bist meine kostbare, weiche Gefährtin, und ich muss auf dich aufpassen. »Heute habe ich Hunger«, erkläre ich stattdessen. »Es kann nicht schaden, etwas zu essen, ehe wir uns auf den Weg machen.«

»In Ordnung. Ich schau mal, was es zum Frühstück gibt.« Sie sieht mich an und beugt sich dann vor. »Wie heißt die Frau am Feuer? Die mit den Affenschaukeln?«

»Sevvah«, frische ich ihr Gedächtnis auf.

Sie strahlt mich an. »Sevvah. Danke.« Sie greift nach meiner Hand und lässt sich von mir auf die Füße ziehen, anschließend legt sie den Kopf in den Nacken und schürzt die Lippen. Ich weiß, warum. Ich soll sie küssen. Also drücke ich meinen Mund auf ihren und erwarte, dass ihre rosige Zunge gegen meine schnippt, aber sie gibt mir bloß einen Schmatzer, lässt mich los und eilt aus der Höhle Richtung Gemeinschaftsfeuer, wo immer eine heiße Mahlzeit bereitsteht.

Auch ich verlasse unsere Höhle, aber ich steuere auf den Eingang zu. Dort an der Wand bewahren wir frisch geschärfte Ersatzspeere auf, und ich durchstöbere sie auf der Suche nach einer Waffe, die klein genug ist, um in die schlanke, fünffingrige Hand meiner Georgie zu passen.

»Ist dir dein Speer abgebrochen?«, höre ich eine Stimme fragen, und eine Hand schlägt mir zur Begrüßung auf die Schulter. Es ist Harrec – einer der jüngeren Jäger des Stamms und zudem einer der lauteren. Er grinst mich an, und die Neugier steht ihm ins Gesicht geschrieben. »Der Speer, den du dir ausgesucht hast, sieht nicht groß genug aus für deine mächtigen Hände.«

»Er ist für Georgie«, gebe ich zu. »Sie möchte das Jagen lernen, also werde ich es ihr beibringen.«

Harrec wirft mir einen überraschten Blick zu, dann lacht er. »Schorschi? Jagen?«

Seine Belustigung ärgert mich. »Ja.«

»Musstest du sie nicht aus einer Falle befreien, als du sie gefunden hast?«

Harrec ist gutmütig und witzig, zumindest meistens, aber ich stelle fest, dass ich, wenn es um meine neue Gefährtin geht, keinen Sinn für Humor habe. Stirnrunzelnd starre ich ihn an. »Willst du damit andeuten, dass eine Menschenfrau nicht jagen kann?«

Ich ignoriere den Umstand, dass ich vor kurzer Zeit die gleiche Befürchtung hatte.

»Alle Frauen können jagen.« Harrec zuckt die Achseln. »Ich sage nur, dass es vielleicht eine schlechte Idee ist, ausgerechnet ihr einen Speer zu geben.«

»Ich nehme deine Bedenken zur Kenntnis«, sage ich steif. Seine Worte verstärken bloß noch meine Entschlossenheit, meiner Gefährtin das Jagen beizubringen. Es gefällt mir nicht, dass irgendjemand Schlechtes von ihr denkt. Sie ist stark, mutig und geschickt. Nur weil sie in eine Falle gestolpert ist, heißt das nicht, sie ist eine Närrin. Sie hat mir erzählt, dass es dort, wo sie herkommt, keine solchen Fallen gibt, und auch nicht so viel Schnee. Mir kommt das merkwürdig vor, doch wenn das wahr ist, kennt sie diese Gefahren natürlich nicht. Ich studiere den Speer in meinen Händen. Leicht, aber mit einer guten, scharfen Spitze. Es muss einer von Farlis Speeren sein.

Harrec entfernt sich einige Schritte und winkt jemandem. »Warrek, komm her! Hör dir an, was unser Stammesoberhaupt für heute geplant hat.«

Ich unterdrücke ein Stöhnen. Mein Stamm ist voller furchtbar, furchtbar neugieriger Jäger. »Hast du keine Fallen, die du überprüfen musst, Harrec?«

»Mache ich gleich.« Er grinst, dann rennt er zu dem größeren Jäger hinüber. Warrek ist in jeder Hinsicht das Gegenteil von Harrec – er ist groß und still, und seine Mähne ergießt sich wie ein Wasserfall über seinen Rücken, ganz anders als Harrecs zerzaustes, grob geschnittenes Haar. Er bedenkt mich mit einem verständnisvollen Blick. Manchmal ist es schwer zu glauben, dass sie beide von Eklan großgezogen worden sind.

Warrek betrachtet den kleinen Speer in meinen Händen und sieht dann mich an. »Zum Üben?«

Ich nicke.

»Soll ich sie auf die Pfade mitnehmen, die wir immer mit unseren Kleinen laufen?« Warreks Frage ist ernst gemeint, und sie ist gar nicht dumm. Warrek bringt allen unseren Kleinen bei zu jagen, Fährten zu lesen und ihre Umgebung zu erkunden. Deshalb wundere ich mich auch nicht über sein Angebot.

Der bloße Gedanke, Warrek könnte den ganzen Tag mit meiner Gefährtin verbringen, beunruhigt mich allerdings. Ich stelle mir vor, wie er ihre Hände führt und ihr zeigt, wie man einen Speer hält. Ich male mir aus, wie der ernste Warrek ein heimliches Lächeln mit meiner Gefährtin teilt, während sie nach Fährten suchen und ... es gefällt mir überhaupt nicht. »Ich werde ihr alles beibringen, was sie wissen muss.«

»Er knurrt wie ein in die Enge getriebener Metlak«, witzelt Harrec und macht danach schnell einen Schritt nach hinten, als habe er Angst. »Stell dich nie zwischen einen frischverpaarten Jäger und seine Frau, mein Freund.«

Warrek blinzelt mich nur an, gefasst wie eh und je. »Denk daran, Geduld zu haben, mein Stammesführer. Ein Jäger, der noch nicht flügge ist, verlangt einem viel Geduld ab.«

»Das Gleiche gilt für Harrec«, bemerke ich zähneknirschend. »Und trotzdem habe ich ihn noch nicht umgebracht.«

Harrec lacht bloß, und als Georgie mit einer Schale in den Händen näher kommt, die sie mit mir teilen will, lassen mich die beiden Jäger endlich in Ruhe. Sie sieht mich neugierig an, doch ich streichele ihr nur übers Kinn. Manchmal beruhigt es mich schon, sie einfach zu berühren. »Ist alles in Ordnung?«, fragt sie und hält die Schale hoch, damit ich kosten kann. »Du siehst verärgert aus.«

»Jetzt bin ich es nicht mehr«, beteuere ich und nehme einen Schluck. Ich sorge dafür, dass mein Mund dieselbe Stelle berührt, von der sie getrunken hat, denn selbst diese indirekte Berührung ist pure Vollkommenheit. »Wollen wir aufbrechen?«

Sie nickt voller Begeisterung.

Es läuft ... nicht besonders gut.

Ich nehme meine eifrige Gefährtin mit hinaus in die verschneiten Berge. Fast sofort hat sie Mühe, mit mir Schritt zu halten. Ich habe vergessen, dass Menschen viel kürzere Beine haben und ihre schwächeren Körper sich nicht so mühelos durch den Schnee bewegen können wie die der Sa-Khui. Ich finde es schrecklich, sie kämpfen zu sehen, aber sie will mir nicht erlauben, sie zu tragen. Georgie besteht darauf, dass sie den Weg laufen kann, und so verlangsame ich meine Schritte, um mich ihrem Tempo anzupassen.

Wir kommen nicht sehr weit, und als wir schließlich doch die guten Jagdgründe erreichen, keucht meine Gefährtin vernehmlich, ihr Atem pfeift und sie schleppt sich mit knirschenden Schritten durch den Schnee. Sie weiß nicht, wie man sich lautlos bewegt, und es erscheint mir grausam, Stille zu verlangen, während sie nach Luft ringt.

»Vielleicht ist der Speer die falsche Wahl«, überlege ich laut an meine Gefährtin gewandt, nachdem ihre Schritte einige große Vögel aus einem Busch aufgeschreckt haben. »Vielleicht wäre eine andere Waffe klüger gewesen.«

Irgendetwas, das es meiner Gefährtin ermöglicht, aus der Ferne zu jagen, denn wenn es so weitergeht, wird sie niemals an Beute kommen.

Schwer auf den Speer gestützt sieht sie mich an. Ihr Gesicht ist verschwitzt, und sie hat sich schon vor einer Weile die warme Kapuze heruntergezogen. Ihre Wangen sind leuchtend rosa, genau wie ihre Nasenspitze. Sie sieht erschöpft aus. »Dann vielleicht dein Schwert? Ich schätze, das könnte ich versuchen.«

»Nicht mein Schwert«, sage ich so freundlich es mir möglich ist. »Es ist kaum mehr als ein großes Messer. Du würdest damit sehr nah an das Wild herangehen müssen, und dieser Gefahr will ich dich nicht aussetzen.«

»Der Gefahr durch Vögel und Kaninchen?« Sie sieht mich verdutzt an.

»Das sind nicht die einzigen Lebewesen, auf die wir Jagd machen. Ich will, dass du auf alles vorbereitet bist.«

Sie nickt, eine Hand in die Hüfte gestemmt, während sie nach Luft schnappt. »Warum benutzt du überhaupt ein Schwert? Niemand sonst tut das.«

Ich zucke die Achseln. »So hat mein Vater es mir beigebracht, und davor mein Großvater ihm. Ich benutze natürlich nicht nur ein Schwert. Doch als Oberhaupt muss ich meinem Stamm zeigen, dass ich auf viele verschiedene Arten jagen kann.«

»Dann ist es also nur zum Angeben?« Georgie kichert. »Na schön. Was sollte ich deiner Meinung nach benutzen?«

Ich denke einen Moment lang nach. Was würde meine Georgie in einem sicheren Abstand zu den Kreaturen halten, auf die sie Jagd macht? Ich stelle mir vor, wie sie einer Herde Dvisti hinterherrennt, und runzele die Stirn, weil es große Tiere sind, deren Hufe scharf sein können. Schneekatzen kommen nicht infrage. Genauso wenig wie Zweizähner, weil sie sie beißen könnten. Auch keine Stacheltiere. Ich will nicht, dass sie verletzt wird.

Ich bin mir nicht einmal sicher, ob mir der Gedanke gefällt, sie fischen zu lassen, denn das Wasser birgt genauso viele Gefahren wie der Schnee.

Aber es muss doch irgendetwas geben ... »Wie gut kannst du mit einer Bola umgehen?«

Georgie blinzelt mich an. »Ich glaube nicht, dass ich jemals eine benutzt habe. Kannst du mir zeigen, wie das geht?«

Ich nicke. In den nächsten Minuten demonstriere ich ihr, wie man mit so einer Wurfwaffe umgeht. Sie besteht aus zwei mit Steinen gefüllten Ledersäcken an den Enden einer langen Schnur. Ich zeige ihr, wie man sie herumschwingt, und dann, wenn man einen Vogel oder Hasen entdeckt, die Bola von sich schleudert, um die Beute zu Fall zu bringen und zu töten. Etwas ungeschickt hebt Georgie die Bola, aber meine Gefährtin scheint begeistert, es zu versuchen. Ich nehme ihr die Bola ab und mache ihr noch einmal vor, wie man damit umgeht, dann gebe ich sie ihr zurück. »Wir werden üben«, entscheide ich und deute auf einen der fernen rosafarbenen Zweige, die aus dem Boden ragen. »Mal sehen, ob du diesen Baum dort triffst.«

Sie kneift die Augen zusammen. »Wie kommt es, dass der Baum anders aussieht als die in den Bergen? Er wirkt ... irgendwie schwach und winzig.«

»Die in den Bergen sind hart und stark. Die Bäume hier sind schwächer und haben knollenförmige Wurzeln.« Ich klopfe auf den Speer in meiner Hand. »Wir fertigen unsere Waffen aus Knochen an, weil es töricht wäre, nur für Holz in die Berge zu gehen.«

»Und das ist auch der Grund, warum wir Dungbrocken verbrennen«, sagt Georgie und nickt. Sie spielt mit der Bola in ihren Händen und prüft ihr Gewicht. »Wie kommt es dann, dass wir nicht in den Bergen leben, wo es so viel Holz gibt?«

»Weil dort zu viele Metlaks sind und unsere Höhle hier viel, viel hübscher ist.«

Sie stößt einen tiefen Seufzer aus. »Ich gebe zu, dass ich von einem schönen, heißen Bad nach diesem Ausflug träume.«

»Du machst das sehr gut. Komm. Versuch es mal mit der Bola.«

Georgie nickt, in ihrem seltsamen Gesicht wieder dieser sture, entschlossene Blick. Ich liebe es, sie so zu sehen, und ich weiß, dass sie ihr Bestes geben wird. Wenn meine Georgie etwas erreichen möchte, kann sie nichts davon abhalten. Sie hebt den Arm, schwingt die Bola herum, genau wie ich es ihr gezeigt habe ...

Das eine Ende der Bola – ein schwerer, mit Steinen gefüllter Sack – kracht Georgie in das zarte Gesicht.

Meine Gefährtin stürzt zu Boden.

Ich brülle vor Entsetzen.

Georgie

Vektals gequältes Brüllen verhindert, dass ich in Tränen ausbreche.

Stöhnend halte ich mir das Gesicht, während ich flach auf dem Rücken liege. Meine Nase fühlt sich an, als sei sie in mein Gesicht hineingetrieben worden, und alles pocht in einem intensiven, brennenden Schmerz. Scheiße, Scheiße, Scheiße, Scheiße. Ich hätte wissen müssen, dass es zu einfach aussah, dass ich mit meinen kürzeren Armen keine so lange Bola schwingen kann wie Vektal. Ich habe sie mir gerade wie eine Idiotin selbst ins Gesicht geschlagen.

Er ist sofort an meiner Seite und zieht mich in seine Arme. »Georgie, um Himmels willen!«

»Es geht mir gut«, bringe ich heraus und drücke mir die Hände aufs Gesicht. Es fühlt sich wirklich platt gedrückt an. »Es geht mir gut, wirklich. Ich war einfach nur … etwas überrascht.«

Plötzlich drückt mich Vektal fest an seine breite Brust. Zuerst denke ich, sein Khui schlägt wieder an, aber als sein Khui kein Geräusch macht, wird mir klar, dass er zittert. Er hat Angst – um mich.

Das bringt mich dazu, meinen Schmerz beiseitezuschieben, und ich klopfe ihm gegen die Brust. »Lass mich los, Schätzchen, ich krieg keine Luft. Ich versichere dir, es geht mir gut.«

»Mir gefällt das nicht«, stößt er zähneknirschend hervor. »Du bist so zerbrechlich.«

»In Ordnung«, sage ich, in dem Versuch, ihn zu beruhigen. »Lass uns einen Gang runterschalten. Ich bin einfach nicht an eure Waffen gewöhnt, das ist alles. Es war ein dummer Fehler. Hier, sieh nur. Es geht mir gut.« Ich berühre meine Nase, und obwohl sie erbärmlich wehtut, scheint sie noch dort zu sein, wo sie hingehört. »Ich habe mich gar nicht so fest erwischt.«

Vektal legt seine Hand in dem riesigen Fausthandschuh an meine Wange und mustert mich so eindringlich, dass ich weiß, dass er nach Verletzungen Ausschau hält. »Deine Nase schwillt schon an«, erklärt er anklagend. »Du bist verletzt.«

»Schon in Ordnung«, versichere ich ihm.

»Es ist nicht in Ordnung.« Der Ausdruck in seinen Augen ist fast verzweifelt. »Ich werde dir nicht das Jagen beibringen, wenn du dich dabei nur selbst verletzt.«

Bei diesen Worten versteife ich mich und versuche, mich aus seiner Umklammerung zu befreien, aber er lässt mich einfach nicht los. »Einen Moment mal. Hast du ein Problem damit, dass ich jage, weil ich eine Frau bin?«

»Nein, ich habe ein Problem damit, weil du meine Gefährtin bist und meinen Spross in dir trägst. Der Gedanke, du könntest verletzt werden, reißt mir das Herz aus der Brust.« Er streichelt mir über den Arm und dann über den Bauch, als wolle er sich vergewissern, dass ich noch ganz bin, obwohl ich mir lediglich eins auf die Nase gegeben habe. »Georgie, wir können nicht jagen gehen. Ich ertrage es nicht.«

»Dann liegt es nicht daran, dass ich eine Frau bin?«

Er drückt mich noch fester an sich. »Es kümmert mich

nicht, wenn alle anderen Frauen jagen. Aber du darfst es nicht. Ich verkrafte es einfach nicht.«

Okay, jetzt geht es mir schon ein bisschen besser. Vektal hat einfach einen übertrieben starken Beschützerinstinkt; es ist keine Frage des Geschlechts. Ich entspanne mich ein wenig und streichele seinen Arm. »Süßer, es ist alles in Ordnung. Wirklich. Es geht mir gut. Ich wollte dir nur helfen, aber ich schätze, ich bin nicht sehr hilfreich.« Ich streichele weiter seinen Arm, bis er aufhört zu zittern und der Schreck aus seinen Zügen weicht. »Wie wäre es, wenn … wie wäre es, wenn du mir stattdessen zeigst, wie man Fallen aufstellt?«

»Fallen«, wiederholt er, dann quetscht er mich beinahe zu Tode. »Ja. Fallen. Großartig. Wir werden uns auf Fallen konzentrieren.«

»Wunderbar.« Ich stoße einen Seufzer der Erleichterung aus und berühre abermals meine Nase. Sie pocht, allerdings bin ich mir ziemlich sicher, dass nichts kaputt gegangen ist. »Ich blute doch nicht, oder?«

Vektal sieht mich erschrocken an, dann wird mein Kopf nach hinten gedrückt, und der größte Außerirdische dieser Welt starrt mir in die Nasenlöcher.

Vielleicht hätte ich nachdenken sollen, bevor ich mich freiwillig dafür melde, auf die Jagd zu gehen. Ich wusste vorher, dass ich kein Riesentalent bin, aber ich habe offensichtlich Vektals Beschützerinstinkt unterschätzt. Doch es ist auch irgendwie süß. Ich werde mich wohl einfach daran gewöhnen müssen. Also tätschele ich seine Hand und schenke ihm ein Lächeln, obwohl mir das Gesicht davon wehtut. »Hilf mir aufzustehen, und lass uns an die Arbeit mit den Fallen gehen.«

Vektal beobachtet mich wie ein Habicht, während er mir zeigt, wie man Fallen aufstellt. Ich habe den Verdacht, dass er darauf lauert, ob er mir auch nur einen Anflug von Schmerz ansieht, um im Zweifelsfall sofort mit mir nach Hause zu gehen. Ich ignoriere mein pochendes Gesicht und konzentriere mich auf das, was er mir zeigt, denn ich bin fest entschlossen, alles richtig zu machen. Bisher war ich nicht unbedingt ein großartiges Vorbild für meine Leute. Es muss doch irgendetwas geben, das ich tun kann. Der Gedanke, dass die anderen in der Höhle das Gefühl haben könnten, in der Falle zu sitzen, widerstrebt mir zutiefst. Wenn sie jagen wollen, will ich ihnen zeigen, dass sie das auf jeden Fall tun können. Alle sollen die Freiheit haben zu entscheiden, wie sie zum Lebensunterhalt des Stammes beitragen wollen.

Was mich betrifft, wird schnell klar, dass ich einfach nicht zur Jägerin gemacht bin. Ich kann nicht umhin, an Liz zu denken, die wahrscheinlich eine Mordsjägerin abgeben würde. Ich hoffe, sie ist bei Raahosh in Sicherheit ist und er behandelt sie gut. Wahrscheinlich würde sie mich auslachen, weil ich mich mit der Bola selbst k. o. geschlagen habe, und dann würde es sich gar nicht mehr anfühlen, als wäre das so eine große Sache. Ich sehe Vektal an, der mich keine Sekunde aus den Augen lässt.

Na dann. Ich deute auf die Falle, die er mir hinhält. »Kannst du mir das noch einmal erklären?«

Er tut es und demonstriert, wie die Falle funktioniert. Es geht darum, einen der weidenähnlichen rosa Bäume herabzubiegen und eine Schlinge im Schnee zu platzieren. Die geflochtene Lederschnur wird so an einem Zweig befestigt, dass sie eine Schlinge bildet. Ein paar getrocknete Seifenbeeren werden in der Nähe in den Schnee geworfen, um einen Hasen anzulocken, und sobald das Tier die Falle ausgelöst hat, zieht sich die Schlinge zu, und das Tier ist gefangen. Danach schlitzt man ihm mit einem Messer die Kehle auf, um es von seinem Elend zu erlösen.

Ich brauche eine Ewigkeit, um die Falle aufzustellen, weil sie immer wieder vom Zweig rutscht. Doch als es mir endlich gelingt, bin ich stolz. Erleichtert. Ich schenke Vektal ein glückliches Lächeln, und er drückt mich an sich, sodass ich in seinen Armem praktisch untergehe. »Das hast du sehr gut gemacht, meine Khui-Erweckerin.«

Endlich etwas, das ich gut mache. »Also kommen wir morgen zurück und sehen nach der Falle?«

»Nein, wir legen noch mehr Schlingen aus.« Er deutet auf die Felswände und zu dem fernen Bach, an dem wir vor einiger Zeit vorbeigegangen sind. »Das hier ist ein beliebter Wildpfad. Weitere Fallen in der Nähe wären eine gute Idee. Je mehr du aufstellst, umso wahrscheinlicher ist es, dass du etwas fangen und Fleisch nach Hause bringen wirst.« Er reicht mir eine weitere Schnur. »Komm. Wir haben noch viel zu tun.«

Ich versuche, bei diesen Worten kein langes Gesicht zu machen. Noch mehr? Aber ich nicke, entschlossen zu beweisen, dass ich mithalten kann.

Wir stellen noch zwei weitere Fallen ein gutes Stück voneinander entfernt auf. Damit das Wild es nicht riecht, wenn etwas in den Fallen gefangen wird, erklärt mir Vektal. Als wir fertig sind, stehen die Doppelsonnen bereits hoch am Himmel, und ich bin völlig erledigt. Meine Hand mit dem Speer, den ich als Gehstock benutze, zittert, doch ich bringe ein tapferes Lächeln für meinen Gefährten zustande. »In Ordnung. Was jetzt?«

Vektal umfasst mein Kinn und streicht mit dem Daumen darüber, während er mich mustert. »Du siehst müde aus.«

»Das bin ich auch, aber ich kann mithalten. Haben wir denn noch Fallen?« Bitte, bitte, mach, dass es keine mehr gibt.

Er schüttelt den Kopf. »Wir werden vorerst zurückgehen.« Wieder streichelt er mein Kinn und sieht mich dabei unschlüssig an. »Würdest ... darf ich dich tragen?«

Ich zögere. Ich bin so müde, dass ich bei dem Gedanken, mich von ihm zur Höhle zurücktragen zu lassen, aus purer Freude weinen könnte. Gleichzeitig will ich nicht schwach oder hilflos erscheinen. »Würdest du schlecht von mir denken, wenn ich Ja sage?«

»Überhaupt nicht. Es würde mich glücklich machen, wenn ich mich um dich kümmern darf.« Er kniet sich in den Schnee und deutet auf seine breiten Schultern.

Also steige ich auf seinen Rücken und schlinge die Arme um seinen Hals, und sofort fühle ich mich an unseren Marsch durch die Berge erinnert. Er hat mich den ganzen Weg zu seinem Zuhause auf dem Rücken getragen, und das, ohne dass ihm der Schweiß ausgebrochen wäre. Sobald ich sitze, steht er auf, legt mir die Arme um die Beine und hält mich fest. Als er den Kopf dreht, sticht er mir mit einem seiner Hörner beinahe ein Auge aus. »Gut so?«

»Sehr gut«, pflichte ich ihm bei und mache den Rücken rund, damit ich den Kopf an seine Schulter betten kann. »Erinnert dich das an irgendetwas?«

»An gestern Nacht, als du deine Beine um mich geschlungen und mich angebettelt hast, tiefer in dich einzudringen?«

Ich erröte und schlage ihm auf die Schulter. »Nein! Ich meine unsere erste Begegnung.«

»Als ich dich mit meiner Zunge an deiner Muschi begrüßt habe?«

Ich verdrehe die Augen, denn offensichtlich hat da jemand nur Sex im Kopf. »Vergiss es. Ich gebe auf.«

Vektal grinst und rückt mich mit einem kurzen Hopser auf seinem Rücken zurecht. Die Speere, die an seinen Rücken gebunden sind, sind zwischen uns eingeklemmt, aber alles in allem ist es eine bequeme Position, und ich kuschele mich an meinen Gefährten und bin froh, dass er so verdammt stark ist.

»Sind wir bald bei der Höhle?«, frage ich und gähne. »Wir müssen eine beträchtliche Strecke zurückgelegt haben. Ich habe das Gefühl, als wären wir über jeden Hügel hier draußen gestiegen.«

Er schweigt.

Das dämpft meine gute Laune ein wenig. »Wir sind noch weit davon entfernt, oder?«

»Würde es dich verletzen, wenn ich Ja sage?« Vektal zögert noch einen Moment, dann spricht er weiter. »Wir sind auf den Wanderwegen für die Kleinen.«

»Den Wanderwegen für die Kleinen?«

»Dahin geht Warrek mit dem Nachwuchs, wenn er ihnen das Jagen beibringt.«

»Oh.« Also das ist peinlich. »Sollen wir nach den Fallen sehen, bevor wir nach Hause gehen?«

»Möchtest du das denn?«

Ich schlucke. »Ganz ehrlich? Ich weiß es nicht. Das heute war ganz schön viel, und bei dem Gedanken, ein Tier in meiner Falle vorzufinden, dreht sich mir irgendwie der Magen um. Ich weiß, ich versuche zu lernen, wie man jagt, aber …« Ich breche ab. Ich stelle mir vor, auf einen Hasen zu stoßen oder, schlimmer noch, auf eins von diesen Pony-

Dingern, und ich stelle mir vor, es töten zu müssen, um sein Fleisch mit heimzunehmen. Zu Hause auf der Erde habe ich nie etwas Größeres als eine Spinne getötet, und der Gedanke schreckt mich ab. »Ich bin mir nicht sicher, ob ich für den Teil der Jagd bereit bin, bei dem es ums Töten geht.«

Vektal stutzt. »Also würdest du das Tier lieber die ganze Nacht in der Falle leiden lassen?«

Scheiße. Daran habe ich gar nicht gedacht. »Nein.« Ich bin den Tränen gefährlich nahe. Nicht nur weil mein neues Leben hier bedeutet, dass ich manchmal mein eigenes Essen töten muss, um zu überleben. Nein, auch weil ich das Gefühl habe, Vektal zu enttäuschen, die Person, auf die ich gelernt habe, mich zu verlassen. Den Mann, den ich liebe. Ich will, dass er stolz auf mich ist, und im Moment fühle ich mich nicht wie jemand, auf den man stolz sein kann. »Dann lass uns nachsehen gehen. Ich will kein Wesen leiden lassen.«

»Das ist eine gute Entscheidung, meine Gefährtin.«

Vektal

Das Ganze gestaltet sich schwieriger, als ich es mir vorgestellt habe. Die Fallen sind leer, und ich weiß nicht, wer erleichterter ist, ich selbst oder Georgie. Wir machen uns auf den Weg zurück zu den Stammeshöhlen, und meine Gefährtin ist schweigsam. Als wir uns unserem Ziel nähern, sehe ich Warrek draußen mit Sevvah im Schnee hocken und Fährten studieren. Georgie scheint auf meinem Rücken in sich zusammenzusinken und ist mucksmäuschenstill, als wir an ihnen vorbeigehen.

Ich weiß, dass sie sich mit Sevvah vergleicht, die klein ist, aber bereits Anzeichen zeigt, einmal eine großartige Jägerin zu werden.

Ich hätte wissen müssen, dass das heute zu viel für meine Gefährtin war. Sie kommt von einem Ort, an dem sie nicht zu jagen brauchte, um zu überleben. Sie hat ein weiches Herz und isst nicht gern das rohe Fleisch eines frisch erlegten Tieres. Natürlich hat sie dann Schwierigkeiten damit, zu jagen und für ihr eigenes Essen zu töten. Ich weiß, dass sie stark sein und zum Lebensunterhalt des Stammes beitragen will, aber das ist nicht der richtige Weg.

Ich habe ihr gegenüber als Gefährte versagt.

Ich trage Georgie in die Haupthöhle, doch statt zu unserer Unterkunft zu gehen, nähere ich mich dem Becken in der Mitte. Das Wasser darin ist warm und tröstlich und wird ihre Erschöpfung lindern. Ich nicke den anderen zu, die uns haben hereinkommen sehen, aber ich rede mit keinem von ihnen. Sie kennen den Ausdruck auf meinem Gesicht.

»Oh, Vektal, ich weiß nicht, ob ich schwimmen will«, protestiert Georgie müde. »Ich will einfach nur ins Bett.«

Behutsam setze ich sie auf den Rand des Beckens. Im Moment badet sonst niemand, und ich bin froh darüber. Wir werden allein sein. Ich wende mich meiner Gefährtin zu und ziehe ihr eine Lederschicht nach der nächsten aus. »Es geht nicht ums Schwimmen. Es geht darum, dass dein Gefährte sich um dich kümmert.«

Sie schüttelt den Kopf. »Du brauchst nicht …«

»Pst«, sage ich leise. »Es ist die Pflicht eines Mannes, dafür zu sorgen, dass seine Gefährtin sich wohlfühlt und glücklich ist. Ich werde dir deine Mähne waschen und deine Haut mit Seifenbeeren abreiben, und du wirst mir zuhören, wenn ich dir erzähle, wie tapfer du bist und wie stolz ich auf dich bin.«

Meine Gefährtin beißt sich auf die Unterlippe und schaut mich beschämt an, während ich sie entkleide. »Vektal … ich weiß nicht, ob ich zur Jägerin tauge.«

»Habe ich denn von dir verlangt, Jägerin zu sein?«

»Nein, aber es ist wichtig, dass ich für mich selbst sorgen kann«, sagt sie verzweifelt. »Ich will keine Last sein. Keine von uns will euch zur Last fallen.«

Als könnte sie jemals eine Last sein. Als würde ihr bloßer Anblick in meinen Fellen mich nicht mit so viel Glück erfüllen, dass es kaum auszuhalten ist. Als hätten sie und die anderen Frauen unserem langsam sterbenden Stamm nicht die Hoffnung zurückgebracht. »Wie kannst du dich als Last betrachten? Weil du kein frisches Fleisch nach

Hause gebracht hast?« Als sie todunglücklich zu mir hochschaut, streife ich ihr die letzte Lederschicht ab und genieße den Anblick des nackten Körpers meiner Gefährtin. Sie ist immer noch ein wenig scheu, wenn es ums Ausziehen geht, aber ich streife mir ebenfalls meine Sachen herunter, damit sie sich nicht dumm vorkommt. Ich ziehe mich aus, dann fasse ich meine Gefährtin an den Schultern und drehe sie um, damit sie den restlichen Stamm betrachten kann. »Was siehst du, meine Khui-Erweckerin?«

»Einen Haufen angezogener Leute«, murmelt sie.

Ich deute auf das Feuer. »Du siehst Sevvah und Oshen, die das Essen für die zurückkehrenden Jäger kochen.« Ich zeige auf Kashrem, der seine Tochter in den Armen wiegt und mit Maylak redet, während sie ihre Heilmittel sortiert. »Du siehst die Heilerin und ihren Gefährten, von denen keiner jagt, die aber trotzdem ihren Teil zu unserem Leben beitragen.« Hemalo kann ich gerade nirgends entdecken, aber der alte Eklan arbeitet an einer Haut, die er in einen Rahmen gespannt hat, und ich deute auf ihn. »Du siehst die, die an Tierhäuten arbeiten, um mitzuhelfen. Es gibt viele in unserem Stamm, die nicht jagen, und niemand zwingt sie dazu.« Danach wende ich mich wieder meiner Gefährtin zu und umfasse mit einer Hand ihr kleines Kinn. Ich kann nicht anders – ich liebe es, sie zu berühren. »Ich bin glücklich darüber, dass du deinen Beitrag leisten will, meine Khui-Gefährtin, aber nicht, wenn es deine Seele verletzt.«

Ihre Augen füllen sich mit Tränen. Der halsstarrige Ausdruck kehrt in ihre Züge zurück, und sie wischt sie ärgerlich weg. »Ich bin nicht verletzt. Es ist nur … ich wünschte, ich wäre stärker. Ich habe immer das Gefühl, als sei ich nicht stark genug.«

»Unsinn.« Ich lasse mich ins Wasser gleiten, dann strecke ich meiner Gefährtin die Hand hin und lade sie ein, sich zu mir zu gesellen. Sie folgt mir ins Becken und schiebt sich zwischen meine Schenkel, den Rücken zu mir. Ich nehme eine Handvoll Seifenbeeren und zerdrücke sie zu einer Paste, die ich großzügig auf ihren Schultern verteile. »Es gibt viele Arten von Stärke, meine Gefährtin. Hemalo und Kashrem jagen nicht, weil sie sanfte Herzen haben. Farli liebt die Jagd, weil es sie glücklich macht, aber wenn sie nicht jagen wollte, könnte sie in den Höhlen bleiben wie Asha und nähen oder die Beute häuten oder kochen oder Waffen anfertigen. Was immer ihr gefällt.« Ich massiere Georgie die Schultern und wünschte, ich könnte auf die gleiche Weise meine Worte in ihren Kopf einarbeiten. »Wenn es dir keine Freude schenkt zu jagen, überlass die Jagd deinem Gefährten.«

Sie berührt meine glitschige Hand, hebt sie an ihr Gesicht und reibt damit über ihre Wange. »Du bist nicht enttäuscht von mir?«

»Ganz und gar nicht.« Ich beuge mich vor, drücke die Lippen auf ihren Hals und frage mich, ob es irgendjemandem auffallen würde – oder kümmern –, wenn wir uns jetzt und hier im Wasser paaren würden. Ich weiß, dass meine Stammesbrüder und -schwestern sich nichts dabei denken würden, aber Georgie ist noch immer scheu. Sie ...

»Georgie!«, ertönt eine schrille menschliche Stimme. Es ist eine der Frauen mit einer fahlen, kürzeren Mähne. Während sie noch auf meine Gefährtin zueilt, bricht sie in Tränen aus. »Da bist du ja. Ich habe überall nach dir gesucht.«

»O nein.« Meine Gefährtin drückt bedauernd meinen Oberschenkel, dann schwimmt sie durch das Becken bis an den Rand. »Was ist los?«

»Ich habe meine Periode bekommen!«, schreit die Frau. »Wenn ich einen Ledertampon benutzen muss, drehe ich durch! Ich brauche Hilfe!«

Georgie wirft mir einen entschuldigenden Blick zu, und ich nicke zum Zeichen, dass sie ihrer Freundin helfen soll. Sie steigt aus dem Becken, schlägt sich meinen Umhang um den nackten Leib und geht mit der weinenden Frau davon, um das Problem mit der Periode zu lösen, was immer das sein mag. Ihre Leute sehen sie als ihre Anführerin an und erhoffen sich Rat von ihr. Kein Wunder, dass sie in allem erfolgreich sein will. Wenn sie sich wohlfühlt, fühlen ihre Leute sich auch wohl. Wenn sie unglücklich ist, sind sie auch unglücklich. Ich nehme mir vor, ihr kleine Aufgaben in der Höhle zu zeigen, die leicht zu lernen, aber nützlich sind, und die sie dann ihren Freundinnen zeigen kann. Wenn sie beschäftigt ist, wird sie sich nicht den Kopf über das Jagen zerbrechen.

Ich lasse mich im Wasser treiben, denke an meine liebreizende Gefährtin und genieße die Wärme. Ein paar von den Jägern kommen herein, und ich rede mit ihnen über das Wetter und die Jagd. Als Georgie zurückkehrt, lächelt sie mich an und wirft mein Fell beiseite, bevor sie sich wieder ins Wasser gleiten lässt und zu mir herüberschwimmt.

»Hast du mich vermisst?«, fragt sie und schlingt die Beine um mich. Diesmal wendet sie sich mir zu, und ihre Nippel glänzen feucht und verlockend. Bei ihrem Anblick regt sich mein Schwanz.

»Ich vermisse dich immer«, sage ich. Es ist die Wahrheit.

Kichernd legt sie mir die Arme um den Hals und drückt sich an mich. »Immerhin, die Krise konnte abgewendet werden. Nenn mich einfach Steinzeit-Dompteurin der Damenbinde.« Als sie meine Verwirrung bemerkt, schüttelt sie nur den Kopf und kuschelt sich an mich. »Vergiss es. Lange Geschichte. Tut mir leid, wenn ich dich unterbrochen habe.«

»Unterbrochen?« Langsam fahre ich ihr mit einer Hand über den Rücken. »Inwiefern?«

»Du weißt schon, für den Fall, dass es hier erotisch hätte werden sollen.« Sie streicht mit dem Daumen über meine Brustwarze. »Aber ich wollte mich vergewissern, dass sie zurechtkommt.«

Ich halte meine Gefährtin im Arm und ringe mit mir, ob ich sie hochheben und in unsere Höhle zurücktragen soll oder ob es besser ist, sie zu Ende baden zu lassen. Was will Georgie lieber? Sich mit mir paaren oder baden? »Es macht mir nichts aus. Du bist die Anführerin bei euch. Wenn sie dich brauchen, musst du für sie da sein.«

»Hauptsache, nicht in irgendeiner Eigenschaft als Jägerin.« Sie richtet sich auf und sieht mich an.

»Nicht wenn es deine Seele verletzt. Überlass das Jagen anderen. Ich möchte nichts an dir ändern, meine Georgie. Es ist mir gleichgültig, ob du jeden Tag zur Jagd gehst oder ob du nie wieder jagst. Wenn es etwas gibt, das deine Seele verletzt, wenn du es tust, dann überlass es deinem Gefährten. Mein einziger Wunsch ist, dass du glücklich bist.«

Sie schlingt mir die Arme um den Hals. »Ich liebe dich so sehr.«

Ich küsse sie auf jede Stelle, die ich erreichen kann, ihre Stirn, ihre Wange, ihren Mund. »Willst du dich waschen, oder willst du, dass dein Gefährte deine Muschi leckt?«

Georgie kichert, und dann gleitet sie so über mich hinweg, dass mein Schwanz hart wird. »Ich mag die Auswahl hier. Lass uns die zweite Option nehmen.«

Und darum passen wir so gut zusammen. Wahrlich, mein Khui hat weise gewählt.

Personenverzeichnis

VEKTAL – Häuptling des Stammes der Sa-Khui. Sohn des früheren Häuptlings Hektar, der an der Khui-Krankheit verstorben ist. Er ist mit Leib und Seele Anführer und Jäger und bewaffnet mit einem Schwert und einer Bola. Und er ist es, der Georgie findet; die Resonanz zwischen den beiden ist so stark, dass sie sein Khui schon schwingen lässt, bevor sie selbst ihr Khui empfängt.

GEORGIE – Inoffizielle Anführerin der Menschenfrauen. Ursprünglich aus Orlando, Florida. Hat lange goldbraune Locken und tritt entschlossen auf. Wird schwanger, nachdem Vektals Khui auf sie angesprochen hat.

Familien

MAYLAK – Eine der wenigen weiblichen Sa-Khui. Sie ist die Heilerin des Stammes und Vektals frühere Geliebte. Als ihr Khui und das von Kashrem aufeinander angesprochen haben, beendete sie ihre Beziehung zu Vektal. Schwester von Bek.

KASHREM – Der sanftmütige Gerber des Stammes. Verpaart mit Maylak.

ESHA – Die kleine Tochter der beiden.

SEVVAH – Eine Stammesälteste und eine der wenigen Sa-Khui-Frauen. Mutter von Aehako, Rokan und Sessah; für die anderen in der Höhle ist sie wie eine Mutter. Ihre ganze Familie ist verschont geblieben, als vor fünfzehn Jahren die Khui-Krankheit ausbrach.

OSHEN – Ein Stammesältester, Gefährte von Sevvah. Brauer.

SESSAH – Ihr jüngstes Kind.

KEMLI – Eine ältere Frau. Mutter von Salukh, Pashov, Zennek und Farli. Die Pflanzenkundige des Stammes.

BORRAN – Kemlis viel jüngerer Gefährte, einer der Ältesten.

FARLI – Eine noch nicht zehnjährige Sa-Khui. Ihre Brüder sind Salukh, Pashov und Zennek.

AYSHA – Eine verpaarte Sa-Khui. Sie ist die Gefährtin von Hemalo, ist aber schon länger nicht mehr in dessen Fellen gesehen worden. Ihr gemeinsames Kind haben sie kurz nach dessen Geburt verloren.

HEMALO – Ein Gerber von stiller Art. Ist (unglücklich) mit Aysha verpaart.

Die Menschenfrauen

ARIANA – Eine der Frauen aus den Tiefschlafröhren. Kommt aus New Jersey und war Studentin der Anthropologie. Bricht leicht in Tränen aus. Zart gebaut mit dunkelbraunem Haar.

CLAIRE – Eine stille, schlanke Blondine mit Kurzhaarschnitt. Findet die neue Welt extrem Furcht einflößend.

HARLOW – Eine der Frauen aus den Tiefschlafröhren. Rothaarig, mit Sommersprossen und einem Faible für alles Mechanische. Findet für jedes Problem eine Lösung.

JOSIE – Eine der früh entführten Frauen; hat sich bei der Bruchlandung ein Bein gebrochen. Klein und niedlich, redet gern viel (auch über andere), träumt und singt auch gern.

KIRA – Der als Erste entführten Menschenfrau ist von den außerirdischen Entführern ein großer metallischer Übersetzer ans Ohr getackert worden. Still und ernsthaft mit traurigen Augen.

LIZ – Eine vorlaute Jägerin aus Oklahoma, *Star Wars*-Fan, die gern überall ihren Senf dazugibt. Wird von Raahosh entführt, sobald sie ihren lebensrettenden Khui empfangen hat. War als Jugendliche eine meisterhafte Bogenschützin.

MARLENE – Eine der Frauen aus den Tiefschlafröhren. Französischsprachig. Ruhig und selbstsicher, verströmt Sex aus allen Poren.

MEGAN – Megan befand sich, als sie entführt wurde, im Frühstadium einer Schwangerschaft, die jedoch von den Außerirdischen abgebrochen wurde. Sie ist von Haus aus von sonnigem Gemüt, solange keine außerirdischen Entführer im Spiel sind.

NORA – Eine der Frauen aus den Tiefschlafröhren. Von eher fürsorglicher Art und ziemlich aufgebracht, dass man sie auf einem Eisplaneten abgeworfen hat.

STACY – Eine der Frauen aus den Tiefschlafröhren. Ist erst einmal weinerlich, nachdem sie aufgeweckt wurde. Kocht gern und hat vor ihrer Entführung in einer Bäckerei gearbeitet.

TIFFANY – War daheim auf der Erde ein Mädchen vom Bauernhof. Hatte viel zu leiden, während sie auf Georgies Rückkehr wartete. Ist von den außerirdischen Entführern schwer traumatisiert worden. Eine Perfektionistin, die harte Arbeit gewohnt ist.

Die ledigen Jäger

AEHAKO – Ein immer zum Lachen und Flirten aufgelegter Jäger. Sohn von Sevvah und Oshen, Bruder von Rokan und Sessah. Scheint immer gut gelaunt zu sein. Enger Freund von Haeden.

BEK – Ein Jäger, der als unfreundlicher Typ mit schwachen Nerven bekannt ist. Bruder von Maylak.

CASHOL – Ein etwas zerstreuter und tollpatschiger Jäger. Cousin von Vektal.

DAGESH – Ein stiller, zielstrebiger und verantwortungsbewusster Jäger.

EREVEN – Ein ruhiger, ausgeglichener Jäger.

HAEDEN – Ein düster-ernster Jäger mit ausdruckslosem Blick; sein Khui war von einer Frau des Stammes in Schwingungen versetzt worden, aber sie starb an der Khui-Krankheit, bevor sie sich verpaaren konnten. Hat inzwischen einen neuen Khui. Bleibt gern für sich.

HARREC – Jäger ohne Familie, der versucht, seinen Platz im Stamm mit Witzen und Sticheleien zu behaupten. Etwas vom Pech verfolgt.

HASSEN – Als leidenschaftlicher, mutiger Jäger ist Hassen impulsiv und neigt zu vorschnellem Handeln.

PASHOV – Sohn von Kemli und Borran, Bruder von Farli, Salukh und Zennek. Ein Jäger, der als ruhig gilt.

RAAHOSH – Ein ruhiger, aber mürrischer Jäger. Eins seiner Hörner ist abgebrochen, sein Gesicht vernarbt. Ungeduldig und kühn, stiehlt er Liz augenblicklich, sobald sie ihr Khui empfangen hat.

ROKAN – Sohn von Sevvah und Oshen; Bruder von Aehako und Sessah. Ein Jäger, dessen merkwürdige Voraussagen sich allzu oft bewahrheiten.

SALUKH – Der bullige Sohn von Kemli und Borran, Bruder von Farli, Pashov und Zennek. Sehr stark und leidenschaftlich.

TAUSHEN – Ein noch jugendlicher, aber fast erwachsener Jäger. Eifrig darauf bedacht, sich zu beweisen.

WARREK – Sohn des Ältesten Eklan. Ein sehr stiller, sanfter Jäger mit langem, glattem schwarzen Haar. Warrek lehrt die Kinder des Stammes das Jagen.

ZENNEK – Ein stiller, schüchterner Jäger. Bruder von Pashov, Salukh und Farli, einer der Söhne von Borran und Kemli.

ZOLAYA – Ein geschickter Jäger.

Älteste

ÄLTESTER DRAYAN – Ein freundlicher Alter, der am Stock geht.

ÄLTESTER DRENOL – Ein mürrischer, einzelgängerischer Alter.

ÄLTESTER EKLAN – Ein ruhiger, netter Alter. Vater von Warrek, der auch geholfen hat, Harrec großzuziehen.

ÄLTESTER VADREN – Ein Ältester.

ÄLTESTER VAZA – Ein einsamer Witwer und Jäger. Versucht, so hilfreich wie möglich zu sein. Interessiert sich sehr für die neuen Frauen.

Verstorben

DOMINIQUE – Eine rothaarige Menschenfrau. War nicht mehr sie selbst, seit die Außerirdischen auf dem Raumschiff sie vergewaltigt haben. Nach der Bruchlandung auf Not-Hoth ist sie in den Schnee hinausgelaufen und hat den Tod durch Erfrieren gesucht.

KRISSY – Menschenfrau, umgekommen bei der Bruchlandung.

PEG – Menschenfrau, umgekommen bei der Bruchlandung.

Nachwort

Ein Hallo in die Runde!

Das war wirklich ein wilder Ritt!

Zunächst ein paar Worte dazu, wie die *Ice Planet Barbarians* überhaupt entstanden sind. Das war gegen Ende des Jahres 2014, und ich hatte begonnen, unter dem Pseudonym Ruby Dixon bis dahin unbekanntes E-Book-Territorium zu betreten. Freistil, ohne Tabus! Zunächst einmal hatte ich mich an Motorradclubs (warum zum Teufel auch nicht?) versucht, mit denen ich inzwischen aber ziemlich durch war. Ich weiß nicht, ob euch das klar ist, aber bei den meisten Motorradclubs geht es nicht um nette Leute. Ich weiß das mittlerweile. Verrückt, nicht wahr? Und ich war es damals einfach satt, das zu schreiben, was ich bis dahin geschrieben hatte. Ich hatte die miesen Typen als Hauptfiguren satt. Hatte von dem immer Gleichen die Nase voll. Ich hatte einfach zu viel davon gehabt. Aber da das Schreiben für mich sowohl Liebhaberei als auch Leidenschaft war, konnte ich auch nicht ohne auskommen.

Also beschloss ich, etwas Neues, Frisches zu schreiben. Abseits ausgetretener Pfade. Etwas nur für mich, und wenn sich dann zeigen sollte, dass es sonst niemandem auf der ganzen Welt gefiel, wäre das für mich auch in Ordnung gewesen. Es sollte ja nur meinem Geist etwas Nahrung geben und mich glücklich machen, und danach würde ich wieder richtig schreiben ... all das andere Zeug. Nicht dass ich alles andere nicht auch gern schrieb – das tue ich nach wie vor –, aber wer von euch schon länger meine Bücher liest, der weiß, dass ich mich abwechselnd ganz verschiedenen Reihen widme. Das ist wie mit Hot Wings (scharf gewürzten Hähnchenflügeln). Die schmecken gut und sind köstlich, oder? Aber wenn es einen Monat lang tagein, tagaus Hot Wings gibt, dann schreist du, sobald dir der typische Geruch in die Nase steigt. So erging es mir mit dem Schreiben. Was ich schrieb, war nicht verkehrt oder schlecht, doch es war eben ... immer das Gleiche.

(Wer bereits länger etwas von mir liest, weiß auch, dass ich sehr schräge Vergleiche liebe.)

Also beschloss ich, eine Science-Fiction-Liebesgeschichte zu schreiben. Ich liebe nämlich Science-Fiction. Das habe ich schon immer. Als Kind hat meine Mutter uns ständig alle Science-Fiction-Hefte und -Bücher von Flohmärkten und Garagenverkäufen besorgt. Die meisten davon waren in so einem schrecklichen Zustand, dass sie sie umsonst gekriegt hat. Aber da wir beide unersättliche Leserinnen waren, haben wir sie natürlich trotzdem gelesen. Es waren alle möglichen Geschichten von Männern und deren Weltraumabenteuern, Männern, die die Weiten des Alls erkundeten. Männern, die Heldentaten vollbrachten. Männern, die das Fräulein in Nöten retteten, das für ein ganzes Kapitel auftauchte und dann wieder verschwand.

Mir gefiel das Konzept, doch die Ausführung fand ich furchtbar.

Liebesgeschichten als Science-Fiction waren auch seit geraumer Zeit bereits nicht mehr ganz in. Es gab sie noch, aber hauptsächlich als Randerscheinung. Jeder wusste nur zu gut, dass sie sich nicht verkauften. Bei den E-Books war ihr Anteil etwas größer, aber sie gehörten bereits damals nicht zu den Genres, denen man sich als Autor verschrieb, um sich eine goldene Nase zu verdienen. Man tat es höchstens, weil man dieses schräge Genre einfach liebte. Ich hatte damals wohl alles an Science-Fiction-Liebesgeschichten gelesen, was ich bei Amazon hatte finden können. Ich kannte alle Autoren, die in dem Genre schrieben, und ich suchte nach Covern mit Poser-generierten Aliens, weil ich mir davon Ideen zu der Story versprach, die ich brauchte. Aber … es passte nicht ganz. Als Schriftsteller ist man eigentlich ständig auf der Jagd nach einer guten Geschichte. Und die meisten Science-Fiction-Liebesgeschichten, die ich las, waren nicht das, wonach ich eigentlich suchte. Die meisten Helden waren grausam und zeigten sich der weiblichen Hauptfigur gegenüber sogar brutal. Nun sind mir Paare, die sich zuerst hassen, bevor sie zu ihrer Liebe finden, keineswegs unvertraut, doch ich wollte für meine geplante Reihe etwas ein wenig Freundlicheres, etwas Lockeres. Außerdem bin ich ein Riesenfan von Nebenfiguren (nichts tue ich lieber, als ein Nebenfigurenpaar in eine gut gehende Reihe zu schmuggeln, um ihm dort schließlich zu seinem Happy End zu verhelfen), also sorgte ich bei der Planung der Figuren reichlich vor. Und weil mir jede Art von Liebesgeschichten mit füreinander vorbestimmten Paaren so gut gefallen, habe ich dieses Konzept ebenfalls mit in den Topf geworfen.

Der Planet, auf dem Georgie und die anderen ausgesetzt werden, sollte absolut scheußlich und unwirtlich sein. Beinahe aber wäre es kein Eisplanet geworden, weil mir das zu gemein vorkam, aber da ich die Sache ja bloß für mich selbst schrieb, dachte ich … na, wenn schon. Und ich hatte noch eine ältere, angefangene Story über einen Helden, der dank eines ihm eingepflanzten Symbionten über zusätzliche Kräfte verfügte. Ich nahm ihm die übernatürlichen Kräfte und stattete die Khui stattdessen mit der Kraft der Liebe aus. Jetzt mag man ja bezweifeln, dass ein Parasit, der einen zur Paarung animiert, eine besonders angemessene Darstellung von Liebe ist, aber mir erschien das wirklich ganz folgerichtig, und ich dachte ja ohnehin, es sei alles nur für mich. Die männliche Hauptfigur schuf ich rau und steinzeitlich, allerdings ließ ich sie durchaus erkennen, wie bewundernswert ihr weibliches Gegenstück war. Ich verschaffte ihr auch einen eigenen Handlungsstrang und ließ sie darin selbst die Heldin sein. Ich gab noch viel Sex und Liebe in die Mischung und machte den Helden auf diesen Gebieten leistungsstark, bewahrte ihm jedoch auch eine gewisse Unschuld – entsprechend der geschützten Umgebung, die sein Stamm für ihn darstellt. Er musste sich natürlich auf den ersten Blick in die weibliche Hauptfigur verlieben, und ich habe alles in die Story eingebaut, was Spaß macht und mir dazu eingefallen ist. Im Grunde habe ich alles mit hineingewebt, was ich liebe, und als ich damit fertig war ... gefiel mir das Ganze irgendwie.

Also beschloss ich, es zu veröffentlichen. Ich habe erwartet, dass es entweder ein spektakulärer Flop würde oder aber sein kleines Nischenpublikum fände, dem ein bisschen Sex und Klamauk zusammen in einem einzigen komischen Paket gefiel. Und ich entschied mich für den naheliegendsten Titel, der mir in den Sinn kam – *Ice Planet Barbarians* – und dachte dann darüber nach, wie das Buch wohl aussehen sollte. Damals wirkte alles, was im Weltraum spielte, sehr auf männliche Leser abgestellt. Es gab zwar ein paar angestaubte Weltraum-Liebesgeschichten, aber fast alles, was man kaufen konnte, schien für Männer geschrieben zu sein. Ich habe getan, was ich konnte, um das Buch den Leserinnen schmackhaft zu machen. Ich habe einen großen blauen Kerl auf das Cover gesetzt. Ich habe das Ganze eine Sci-Fi-Alien-Romance genannt, weil ich weiß, dass der Begriff »Sci-Fi« statt »Science-Fiction« die Hardcore-Science-Fiction-Leser abschrecken würde, weil er (im Gegensatz zu »SF«) bloß von Außenseitern des Genres benutzt wird. Zum Glück konnte ich mich gerade noch beherrschen, »Hier gibt es Weltraumgeknutsche« aufs Cover zu schreiben, doch sonst war in der Tat alles darauf angelegt, die Aufmerksamkeit von Leserinnen zu erregen. Es war damals ziemlich in, Liebesgeschichten als Fortsetzungsroman nach und nach zu veröffentlichen; also habe ich mich ebenfalls für ein solches Format entschieden, das mir zudem beim Schreiben sehr entgegenkam.

So habe ich also die ersten Kapitel der *Ice Planet Barbarians* auf die Welt losgelassen.

Zuerst ist daraufhin, soweit ich mich erinnere, nicht viel passiert. Meine Motorradclubleser haben mit so etwas wie »Nanu, das ist wirklich ein merkwürdiger Abstecher!« reagiert. Aber es kamen bald andere Leser, denen es gefiel. Sie fanden den Plan gut und wollten wissen, wann von mir Nachschub kam. Als endlich die letzten Kapitel des Buches die Leser erreichten, hatte ich eine kleine, aber wachsende Fangemeinde, die es gar nicht abwarten mochte, mehr davon zu bekommen.

Der zweite Band der Reihe erschien noch im gleichen Jahr, ebenfalls stückchenweise. Für den dritten Band allerdings gab ich das Erscheinen in Einzellieferungen, mit dem viele Leser nicht glücklich waren, auf und kehrte zu normalen Einzelbänden einer Reihe zurück. Und ... schrieb einfach weiter. Mir gefiel der Stamm, den ich da geschaffen hatte, mir gefielen die weiblichen Hauptfiguren, mir gefiel die Idee mit den Khui, die aufeinander ansprechen, mir gefiel einfach alles an meiner Reihe. Es hat so viel Spaß gemacht, daran zu arbeiten (und macht es nach wie vor), und während die Reihe fortgesetzt wurde, entfaltete sich die Geschichte ständig weiter, und meine Leserschaft wurde immer größer. Die *Ice Planet Barbarians* wurden zu einer Art Underground-Kulthit und arbeiteten sich am Spielfeldrand langsam weiter nach vorn. Ich schrieb weiter: ausgewachsene Romanbände, kürzere Novellas, eine Spin-off-Reihe über Weltraumpiraten mit den gleichen Vorfahren wie Vektals Stamm auf Not-Hoth. Und eine weitere Spin-off-Reihe mit dem Titel *Icehome*.

Lasst mich einen schnellen Sprung durch die Zeit in den Mai 2021 machen, sechs Jahre nach dem ersten Erscheinen der *Ice Planet Barbarians*. Ich steckte tief in der Arbeit an der Spin-off-Reihe *Ice Home*, als mich die ersten Nachrichten von Fans mit der Frage erreichten: »Wissen Sie schon, dass Ihre Bücher auf TikTok erwähnt worden sind?« – »Toll«, bemerkte ich dazu und dachte mir nichts weiter dabei. Manchmal erfahre ich durch E-Mails, dass die Bücher in diesem oder jenem Podcast erwähnt worden sind. Ich kümmere mich um dergleichen nicht weiter, denn ich finde, andere sollten über meine Bücher reden können, ohne dass ich ihnen dabei ständig über die Schulter schaue. Außerdem: Wenn ich, als äußerst empfindliche und zartbesaitete Autorin eine Besprechung meiner Bücher zu Gesicht bekäme, die von weniger als glühender Begeisterung geprägt wäre, könnte das meinen Schreibspaß erheblich beeinträchtigen. Also mache ich einen großen Bogen um alles, was in diese Richtung geht.

Aber die Verkaufszahlen der *Ice Planet Barbarians* schnellten wie aus dem Nichts in die Höhe. Ich fand das seltsam, aber erfreulich – mein beliebtes kleines Nischenprodukt fand weiterhin neue Leserinnen. Doch dann stiegen die Verkaufszahlen nicht nur steil weiter an, sie explodierten förmlich. Oh oh. Gab es vielleicht irgendeine Besprechung im Internet, die mir bisher entgangen war und die Buchverkäufe anheizte? Oder war das alles Zufall?

Als ich meinen Eltern eines Tages beim Mittagessen von diesem Zufall erzählte, schüttelte meine Mutter den Kopf. »Jemand auf deinem Instagram hat gesagt, dass du auf TikTok sehr viele Klicks kriegst.«

TikTok? Zum Thema Bücher? Ich wusste über TikTok nur, dass die Leute dort Videos davon zeigten, wie sie Waschmittelkapseln schluckten. Also lud ich mir mal die App herunter und war total überrascht zu sehen, wie viele Views ich da bekam. Es gab alles Mögliche an Fan-Art zu meinen Büchern. Viele kostümierten sich als Figuren daraus. Buchläden drehten TikTok-Clips über die Buchbestellungen, weil die Nachfrage so hoch war.

(Und niemand schluckt auch bloß eine einzige Waschmittelkapsel. Ihr könnt es gern selbst nachprüfen!)

Von da an war es, als wäre eine Lawine losgetreten worden. Die blauen Barbaren fanden überall erstaunlichen Zuspruch. Ich bin total begeistert, dass jeden Tag neue Fans die Bücher in die Hand nehmen und sich mit den Sa-Khui und deren Gefährtinnen anfreunden. Und da es den Bedarf nach einer Sonderausgabe gab, wollte ich gewährleisten, dass eine solche auch etwas zu bieten haben würde. Daher habe ich einen neuen Bonus-Epilog sowie eine Personenliste, um die Übersicht zu erleichtern, mit hineingenommen.

Außerdem habe ich die ursprüngliche Vergewaltigungsszene gestrichen. Da sie eine Nebenfigur betraf und viele Leser sich daran gestoßen hatten, habe ich beschlossen, dass sie nicht in das Buch gehört. Anfangs habe ich sie gehabt, um zu zeigen, wie groß die Gefahr für Georgie und die anderen Menschenfrauen war, aber dazu musste die Szene nicht explizit beschrieben werden. Den Rest des Buches habe ich unverändert gelassen. Als Autor möchte man immer weiter an seinem Buch feilen und es verbessern, doch man muss auch wissen, wann es genug ist.

Ich hoffe, ihr habt euren Ausflug auf den Eisplaneten genossen!

Ruby Dixon

Inhaltswarnung

Ice Planet Barbarians – Georgie und Vektal enthält potenziell triggernde Inhalte.

Diese sind:

Gewalt und Folter, sexuelle Gewalt (erwähnt), Entführung und Gefangennahme, Tod, Dubious Consent/nicht eindeutige Zustimmung zu Sex.

Es geht weiter mit den Ice Planet Barbarians!

*Cover- und Preisänderungen vorbehalten

Ruby Dixon
Ice Planet Barbarians – Liz und Raahosh
Roman

Aus dem amerikanischen Englisch
von Michaela Link
Piper, 272 Seiten
€ 15,00 [D], € 15,50 [A]*
ISBN 978-3-492-70742-8

Georgie und Vektal haben es geschafft, die anderen Frauen aus dem abgestürzten Raumschiff zu retten. Neben Vektal glauben auch einige andere Aliens, unter den Frauen ihre Seelenverwandte gefunden zu haben, darunter Raahosh. Liz hat jedoch so gar kein Interesse an dem sturen Einzelgänger und ist der Meinung, dass sie gut auf sich selbst aufpassen kann. Doch die beinahe magnetische Anziehungskraft zwischen ihnen kann sie nicht leugnen, und es hilft nicht, dass Raahosh unglaublich heiß aussieht ...

PIPER

Leseproben, E-Books und mehr unter **www.piper.de**